Klaus Haselbruner

Vor dem Krieg

Zum Autor:

Medizinalrat Dr. Klaus Dieter Haselbruner, geboren 1948 in Linz, wuchs die ersten zwei Lebensjahre in Aichkirchen bei Lambach auf. Die Schuljahre bis zur Matura verlebte er in Salzburg. Als Einjährig-Freiwilliger rückte er nach 5 Monaten Amerikaaufenthalt bei der Sanität ein und wurde in den nächsten Jahren bei vielen Waffenübungen bis zum Oberleutnantarzt befördert. Das Medizinstudium führte ihn vom Herbst 1967 bis zu seiner Promotion im März 1973 nach Wien. Nach drei Jahren Krankenhausturnus in Hallein und Zwettl ließ er sich 1976 als Praktischer Arzt in Frankenmarkt, OÖ, nieder, wo er seit 1989 Gemeindearzt ist.
In dritter Ehe ist Dr. Haselbruner mit seiner Frau Ingrid, die Sohn Stefan 12jährig in die Ehe mitbrachte, seit 1991 verheiratet. Der gemeinsame Sohn Andreas wurde 1992 geboren. Seit Jänner 2010 führt Dr. Haselbruner eine Gruppenpraxis für Allgemeinmedizin mit seinem Sohn Stefan.
Zwölf Jahre war Dr. Haselbruner ÖVP-Gemeinderat, auch ÖVP-Parteiobmann und Mitglied des ÖVP-Bezirksausschusses.
Fast zwanzig Jahre lang bekleidete er die Funktion des ehrenamtlichen Bezirksstellenleiters des Roten Kreuzes Vöcklabruck.
Der erste Berufswunsch des Autors war es Schriftsteller zu werden. Sein Vater verhinderte das. Seine diesbezügliche Tätigkeit beschränkte sich auf das Verfassen von Weihnachtsgeschichten, kurzen Essays und Ansprachen. Nun im Heranrücken der Pensionszeit hat Dr. Haselbruner seinem inneren Wunsch nachgegeben.

Klaus Haselbruner

Vor dem Krieg

Schicksale am Weg in den nächsten Krieg

edition innsalz

Gewidmet meiner lieben Gattin
zum 20sten Hochzeitstag.

1. Auflage
Jänner 2012

Klaus Haselbruner
Vor dem Krieg
Roman

Herausgegeben von:
edition innsalz Verlags GmbH
Ranshofnerstraße 24a
5282 Ranshofen

ISBN 978-3-902616-60-9

Vorwort

Durch all die Jahre meines Lebens ist mir die Nachricht von Gewalt begegnet. Auch die der selbsternannten Weltpolizei USA. Und jene von fanatisierten Menschen rund um die Erde. Machtdünkel, falsch verstandene Religionen und Geldgier sind die häufigsten Beweggründe.

Stehen wir VOR dem nächsten Krieg?

Keine Naturkatastrophe, keine Krankheit kann den Menschen so peinigen, wie der Mensch.

Wir sind Getriebene. Was lenkt unseren Alltag?

Begeben sie sich mit mir auf die Frage nach dem Sinn des Lebens.

1

„Ich hätte den letzten Ouzo doch nicht mehr trinken sollen. Oder die letzten zwei, drei ..."

Josef der Dritte öffnete vorsichtig ein Auge und schloss es sofort wieder.

Die Terrassentüre des Schlafzimmers war offen. Besser gesagt, die Jalousieflügel und die innere Glastür waren ganz aufgeklappt. Aber ein eingebautes Fliegengitter, das im Rahmen herunterzuziehen war, stellte eine Barriere für jegliches Getier dar. Es war so fein und durchsichtig, dass es leicht zu übersehen und Josef der Dritte schon zweimal hineingelaufen war, weil er nicht auf die mit Kügelchen versehene Schnur geachtet hatte, die bei geöffnetem Insektengitter von oben ein wenig in die Türöffnung hing.

Frischluft zog durch das Gitter und der Kontakt zur freien Welt war nicht unterbrochen. Es war, als läge er auf der Terrasse.

Vor einigen Tagen war er plötzlich aus dem Schlaf durch ein Geräusch hinter dem Haus geweckt worden. Sein Fahrrad stand dort und das Klappern und helle metallische Aneinanderschlagen ließen ihn vermuten, dass ein Dieb sich im Dunkeln an diesem zu schaffen machte. Auch das Gartentor hatte er zu später Stunde unverschlossen hinter sich gelassen. Nur in dem Wunsch, möglichst bald ins Bett zu kommen. Der Ärger über einen unverfrorenen Eindringling machte Josef hellwach.

Nackt, wie er war, sprang er aus dem Bett, griff nach seinem Buschmesser, durchquerte ohne Licht einzuschalten das Haus und riss die Eingangstüre auf. Er hetzte um die Hausecke zu seinem Fahrrad.

Kein Dieb! Ein Marder suchte im Mondlicht das Weite.

Aber Josef der Dritte liebte es, mit einem Ohr vor der Schlafzimmertür, eng mit der nächtlichen Natur verbunden und nahe den Geräuschen ums Haus, im Bett zu liegen, als wäre er im Freien.

Jetzt blitzte die aufgehende Morgensonne durch das Insektengitter und verkündete nicht nur den Tagesanbruch, sondern auch die zu erwartende griechische Wärme eines Frühlings.

„Eine Flasche Ouzo ist einfach zu viel für zwei Männer. Zu viel für einen Abend."

Dabei war ihnen die Zeit so schnell vergangen.

Baneotti hatte ihm sein Herz ausgeschüttet.

Eigentlich war Josef schon am Heimweg gewesen. Nach einer großen Portion Pastitio und einem halben Liter Rose bei seinem Freund Elias im Restaurant „Helena" hatte er sich auf sein Fahrrad geschwungen und auf den nächtlichen Ausblick von der Terrasse auf die Bucht unterhalb des Hauses gefreut.

Baneotti kannte er schon lange. Klaus hatte ihn am ersten Abend vorgestellt, als er mit Josef dem Dritten in Finikounda angekommen war.

Das war 2001. Fast ein Jahr nach dem Tod von Josefs Eltern.

Beide waren nebeneinander auf der Wiener Ringstraße gestorben. Während einer Demonstration gegen die Schüssel-Regierung.

Sein Vater, Josef der Zweite und seine Mutter Sabine.

Fast Hand in Hand verloren sie ihr Leben in einer ewig währenden Liebe.

Klaus hatte Josef nach einigen Monaten des ruhelosen Herumirrens zu einer Fahrt nach Finikounda überredet. Der hatte wieder zu Schreiben begonnen und Klaus meinte, dass er in Finikounda mehr Abstand zur Vergangenheit bekäme.

Aber man kann vor Erlebtem nicht fliehen.

Er hatte das Flugzeug genommen und von Athen hierher den Bus.

Klaus und seine Frau Inge waren ihm einige Tage später gefolgt und hatten ihn bekannt gemacht und einige Zeit mit ihm hier verbracht. So hatte er Baneotti kennengelernt.

Und all die anderen Freunde von Klaus und Inge. Es blieb bei einem Versuch zu helfen. Bis jetzt war Josef seiner Depression verfallen und die Melancholie spiegelte sich auch in Allem, was er schrieb, wieder.

Josef der Dritte wusste von dem zufälligen Aufenthalt seiner Eltern vor mehr als vierzig Jahren an diesem Ort. Sie waren bei einem Griechenlandurlaub in die Fänge der Militärjunta gekommen und hatten auf ihrer Flucht hier in diesem Fischerort Rast gemacht. Aber nicht nur ihre Schilderung von dieser romantischen Gegend, die sie in ihrer jugendlichen Liebe auch im Lichte Amors kennengelernt hatten, sondern eben auch die Tatsache, dass Klaus in Finikounda ein Urlaubshaus errichtet hatte, war ein Grund, diese Gegend auszuwählen, um Josefs Seele nach seinem Schicksalsschlag wieder gesunden zu lassen. Aber in den letzten zehn Jahren hatte er nicht richtig zu seiner inneren Ruhe gefunden.

Jetzt war er wieder hier. Finikounda 2011.

Das kleine Fischerdorf liegt am südlichsten Ausläufer des Westpeloponnes in einer ruhigen Bucht zwischen Methoni und Koroni. Diese beiden Orte hatten vor über tausend Jahren Bedeutung erlangt. Sie waren durch ihre südlichste Lage an diesem Westarm des Peloponnes bestimmt, jene Festungen zu werden, welche den Seeweg zu sichern hatten. Vor allem Venezianer und Türken bekämpften von diesen an der äußersten Landzunge gelegenen Burgen aus die Seeräuber, die in den Buchten, wie Finikounda, von den vorgelagerten Insel Shiza und Sapiendza geschützt, ihren Unterschlupf fanden. So hieß Finikounda in früheren Zeiten Taverna. Ein Eldorado für Räuber, die dort wohl nicht ohne entsprechende Siegesfeiern ihre Beute teilten. Fischer bewohnten die Buchten zusammen mit diesem fragwürdigen Bevölkerungsanteil und erhielten auf diese Weise einen besonderen Schutz auf ihren Ausfahrten.

Die Ortschaften der Landbevölkerung waren in diesen Gegenden nicht am Meer, sondern auf den Hügelketten, wo ein frischer Seewind das Leben angenehm machte. In den Ebenen wurden die Landwirtschaften betrieben. Vorwiegend Gemüse- und Obstanbau. Orangen, Zitronen, Melonen, Tomaten, Oberginen. Und Olivenbäume!! In ganze Regionen bedeckenden Hainen standen die oft uralten Bäume zu Tausenden und lieferten nicht nur köstliches Speiseöl, sondern in früheren Jahren auch die Flamme für die nächtliche Beleuchtung der Stuben. Ein weiterer Grund für die Ansiedelung in den Höhen waren die tierischen Mitbewohner der Niederungen. Giftige Schlangen und vor allem Malaria-übertragende Mücken waren bis vor einigen Jahrzehnten lästige Untermieter der Landwirtschaft. Da ließen sich die eher harmlosen Skorpione in den Felsspalten der Höhenrücken besser abwehren, wenn man darauf achtete jeden Stein, den man aufhob, zunächst an seiner Unterseite zu kontrollieren. Die Behausungen wurden meist von den Bauern mit einigen Eseln und Ziegen geteilt. Erstere als Tragtier für den Bauer, dem seine Ehefrau im Fußmarsch zu folgen hatte, und Zweitere als Verpflegung mit Milch, Käse und Fleisch.

Diese über Jahrtausende vorherrschende Lebensform der Region war in wenigen Jahrzehnten mit flutartigen Neuerungen durchsetzt und über Land gespült worden.

So wurden zukunftsweisende Baumaßnahmen, wie das moderne Vorsehen von Telefonsteckdosen mit dazugehörigen Leerverrohrungen für den Fall der zukünftigen Einleitungen von Telefonanschlüssen überholt. Wer konnte ahnen, dass kurz nach den ersten beiden – stolz gegen Gebühr vermieteten – Telefonanschlüssen im Ort die Bevölkerung mit Handys überschwemmt wurde. War zwanzig Jahre lang im Zentrum des Ortes die Tankstelle ein Symbol der Technisierung und ein Zeichen der neuen Zeit, so war an deren Stelle eine – wie könnte es anders sein? – Bar im Stile Nizzas oder Cannes' errichtet worden und die am Ortsrand neue Servicestation inzwischen an der griechischen Benzinkrise in den Bankrott geschlittert.

Die Bucht von Finikounda ist von einem etwa zwei Kilometer langen Sandstrand ausgefüllt. Nach Westen und Osten begrenzen und schützen zwei steil ins Meer fallende, einige hundert Meter vorgreifende mit Buschwerk bewachsene Felsen den natürlichen Hafen, der viele Jahrhunderte die Schiffe vor den Südstürmen schützte.

Seit fast zwanzig Jahren greift eine Pier mitten in die Hafenbucht und trennt den für Badende geeigneten Strand von den Anlegeplätzen für Fischerboote und Freizeitjachten.

Wellenbrecher aus großen Gesteinsbrocken halten das Meer vom Einbruch in den Hafen ab.

Der westliche Felsen wird von dem niedrigen, zwischen Bäumen verborgenen Fischrestaurant „Helena" in Besitz genommen. Der Eigentümer Elias Tsonis ist seit 1984 ein Freund der Familie Brunner. Kurz vor dieser Zeit hatte er begonnen, auf diesem wertlosen Stück Land, das er von seiner Familie geerbt hatte, ein kleines Restaurant zu betreiben. Selbst errichtete er ein seinen finanziellen Möglichkeiten angepasstes Gebäude, das Küche und einem Gastzimmer Raum bot. Vorher hatte er mit seiner Mutter eine Bar am Campingplatz auf der westlichen Seite des Felsens betrieben. Mittlerweile ist sein Fischrestaurant weit über die Grenzen des Ortes bekannt.

Eine mächtige Stützmauer aus Beton verhindert das Abrutschen des Hanges und sichert auch den breiten Uferverbau zum Hafen hin.

Von der Terrasse des Restaurants „Helena" hat man den schönsten und umfassendsten Überblick auf Finikounda.

Den Bogen des Sandstrandes schließen zunächst die Ufer- und Promenadenanlagen ab. Die angrenzenden Gebäude – mittlerweile ausnahmslos Restaurants und Bars – lassen nur den Spaziergänger zwischen Strand und Häuserreihe der Linie der Uferwellen folgen. So nahe sucht der Ort den Kontakt zum Meer. In der ersten Ausbauphase hatten die Griechen ihre Häuser im Ort aufgestockt und – wie das Klima es erlaubte – Flachdächer und Betonterrassen dem Betrachter als oberste Gebäudeansicht gezeigt. Inzwischen wurden die Häuser mit Dachstühlen versehen und der Gesamteindruck des Fischerdorfes ist der von nicht allzu großen roten Ziegeldächern, die in ihrer Unregelmäßigkeit und Vielfalt ein harmonisches Häusergewirr mit engen Gassen erwarten lassen.

Jedes dieser Restaurants an der Strandfront lädt seine Gäste auf eine überdachte meerseitige Terrasse ein und manche lassen mit einigen wenigen Stufen direkt in den Sand steigen.

An einfachen Tischen auf den typischen, griechischen Stühlen mit geflochtener Sitzfläche schaukelnd den gekühlten Landwein zu genießen und zwischen unverständlichem griechischen Geschnatter den Wellenschlag herauszuhören, dass ergibt die Stimmung, die der Urlauber an diesem Ort sucht. Nicht zu vergessen ist, dass beim Sesselschaukeln unbedingt ein zweiter solcher notwendig ist, an dessen Querverstrebung der Sesselbeine man den schwunggebenden Fuß abstützen kann. Sollte eine solche Sitzgelegenheit vorzeitig – also schon nach zehn oder zwanzig Jahren – zusammenbrechen, dann war sie keine echte.

Die Boote im Hafen sind in der Urlaubszeit, die vom ersten Juli bis Mitte August ihren Höhepunkt hat, von Freizeitjachten dominiert. Große Motorboote und Segeljachten verdrängen die Fischer an die West-Pier des Hafens und erst im September behaupten die Einheimischen wieder die Seeherrschaft.

Von all dem Trubel war nun im Frühling noch nichts zu spüren. Zu dieser späten Stunde hatten sich die Kellner bereits zurückgezogen und die Wirte hatten nach den letzten Gästen ihre Restaurants geschlossen.

Josef war von Baneotti angesprochen worden, als er sich von Elias verabschiedet hatte. So hatte er sein Fahrrad wieder abgestellt und das Glas, das ihm entgegengehalten wurde, angenommen.

Sie setzten sich an der Oberkante der Stützmauer auf zwei herumstehende Plastiksessel und tranken den ersten Schluck Ouzo, den Baneotti in die mitgebrachten Gläser einschenkte. Der erste Schluck war – wie üblich – gar nicht gut. Eigentlich brannte er nicht nur im Mund, sondern auch in der Kehle und kurz darauf im Magen. Josef der Dritte kannte das schon. Nach dem zweiten Glas fing er erst an zu schmecken.

Baneotti sprach ein wenig Deutsch. Was er sich so in zwanzig Jahren angeeignet hatte. Als Zimmervermieter, Kellner und Gesprächspartner vieler deutscher Urlauber.

„Alles nix mehr. Alles kaputt."

Er wirkte tatsächlich verzweifelt.

„Was ist kaputt?"

„Alles. Nix mehr Gemüse. Nix mehr Geld. Nur mehr Schulden. Nix mehr Bar. Nix mehr Land. Alles kaputt. Europa nix gut für Griechenland."

Das ganze Land war verschuldet.

Die Europäer, vorwiegend deutsche und französische Banken, hatten viel

Geld gegeben. In dem spekulativen Glauben, dass dieses Land mit Fremdenverkehr und Erweiterung des eigenen Marktes eine starke wirtschaftliche Entwicklung machen würde. Sie hatten die Rechnung ohne die Griechen gemacht.

Der Grieche schaut zwar als Geschäftsmann auf seinen Vorteil, aber eben nur auf den eigenen. Der Staat hat für den Griechen keine verpflichtende Funktion. Von Perikles, über die Römer, die Türken und die Militärjunta sind die Griechen gewöhnt, dass es in Athen eine Oberschicht gibt, die sich auf Kosten der Allgemeinheit bereichert. Also ist man bestrebt, möglichst wenig an Abgaben zu bezahlen und seine Angelegenheiten in einer Grauzone zu erledigen.

Haben sie sich in die Europäische Union gedrängt? Ihre Mitgliedschaft war eine logische Folge nach ihrer Teilnahme an der Europäischen Wirtschaftsgemeinschaft. Das Verstecken von Schulden durch Um- und Auslagerung war ihnen weltweit vorgezeigt worden. In Geldgeschäften sind die Griechen gelehrige Schüler.

Europa wollte immer Griechenland. Die Amerikaner haben die Militärjunta unterstützt um ein angebliches Abgleiten der Helenen in das bolschewistische Lager zu vermeiden und die später als EU-Straße bezeichnete und vom Ausland finanzierte Küstenstraße des Peloponnes, die sogar die Breite von Landebahnen für Düsenjets aufweist, hieß nicht zufällig in ihrer ersten Bauphase 1985 noch NATO-Straße.

Seit dem von Gorbatschows Sterbehilfe unterstützten Selbstmord der Sowjetunion war die strategische Bedeutung Griechenlands nicht mehr so interessant.

Die Weltwirtschaftskrise von 2008 bis 2009 und die wirtschaftliche Unbekümmertheit der Griechen führten zu Unruhe unter den Geldgebern, was zu einer Zinserhöhung, einer Ratingabstufung – also einer Herabsetzung der Kreditwürdigkeit- und zu verfrühten Rückforderungen, die auch krisenbedingt aktuell wurden, führte. Gezielte Vernichtung der Staatsfinanzen. An sich wäre es Aufgabe des Gläubigers, den Schuldner vor der Kreditgabe hinsichtlich seiner Bonität zu überprüfen, nicht nachher über seine schlechte Geldmoral zu jammern. Den unbedarften EU-Politikern konnten die Bankenlobbies auch noch suggerieren, dass die geplatzten Spekulationen mit europäischen Steuergeldern abzufangen wären. Als Forderungen an die griechische Regierung wurden enorme Sparprogramme gestellt, die letztlich Kaufkraftschädigung und Arbeitslosigkeit mit sich bringen mussten.

„Zuerst habe Grund verkauft an Ausländer und Athener."

Vor allem Athener haben Sommerhäuser am Peloponnes errichtet, nachdem die Grundstückspreise auf den Inseln von den Hotelketten in die Höhe getrieben worden waren.

Es war aber Josef bei der letzten Rundfahrt, die er mit seinem Fahrrad durch eine Ferienhaussiedlung gemacht hatte, aufgefallen, dass mehr als ein Drittel der Häuser zum Verkauf angeboten wurden. Das Land fehlte zwar nicht der Landwirtschaft – die verbauten Flächen lagen im Wesentlichen auf den Hügelkämmen- aber das leicht verdiente Geld hatte die Bauern faul gemacht. Wozu dem Boden ein paar Euro abringen, wenn man mit Grundverkauf ein Vielfaches einnehmen konnte. Aber veräußern konnte man ein Grundstück eben nur einmal!

„Was ist mit deinen Tomaten? Baneotti, du hast doch immer so viele Tomaten verkauft."

„Nix mehr Tomaten. Zuerst Preise schlecht. Preise von ausländischem Handel gemacht.

Tomatenverpackungsanlage in Finikounda von 1985 verfallen. Du weißt Verpackungsanlage. Nicht weit von dein Haus. Dann nix mehr anbauen. Zu wenig Geld für viel Arbeit. Tomaten in Geschäft kaufen."

Mittlerweile kauften auch die Griechen bei Supermarktketten ein. Es gab am Peloponnes deutsche Supermärkte, die Tomaten aus Holland billigst anboten. Ein fragwürdiger Erfolg der Globalisierung!

„Und deine Felder?"

„Felder kaputt. Auch zu wenig Wasser. Daneben Asphaltstraße. Wenn Regen zu viel Wasser. Dann verschwinden in Graben. Dann zu wenig Wasser."

Wo früher Gräben und Dickicht waren, rann das Wasser in Rohren und über gerodete Flächen direkt in den Fluss. Schnell weg und verloren. Der Fluch der Flurbereinigung und der Kanalisation. Das Problem kannte Josef auch aus Österreich. Früher wurde von den Griechen das Unkraut mit viel Schweiß mit einem Gartengerät ausgehackt. Jetzt fuhren sie mit kleinen Traktoren, die den lockeren Boden auch verdichteten. So konnte weniger Wasser eindringen. Leichtere Arbeit, aber Schädigung für den Boden und den Wasserhaushalt.

„Baneotti, du hast aber viel Geld für deine Grundstücke bekommen. Wo ist das Geld?"

„Habe Bar gebaut. Alles neu. Alles modern. Neuer Stil. Viel Technik. Bar zu wenig Geschäft. Zu viel Bar in Finikounda. Hat mehr gekostet als Grundstück gebracht hat.

Jetzt Schulden. Teure Schulden."

„Kannst du die Bar nicht verkaufen?"

„Zuviel Bar in Finikounda. Keiner kauft. Technik schon vier Jahre alt. Zu alt. Keiner kauft.

EU nix gut. Marktwirtschaft nix gut. Alles, was hier hunderte Jahre funktioniert hat, nicht mehr da. Auch keine Fische. Marktwirtschaft hat uns Methode gezeigt, wie schnell viel Fische fangen. Fische billig verkauft. Geschäft haben Handelskette gemacht. Jetzt Fisch weg. Fischer arbeitslos. Tausend Jahre immer Fisch gehabt. Zum Essen für Griechen. Jetzt ganze Welt unseren Fisch aufgegessen."

Josef konnte nicht mehr viel dazu sagen. Man hatte das Gefühl, die Griechen waren tatsächlich in ihre Krisensituation hineingeschoben worden.

Das Land hat viel verloren. Jetzt wurde nur mehr von Privatisierung zum Schuldenausgleich gesprochen. Hoffentlich wird den Griechen nach ihren Banken, Flug- und Schifffahrtslinien nicht auch ihre Lebensfreude genommen. Die ist nämlich wichtiger als alles Geld der Welt.

„Eines kann euch wenigstens nicht genommen werden. Die Sonne und das Meer."

Baneotti grinste.

„Jamas ..." – Prost.

Und das taten sie noch oft in dieser Nacht. Sich zuprosten. Was half das Jammern?

Eigentlich konnten die Griechen nicht arm werden. Die Sonne wärmte sie und bei ein wenig Einsatz am Feld ließ sie auch reiche Ernten wachsen.

Bis die Flasche leer war, politisierten sie herum und die Sprüche wurden immer weiser und ferner der Realität.

Wie es eben so wird, wenn der Ouzo mitdiskutiert.

Es war schon menschenleer im Ort und so still, dass auch weiter im Hinterland die Meeresbrandung zu hören war.

Baneotti war in seinem Sessel einfach eingeschlafen und Josef hatte sein Fahrrad stehen lassen und den steilen Weg, vorbei an der Kirche zum Campingplatz von Annemomilos gewählt. So ansteigend war die Straße dort, dass der Ouzo ihm zweimal ein Bein stellen konnte und beide Mal sein rechtes Knie Bekanntschaft mit dem Teerbelag machen musste.

Am Strandrestaurant Mitilini vorbei folgte er dem Küstenverlauf nach Südwesten. Schwache Straßenlaternen wiesen ihm den Weg. Vor seinen Augen erschien jenes alte Steingebäude, das bis vor einigen Jahren hier am Strand bewohnt war und für gespenstische Aufregung gesorgt hatte.

Ein junges Paar hatte hier in einem zweiräumigen alten Häuschen gewohnt. Alkohol und Rauchwaren jeder Art waren ihr einziger Lebensgenuss. Die junge Frau arbeitete gelegentlich. Der Mann war durch seine Auszehrung bald nicht mehr dazu in der Lage.

Er gehörte zum täglichen Bild der Gasthausszene des Ortes. Dann wurden seine Besuche seltener und eines Tages blieb er aus. Seine Frau hatte verschiedene Erklärungen für sein Fernbleiben und bald wurde sie nicht mehr gefragt.

Jahre vergingen und die junge Frau lebte unauffällig und alleine zwischen der Ortsgemeinschaft.

Schließlich wurde auch sie nicht mehr gesehen.

Man verständigte die Vermieterin des Häuschens und als dieses geöffnet wurde, fand man die tote Frau und zu aller Entsetzen in einer Kiste die mumifizierte Leiche ihres Mannes. Die Hitze hatte für die Konservierung der Leiche gesorgt.

Finikounda hatte eine Geschichte zu erzählen.

Seit er von dieser Begebenheit gehört hatte, empfand Josef stets einen leichten Grusel, wenn er an dieser Stelle vorbeiging.

Gestern nachts war er aber mehr mit seinem Gleichgewicht beschäftigt.

Aber er schaffte es. Gute hundert Meter an der Fernstraße und gegenüber der Einfahrt zum Campingplatz Amos rechts abbiegen, dann zwei Kurven und durch die Weingärten bis zur Grundgrenze von Klaus Grundstück. Ab da half das Mondlicht. Er hatte nämlich vergessen die Straßenbeleuchtung einzuschalten, als er abends das Haus verlassen hatte.

Es ging wieder steil bergauf. War das Mondlicht doch zu schwach oder der Ouzo zu stark – wie auch immer – Josef stürzte noch einmal auf sein rechtes Knie, das dann zu bluten begann. Drei Mal auf die gleiche Stelle. Das war zu viel.

Froh beim Haus angekommen zu sein, sperrte er auf, ließ am Weg zum Bett die Kleidungsstücke, wie sie sich vom Körper lösten, fallen und ergab sich der Kraft des Ouzos.

Und da lag er immer noch. Obwohl er ein Frühaufsteher war und schon längst unterwegs zum Strand sein sollte.

Aber das war seine Regel. Heute war es anders.

Der zweite Versuch war erfolgreicher. Die Augen blieben offen. Über ihm drehte sich die Welt. Das war in Ordnung so. Der große Ventilator über dem Bett kreiste langsam. Nicht hinsehen. Einfach die paar – vielleicht vier oder fünf – Schritte bis zum Waschbecken im Bad. Kopf unten halten. Besser nicht in den Spiegel sehen. Wasser ins Gesicht. Nach kurzem Warten und einer mutigen Gesichtswäsche hastete er zum Kühlschrank. Mineralwasser. Das kühlte die Kehle und den Kopf.

Josef entschied sich für eine kurze Pause auf der Liege. Im Schatten auf der Terrasse mit frischer Luft konnte der Ouzo den Körper verlassen und den Kopf freigeben.

Josefs Blick suchte Ruhe in der Ferne. Das Meer lag vor ihm.

Dünen und Weingärten in einer Breite von etwa dreihundert Metern trennen den Strand von der unteren Grenze des Grundstückes von Klaus. Am gegenüberliegenden Hang haben einige Dutzend Ferienhäuser ihren Platz gefunden. Etliche Olivenbäume hatten weichen müssen, obwohl sie dort ein jahrhundertealtes Platzrecht gehabt hätten.

Die alte Straße nach Methoni über Camaria und Evangelismos windet sich die Hügel hinauf und wird aber nur mehr von den Einheimischen genutzt, seit parallel zum Strand zwischen Palmenreihen die breite neue Küstenstraße verläuft.

Kerzengerade. Nach der Planung auch geeignet ein Düsenjet landen zu lassen, wenn nicht – ja wenn nicht direkt an die Straße eine Tankstelle gebaut worden wäre ...

Ein leichter, angenehmer Wind wehte vom Süden her ins Land.

Das Haus ist keine dreißig Meter über Meeresniveau aber doch hoch genug, um die frischen Brisen vom Meer genießen zu lassen und außerhalb der Reichweite der Mücken zu sein, die in der Ebene zwischen Obstplantagen und Olivenbäumen den abendlichen Aufenthalt im Freien unangenehm machen können. So sieht das Haus aus der Wiege eines sanften Einschnittes im Hügel über die am Grundstück stehenden dicht wuchernden Bäume hinweg in die große Meeresbucht, in die sich der drei Kilometer lange Sandstrand zwischen die begrenzenden Felsen schmiegt. Über zehntausend Quadratmeter erstreckt sich das Grundstück am Südhang des Hügels bis zu den Weingärten hinunter.

„Ich werde noch ein wenig Ruhe brauchen, bis ich mich von der Belastung der letzten Nacht erholt habe", dachte Josef.

„Arbeit ist für heute gestrichen. Schließlich bin ich in Griechenland. Seele baumeln lassen – das ist jetzt das Thema. Am Nachmittag werde ich eine Stunde mit dem Kajak hinauspaddeln. Das wird mich frisch machen."

Er konnte noch nicht ahnen, dass diese Fahrt auch seine letzte sein konnte …

Aber glücklicherweise weiß der Mensch nicht, was die Zukunft für ihn bringen wird. Josef Huber döste vor sich hin und seine Gedanken tanzten durch Vergangenes und Zukünftiges.

Die Geschichte dieses Hauses. Klaus hatte sie erzählt.

Klaus Brunner. Der Freund seiner Eltern. Sein sogenannter „Onkel" Klaus.

Sein Vater Josef Huber der Zweite war in dem kleinen Bauerndorf Aichkirchen bei Lambach in Oberösterreich aufgewachsen, wie Klaus Brunner. Klaus war als Zweijähriger mit seinen Eltern nach Salzburg gezogen und so verloren sie sich für einige Jahre aus den Augen. Erst 1967 trafen sie wieder beim Bundesheer zusammen. Eine enge Freundschaft entstand. Als Dritte im Bunde stieß bald Josefs spätere Frau Sabine dazu.

Als das junge Liebespaar ein Jahr später bei einem Griechenlandurlaub aus Versehen in die Fänge der damaligen Militärjunta geriet, war es Klaus, der mit Hilfe der guten politischen Verbindungen seines Vaters Kurt Brunner die Beiden wieder nach Hause holen konnte. Kurt Brunner hatte die Großmutter von Josef dem Dritten, Maria, stets unterstützt, nachdem ihr Lebensgefährte Josef (der Erste) von den Amerikanern erschlagen worden war. Immer wieder war ein Brunner der Familie Huber beigestanden.

Klaus Brunner studierte Medizin und ließ sich 1976 in Frankenmarkt in Oberösterreich als praktischer Arzt nieder. Drei Jahre davor hatte er Ulla, eine Freundin aus der Studienzeit, geheiratet. Sie war schlank, blond und lebensfroh, hatte aber bald die Freude an der Ordinationsarbeit und an Klaus verloren. Das Gesellschaftsleben war locker. Wie das Leben so spielt. Sie fand Gefallen an einem gemeinsamen Freund und dessen Gattin Waltraud trat in ihre Fußstapfen. Der nicht allzu häufige Fall eines endgültigen Partnertausches erhitzte die Gemüter Frankenmarkts. Aber nicht lange. Bald gab es wieder andere Themen im Ort und nachdem sich der Pfarrer einmal von der Kanzel aus über diesen Skandal ereifert hatte, ging auch er zur Tagesordnung über.

Klaus hatte schon im Halbjahr bevor er nach Frankenmarkt gekommen war, ein Grundstück erworben und nach seinen eigenen Plänen ein Wohnhaus mit Ordination errichten lassen. Sparsamkeit während der Krankenhauszeit mit vielen, vielen Diensten, die damals noch als Überstunden bezahlt wurden, und der Verkauf eines Patentes, das er aus seiner Konsulententätigkeit parallel zu seiner Anstellung an der Anatomie als Student erlangt hatte, brachten ihm die Geldmittel, dieses Projekt nahezu schuldenfrei zu finanzieren.

„Schulden macht man nicht. Geld, das man nicht hat, gibt man nicht aus." Das war eine Richtlinie seines Vaters Kurt Brunner.

So blieb es auch. Klaus arbeitete viel und fleißig. Und nicht ohne Erfolg.

Sein Beruf war ihm eine große Erfüllung. Das Wohlergehen seiner Patienten wurde ihm zum persönlichen Anliegen und die Nachricht eines Krankheitsfalles war für ihn eine verbindliche Verpflichtung zu helfen. Zwanzig Jahre war er auch Bezirksstellenleiter des Roten Kreuzes, nachdem er in Frankenmarkt eine Rettungsdienststelle aufgebaut hatte.

Neben dem Vertrauen der Patienten belohnte ihn ein finanzieller Zuwachs, der es nach redlicher Teilung mit dem Finanzamt und bei geschicktem Wirtschaftsplan erlaubte, das Grundstück auf das stattliche Maß von über sechstausend Quadratmeter anwachsen zu lassen und das Gebäude je nach finanzieller Möglichkeit auszubauen. Was schließlich für die Brunners einen geräumigen und bleibenden Sitz bedeutete.

Die Familie aber sollte sich noch einmal im Leben des Klaus Brunner deutlich verändern.

Die Stimme des Herzens wollte Klaus zu Beginn der Neunzigerjahre nicht überhören. Und so führte ihn sein Liebesleben auf neue Pfade.

Seine neue Frau Inge brachte den elfjährigen Stefan mit in die Ehe und dieser wurde von der beruflichen Begeisterung seines Ziehvaters angesteckt und zu dessen Freude als praktischer Arzt ein ebenbürtiger, potentieller Nachfolger. Schon im ersten Ehejahr überraschte Inge ihren bislang kinderlosen Klaus mit der Nachricht: „Wir bekommen ein Baby!"

Dieses Glück gab dem Leben von Klaus Brunner neuen Inhalt.

Andreas Klaus Brunner wurde ein selbstbewusster, konsequent sein Ziel verfolgender junger Mann, der seinen Vater bald zumindest körperlich überragte.

So wäre das Leben des Klaus Brunner eine runde Sache.

Wenn da nicht ein Problem wäre. Ein selbst für einen Brunner unlösbares Problem:

Das Frankenmarkter Wetter.

Das Wetter in dieser Gegend kann man gar nicht beschreiben. Man muss es erlitten haben. Und das über Jahre.

Da gab es Wochen, ja – Monate!!! – OHNE Wetter.

Ohne Wetter heißt: kein Regen, kein Schnee, nicht einmal Wind, keine Sonne, keine Wolken, kein Himmel.

Wenn man nach oben sieht, ist es grau. Kein richtiger Nebel. Manchmal schon. Oft hängt das Grau aber nur über einem. Bedrückend. Bedrohlich.

Selbst bei einem Menschen mit ganz robuster Psyche muss sich das aufs Gemüt schlagen.

Klaus erinnerte sich gerne an die Aussprüche des Galliers Asterix: Das einzige, was wir Gallier fürchten, ist es, dass uns eines Tages der Himmel auf den Kopf fällt.

In Frankenmarkt hätte sich Asterix noch mehr gefürchtet.

Klaus brauchte ein Bein im Süden.

Ein Ausweichquartier in der Sonne.

1983 war er mit seiner damaligen Frau Waltraud in den USA. Florida. Sonne!! Das wäre schon richtig. Aber der Dollar war damals sehr teuer und die Zeit drängte nicht. Er wollte wieder kommen. In zwei Jahren. Aber er kam nicht.

1984. Der Himmel in Frankenmarkt hing noch tiefer. Eine gewaltige Grippewelle hatte die Patienten geplagt. Viel Arbeit. Guter Verdienst. Aber dann in den Pfingstfeiertagen zwei Wochen Urlaub. Da erinnerte sich Klaus an Griechenland.

1968 war er dort gewesen. Zur Zeit der Militärjunta. Sabine und Josef holte er aus ihren Klauen. Das Land hatte ihm gefallen. Viel Sonne. Also ab in den Süden. Klaus hatte noch die Fremdenzimmer der Griechen vor Augen: Oberes Stockwerk, heiß, Mücken in jeder Zahl. Er nahm ein Zelt mit. Da ist man unabhängig, am Meer und insektendicht.

Sie fuhren über Budapest und Belgrad nach Süden.

Bei einer Pause in Nic` trafen sie ein urlaubsreifes Ehepaar. Eine Arztfamilie aus Ried.

„Wo wollt ihr hin? In die Sonne? In die Wärme? Keine Menschen? Ihr müsst nach Methoni. Das kennen wir. Dort findet ihr das alles."

Sie fuhren nach Methoni. Der Campingführer empfahl den Sandstrand von Finikounda. Zehn Kilometer weiter. Das spielte auch keine Rolle mehr. Für die zehn Kilometer brauchten sie fast eine halbe Stunde.

In der Dämmerung kamen sie an. Camping Annemomilos. Eine romantische Bar am Strand. Keine Platzordnung. Ruhe. Freies Leben. Auf der anderen Seite des Felsens der Ort Finikounda. Eine Gegend ohne Stress. Zum Seelebaumelnlassen. Sie bauten das Zelt auf und gingen in den Ort. Restaurant „Helena".

„Habt ihr ein Zelt? Dann seit heute Nacht vorsichtig. Schirokko!!"

Was immer das bedeutete. Südwind. Na und?

Aber Klaus war Soldat. Ein Zelt im Sand wurde mit mitgebrachten langen Holzleisten als Heringe befestigt. Kein Zelt ohne Regengraben!

Den hatte er unnötigerweise ausgegraben, aber der nächtliche Sturm zerrte an den Zeltschnüren.

Ein Soldatenzelt hält.

Der nächste Morgen war ein bleibendes Erlebnis.

Kräftige Wellen, ein stahlblauer Himmel, türkisfarbenes Meer.

Sie spazierten zwischen anderen Campern, die ihr Hab und Gut, das der Schirokko verblasen hatte, einsammelten, am Strand entlang.

„Wenn ich hier auf so einem meernahen Hügel, an einem Südhang, ein Grundstück bekäme, dann vergesse ich Florida."

Zurück am Zeltplatz lernten sie Konni kennen. Ein Arzt aus Tirol. Er war der erste Tourist in Finikounda. Seit fast zehn Jahren fuhr er schon in diese Gegend. Er sprach Griechisch.

Abends saßen sie bei Elias im Restaurant „Helena". Der Kellner war Baneotti. Konni konnte mit ihm sprechen: Neue Freunde? Ja, denen gefällt es so gut hier. Die würden am liebsten ein Grundstück kaufen. Gelächter.

Fünf Minuten später erscheint Baneotti: Morgen um zehn kommt jemand, der Grundstücke verkauft ... wieder Gelächter. Ja, ja, wir kennen eure Sprüche ...

Am nächsten Morgen um zehn Uhr:

„Du, Klaus, jetzt ist der mit den Grundstücken bei Elias."

Eigentlich wollte Klaus seinen Sonnenplatz am Strand nicht verlassen.

„Der kommt sicher nicht."

„Ein kühles Bier wäre aber nicht schlecht."

Ohne jede Erwartung stiegen sie ins Auto und fuhren zum Restaurant „Helena".

Tatsächlich wartete ein etwa fünfzigjähriger Grieche auf sie.

Konni unterhielt sich mit ihm.

„Er braucht Geld, weil seine Tochter in Athen heiratet. Er hat drei Grundstücke zur Auswahl."

Das Interesse wuchs. Sie ließen den Griechen, einen Costas Tomaras, einsteigen und er deutete Klaus die Fahrtrichtungen an. Der hatte nach kurzer Fahrt die Orientierung verloren und harrte gespannt der Dinge, die sich ergeben konnten.

Das erste Grundstück erreichten sie auf der Straße nach Methoni. Aber kurz nachdem sie von der Küstenlinie ins Landesinnere abbogen, wies der Grieche Klaus an, stehen zu bleiben.

Durch Weingärten näherten sie sich zu Fuß einem Hügel, dessen Südhang einen dschungelartigen, verwachsenen Hain bildete, aus dem Zypressen und wilde Olivenbäume ragten. Am Fuß des Hanges betraten sie eine kleine Lichtung. Grün, duftend, an manchem Standort mit Blick zum Meer. Sie stiegen den Hügel hinauf und kamen oberhalb des Baumbewuchses auf eine schräge, etwa viertausend Quadratmeter große Fläche. Hohes Gras und stellenweise Getreide wucherten auf unbestelltem Land.

Ein herrlicher Blick ins Land und in die nahe Meeresbucht faszinierte Klaus.

„Konni, das ist der Südhang, der mir gestern aufgefallen ist. Das ist die Stelle, die ich vom Strand aus gewählt hätte."

Konni diskutierte mit Costas Tomaras.

„Frag ihn nach dem Preis. Frag ihn nach der Fläche."

Wieder unverständliches Griechisch.

„Du brauchst für einen Hausbau mindestens viertausend Quadratmeter Grund am Land. Das ist Vorschrift. Das hier sind siebentausend bis siebentausendfünfhundert. Der ganze Hang."

Der Preis lag unter einem Zehntel des Grundpreises in Frankenmarkt.

Sie versuchten zu Handeln und fragten nach Zufahrt, Vermessung und was ihnen so in den Sinn kam. Immer: „Ne, ne."

Der Mann war auch mit gar nichts einverstanden. Bis Klaus begriff, dass dies das griechische Wort für „ja" ist.

Er zeigte ihnen noch zwei Grundstücke. Aber die Entscheidung war gefallen.

„Sag' ihm, wir können im Herbst wieder kommen. Er soll bis dahin alles vorbereiten. Vermessung, Kaufvertrag, Grundbucheintragung."

Im Restaurant „Helena" schrieben sie auf einer Serviette alles nieder.

Ein Vorvertrag. Handschlag. Kauf auf Griechisch.

Zurück am Strand suchten sie die Frauen.

„Ich habe ein Grundstück gekauft!"

Großes Gelächter.

So ein Blödsinn. Ein Grundstück. Wir sind erst den zweiten Tag hier. Vorgestern hast du noch nicht gewusst, wie diese Gegend aussieht.

Sie brauchten eine halbe Stunde und die Übersetzung des Serviettentextes, um die Damen von der Wahrheit zu überzeugen.

Dann folgte die Besichtigung und man war begeistert.

Sie blieben noch vier Tage in Finikounda.

„Was machen wir damit?"

Die Frage war naheliegend und wurde auf der Heimfahrt zum Thema.

Einen Wohnwagen hinstellen? Abwarten? Behalten und spekulativ verkaufen, wenn die Preise steigen?

Bis sie in Frankenmarkt waren, wussten sie es: Ein kleines Haus. Aber gab es dort Handwerker? Wer beaufsichtigt den Bau? Also: ein Fertighaus. Griechisch?

Vielleicht ein deutsches Fertighaus.

Zunächst waren sie stolz darauf, einen ungewöhnlichen Schritt getan zu haben.

Wer kaufte schon von einem Tag auf den anderen am südlichsten Zipfel von Europa ein Grundstück in unberührter Natur?

Sie fühlten sich wie Pioniere.

Zu Hause holte sie die Realität wieder ein.

„Du spinnst!" Der Steuerberater war entsetzt.

„Du darfst so viel Geld nicht ins Ausland mitnehmen. Und schon gar nicht für einen Hausbau."

Aus der Traum.

„Frag' nur bei der Nationalbank nach. Die werden dir das bestätigen."

Was soll man sich noch bei der Nationalbank erkundigen? Wird schon stimmen. Schade.

Aber nach einigen Tagen versuchte es Klaus doch.

„Vielleicht bekomme ich eine Sondergenehmigung. Ich leide unter Schlechtwetter. Ich brauche Sonnentherapie. Die Kaiserin Sissi war auch in Griechenland zur Therapie. Sogar auf Staatskosten."

Er versuchte es. Die Antwort war verblüffend.

„Kein Problem. Sie bekommen eine Genehmigung. Das Haus darf nicht größer sein als der österreichische Wohnsitz. Eine glaubwürdige Relation sollte zum Urlaubshaus gegeben sein. Die Regelung gibt es erst ganz kurz. Der Herr Bundeskanzler hat in Mallorca gebaut. Daher diese neue Möglichkeit des Devisenverkehrs."

Was der Kreisky darf, das ist auch für Klaus möglich.

Eine Woche nach dem Telefonat hielt Klaus die Genehmigung für den Devisenverkehr in Händen. Danke Bruno Kreisky.

Ein Haus. Ein deutsches Fertighaus in Griechenland.

Klaus versuchte es mit der Deutschen Handelskammer:

„Gibt es eine deutsche Fertighausfirma mit einer Niederlassung in Griechenland?"

„Rufen sie in einer Stunde wieder an."

Nach der Wartezeit meldete Klaus sich wieder. Man war erfolgreich.

„Es gibt zwar keine deutsche Firma mit Niederlassung in Griechenland, aber eine Partnerschaft."

Klaus erhielt eine Telefonnummer in Athen.

„Lasst uns erst einmal den Grundkauf abschließen. Dann telefonieren wir innerhalb Griechenlands."

Den Vorschlag akzeptierte Klaus.

Allerheiligen konnte er sich wieder für eine Woche frei machen. Länger wollte er seine Patienten nicht alleine lassen. Nicht, dass es keine Vertretung gab. Aber sie brauchten sich gegenseitig. Die Patienten und Klaus.

Von Wien aus flogen sie nach Athen und dann mit der täglichen Abendmaschine nach Kalamata. Dort war ein Mietwagen bestellt.

Zum Abendessen saßen sie bei Elias im Restaurant „Helena".

Wieder griechisches Essen.

„Wir brauchen ein Zimmer."

„Kein Problem. Mein Onkel vermietet."

Costas Tomaras kam. Er berichtete mit Übersetzung durch Elias – der sprach einwandfreies Englisch –, dass er alle vereinbarten Vorbereitungen getroffen hatte.

Morgen war der Termin beim Notar.

Am Nebentisch saß geduldig ein Grieche und wartete. Dann wandte er sich an Elias.

Griechische Diskussion.

„Der Mann am Nebentisch ist mein Onkel. Bei dem könnt ihr wohnen. Wenn es keine Umstände macht, würde er bitten, dass der Doktor seine Tochter anschauen könnte. Sie ist krank. Sie hat ein bisschen Fieber. Vierzig-fünf. Aber erst in Ruhe fertig essen."

Glücklicherweise hatte Klaus eine Menge Medikamente eingepackt.

Er erkundigte sich nach der Vorgeschichte.

In Finikounda gab es keinen Arzt. Nur eine Sanitätsstation in Methoni. Dort war ein- bis zweimal in der Woche ein Sekundararzt vom Krankenhaus in Kalamata. Sie hatten kein großes Vertrauen zu ihm.

Das fünfzehnjährige Mädchen war vor einer Woche erkrankt und es ging ihm von Tag zu Tag schlechter. Trotz aller Hausmittel. Vorgestern waren sie mit ihm nach Athen ins Krankenhaus gefahren. Fünf bis sechs Stunden Fahrzeit. Lange Wartezeiten. Mehrmals Trinkgelder. Dann untersuchte ein Arzt, der noch in Ausbildung stand, das Mädchen. Eine Injektion. Nochmals Trinkgeld.

Keine Medikamente. Auf Wiedersehen. Es wird schon werden ...

Blödes Landvolk. Seid froh, dass wir euch überhaupt behandeln.

Klaus untersuchte das Mädchen: Eindeutig beidseitige Lungenentzündung.

Er hatte alles mit. Injektionen, Tabletten und gute Vorschläge für die Pflege.

Am nächsten Tag erkrankte die Schwester, dann die zweite. Zwei bis dreimal täglich kontrollierte er die Mädchen. Als sie Finikounda verließen, waren alle drei Kinder deutlich am Weg der Besserung.

Er hatte noch zwei weitere Patienten in dieser Woche.

Costas Tomaras begleitet sie zum Notar. Sein Bruder Nikos war als Mitbesitzer in seiner Begleitung. Man hatte einen beeideten Dolmetscher aufgetrieben und nach einer Stunde waren die Formalitäten erledigt. Mit Namen und Geburtsdaten von Eltern und Großeltern. Viele, viele Seiten Vertrag, die alle auf jedem Blatt unterschrieben wurden.

„Heute Abend ist eine Feier.

Kalo Risiko! – Viel Glück – Zu der Feier sind alle eingeladen. Der Käufer bezahlt.

Wir haben schon ein Lokal reserviert.

Am Abend werdet ihr abgeholt."

Das konnte ja lustig werden.

Es kamen der Notar mit seiner Frau und drei Töchtern, die beiden Verkäufer mit ihren Frauen und der Vermesser mit seiner Frau. Der Dolmetscher mit seiner Freundin. Der Sekretär vom Grundbuchamt hatte keine Frau und keine Freundin, daher nahm er seine Mutter mit. Etwas später – und er entschuldigte sich mehrmals, dass er nicht früher gekommen war – gaben sich der Bürgermeister mit seiner Frau und Tochter mit ihrem Freund die Ehre. Es war ein kleines Restaurant in Methoni. Es war voll. Am nächsten Tag erfuhr Klaus, dass der Pfarrer beleidigt war, weil ihn niemand eingeladen hatte. Er hätte nebst Frau sechs Kinder gehabt.

Es wurden alle Speisen aufgetragen, die Klaus in Griechenland kannte und noch einige, die er gar nicht kennenlernen wollte. Viel Alkohol wurde nicht bestellt. Der getrunken wurde, teilte sich nur auf zwei Festgäste auf und für die war es doch deutlich zu viel. Das machte nichts aus. Sie konnten sich in kein fremdes Auto übergeben, weil sie waren beide mit dem eigenen da. Zu Klaus Verwunderung erreichten sie ihre Wohnadresse. Mit Auto. Ob sie allerdings auf der Heimfahrt vielleicht die eine oder andere Mauer berührt oder einen Baum gestreift hatten, war nicht festzustellen, weil die Autos ohnehin alle wie Unfallautos aussahen. Kaum ein griechisches Fahrzeug wurde mit kompletter Beleuchtung, zwei Stoßstangen und ohne Blechschaden gesehen.

„Wir brauchen kein neues Auto. Das alte ist immer gleich alt."

Die Stimmung war berauschend. Es wurde gesungen, erzählt und erzählt und erzählt. Die Meisten überschwemmten Klaus und seine Frau mit einem griechischen Wortschwall nach dem anderen und ernteten ein verständnisvolles Lächeln.

„Kalo Risiko."

Die Rechnung, die der Wirt präsentierte, war erstaunlich niedrig.

Der Dolmetscher übersetzte eine folgenschwere Einladung von Nikos Tomaras:

„Morgen zum Frühstück in meinem Haus! Unbedingt kommen!"

Wer würde da absagen? Frühstück. Was konnte da schon passieren?

Am nächsten Tag suchten sie nach der Krankenvisite bei den Kindern der Vermieter Nikos Tomaras und seine strahlende, runde Gattin auf. Nachdem ihnen stolz die neuen Aluminiumfenster – aus Athen! – vorgeführt worden waren, fanden sie auf der Terrasse den Frühstückstisch.

Ziegenkäse, Singvögel in Öl, Kalamari, kaltes Schweinefleisch, Zwieback, Butter mit Honig vermengt, Rezina und – Gottlob – Weintrauben.

Klaus hatte noch nie so einen großen Appetit auf Weintrauben gehabt.

Die Tischgespräche waren nicht sehr anregend. Keiner verstand die Sprache des anderen. Was zwar die Frau Tomaras nicht daran hinderte, unentwegt auf ihre Gäste einzureden, aber ihre Unterhaltung war eben sehr einseitig.

Bis Nikos Tomaras seine Frau wegschickte. Dann wurde es sehr still.

Die einzige Botschaft, die sie mit nach Hause nahmen, war eine Einladung ins Dorfgasthaus um ein Uhr. Mit Handzeichen, Grimassen und Gestikulieren verstanden sie diese Nachricht nach einer Viertelstunde.

Punkt ein Uhr standen sie vor dem Dorfwirtshaus. Der Wirt war auch der Bürgermeister.

Aufgeregtes Geraunze unter den Männern. Das sollte aufgefallen sein. Es waren nur Männer anwesend. Langsam begriffen sie. Nur Klaus. Ohne Frau. Er war neuer Bürger. Nur er. Im Gasthaus wurde Klaus einer neuen Prüfung unterzogen. Jeder lud ihn auf ein Getränk ein. Höflich trank er jedes aus.

Zeus hatte ein Einsehen mit dem neuen Bürger:

Plötzlich Unruhe. Man schrie aufgeregt herum und dann liefen alle durch den Ort ins Hinterland. Dort begriff Klaus den Grund für die Hast. Es brannte. Jeder hatte etwas mit. Eine Sense, einen Kübel Wasser, eine Schaufel. Irgendjemand drückte Klaus eine Schaufel in die Hand. Gras wurde gemäht, mit Wasser begossen und Sand, der reichlich vorhanden war, auf das Feuer geschaufelt. Mit geringen Mitteln, aber genügend Helfern war das Feuer bald gelöscht.

Klaus versuchte ihnen verständlich zu machen, dass er anschließend lieber nicht mehr ins Gasthaus gehen wollte und unter den verwunderten Blicken der Bürger verabschiedete er sich.

Es konnte anstrengend sein, neuer Bürger zu werden.

„Kalo Risiko." Viele glückliche Menschen. Verwurzelt in ihren Traditionen, zufrieden mit ihrem Reichtum. So schön ist Griechenland – Sonne, Strand, Meer und Ouzo. Freunde, Familie, Bräuche. Zeit zum Nachdenken. Die Sonne wärmt, das Land ernährt.

Am nächsten Morgen Frühstück im Gasthaus bei „Tula".

Sie bestellten – wie angeboten: Kaffee, Tee, Toast, weiche Eier, Butter und Honig.

Es kam: Griechischer Kaffee – so dick, dass man ihn fast nicht mehr schlürfen konnte. Dafür hatte die Tasse die Dimension eines aufgeblähten Fingerhuts.

Tee mit Milch – heißes Wasser mit Spuren von Tee und ein halber Liter Milch.

Zwieback statt Toast. Vier harte Eier. Ein kleiner Metallteller mit Butter, die mit doppelt so viel Honig vermengt war.

Andere Länder, andere Sitten. Dafür hatte die Sonne auch in diesen Novembertagen noch eine herrliche Kraft und lud anschließend zu einem Bad in das von der Sommersonne anhaltend aufgewärmte Meer ein.

„Heute telefonieren wir mit der Fertighausfirma in Athen."

Aber – wo war ein Telefon? Es gab zwei Telefone in Finikounda. Eines im Restaurant „Helena" und eines im letzten Kaufgeschäft links am Ortsende. Überall wurde korrekt mit Impulsmesser abgerechnet.

Vom Geschäft aus rief Klaus die Nummer in Athen an.

In einwandfreiem Deutsch wurde ihm geantwortet.

Eine Partnerschaft mit einer deutschen Firma gab es nicht mehr, aber er, Costas Charalambidis, baute Fertigteile aus Beton.

„Aus Österreich bist du? Ich habe in Wien studiert. Ich baue ein Haus für dich. Du brauchst dich gar nicht mehr zu kümmern. Ich mache alles. Ihr müsst zu mir nach Athen kommen."

Sie hatten ohnehin eine Nacht in Athen gebucht. Die AUA-Maschine ging mittags nach Wien und am Vorabend wollten sie mit dem allabendlichen Flugzeug von Kalamata nach Athen fliegen. Kein Problem. Wir kommen.

Es war ein milder Herbstabend in Athen. Die Damen trugen aber ihre Pelze. Wann sonst sollten sie die herzeigen.

Costas holte sie beim Hotel Hilton ab und fuhr mit ihnen zu seinem Appartement. Sein neues Haus war noch nicht fertig.

Einige Pläne waren vorbereitet.

„Wir brauchen kein großes Haus. Zwei Schlafzimmer, Wohnzimmer, Küche und Bad. Eine kleine Terrasse vielleicht.

Wasser? Keine Ahnung. Strom? Ja, Strom brauchen wir auch."

„Wann wollt ihr kommen? Im Mai? Kein Problem. Im Mai ist dein Haus fertig."

Ein akzeptabler Fixpreis wurde vereinbart.

Strom und Brunnenbau waren im Preis eingeschlossen.

Sie flogen nach Wien und kamen nach Frankenmarkt in dem Gefühl, im Frühling in ein fertiges Haus in Griechenland einziehen zu können.

Im Februar telefonierte Klaus mit Costas.

„Alles bestens. Wir fangen bald an." Wunderbar.

Bei einem Telefonat mit Elias wurde von den Tränen eines Brunnenbohrers berichtet, dem so ziemlich alles, was brechen kann, beim Versuch Wasser zu finden, in die Brüche gegangen war.

Zum vereinbarten Termin im Mai fuhren sie mit einem bis unter das Dach gepackten Jeep Renegade nach Griechenland. Durch die Fenster sah man Schwimmflossen, Sonnenschirm und Liegestühle. Hätte man eine Bohrmaschine oder ähnliches Gerät entdeckt, wäre es – so wie das Auto – in den Pass eingetragen worden.

Von Camaria aus war der Neubau bereits zu sehen. Verdächtig war ein riesiger weißer Fleck unterhalb des Hauses.

Als sie ankamen, waren sie verblüfft.

Fürchterlicher Lärm beherrschte die Baustelle.

Man schliff den Terrazzoboden. Der Schleifstaub wurde kübelweise von der Terrasse über den Hang geschüttet. Das war die Erklärung für den weißen Fleck in der Landschaft.

Der Heißwasserboiler stand neben dem Haus. Unweit von ihm der Elektroherd und der Kühlschrank.

Eigentlich wollten sie in diesem Haus übernachten.

Ein gestresster Elektriker begrüßte sie mit ein paar Brocken Englisch.

Der Brunnen brachte am Tag dreihundert Liter Wasser. Im Frühling!

Hinter dem Haus war eine tausend Liter fassende Zisterne aufgestellt worden. Ein Schwimmerschalter – neueste Technik! – sorgte dafür, dass bei sinkendem Wasserpegel eine Brunnenpumpe bis zu dreihundert Liter förderte. Bislang funktionierte das.

Der Bodenschleifer würde noch einen Tag brauchen.

Die vereinbarten Schränke waren fertig eingebaut. Die Betten fehlten. Die standen bei Elias vor dem Restaurant. Sein Vater würde sie morgen bringen, sobald sein Auto repariert war. Es hatte einen Achsbruch auf der schlechten

Straße zu Klaus Haus erlitten. Der alte Tsonis hatte wochenlang Wasser zur Baustelle gefahren, weil keines hinaufgepumpt werden konnte. Der Strom war erst vor drei Tagen gekommen. Costas Charalambidis hatte der Elektrizitätsgesellschaft zwar ein Trinkgeld zukommen lassen, wie das üblich war, aber der Strom war trotzdem nicht geliefert worden. Erst mit der Androhung auf Klage wegen Annahme einer Bestechung, wurden innerhalb weniger Tage acht Masten gesetzt und die Stromzuleitung bereitgestellt.

Das war auch der Grund für die späte Bodenschleifung.

Sie packten die meisten Dinge, die sie nicht brauchten, in die Kästen und verklebten die Türschlitze.

Dann wurde bei Annemomilos der Campingplatz aufgesucht.

„Doktor! Could you visit my mother. She is in bad condition."

Kein Problem.

Seine Mutter lag im Streben. Hochgradige Herzschwäche. Das Erstaunliche war, dass diese Menschen, die nie Medikamente bekommen hatten, unglaublich schnell auf jede Therapie reagierten. Klaus hatte genügend Medikamente mit. Die alte Dame erholte sich durch die Entwässerung rasch, bekam am zweiten Therapietag besser Luft und saß nach einer Woche wieder vor dem Haus.

Am nächsten Tag schickte Klaus den Bodenschleifer weg. Schön genug. Es galt eine zentimeterdicke Staubschicht aus dem Haus zu entfernen. Die Kastenschlitze waren nicht dicht gewesen. All die neuen einsortierten Dinge waren weiß, der Herd war glücklicherweise angeschlossen und andererseits dadurch völlig verstaubt worden und es stellte sich heraus, dass die Schränke vor dem Feinverputzen eingebaut worden waren. Griechisch. Wunderschöne Türen und Fenster – aus Athen – waren von Maurern – oder Hilfsarbeitern? – gesetzt und eingerichtet worden. Das einzige Werkzeug, das denen zur Verfügung stand, waren Handsäge, Hammer und ein riesiger Schraubenzieher. Die Betten baute Klaus selbst auf. Der alte Tsonis kam damit stolz mit seinem reparierten Auto und einer Flasche Ouzo den Berg herauf. Nach der Flasche Ouzo war der Arbeitstag beendet.

Nach einem weiteren Tag, an dem Schutt entfernt oder unter die Büsche geschaufelt wurde und Klaus Erde über den weißen Fleck in der Natur schüttete, war das Haus, wenn man über Kleinigkeiten hinwegsah, bewohnbar. Immerhin war in jedem Zimmer eine Deckenlampe Marke „IKEA“ montiert und der Kühlschrank angeschlossen worden.

Der Urlaub im neuen Haus konnte beginnen.

Weil alles so gut funktionierte, wollten Klaus Eltern, Kurt und Ulli, im Herbst mit Freunden für drei Wochen kommen.

Klaus erklärte das System mit der Wasserpumpe mehrmals.

„Kein Problem. Wir sind doch nicht blöd.“

So kam es, das Klaus Eltern im Herbst nicht nur ein fürchterliches Erdbeben miterleben durften, bei dem halb Kalamata in sich zusammenstürzte, sondern sie auch drei Wochen kein Wasser hatten, weil natürlich die Pumpe abbrannte, nachdem sie trockenlief. Die Vier hatten bei der Ankunft ausgiebig geduscht und waren dann zum Essen gefahren. Der Brunnen hätte bestimmt vierhundert Liter Wasser bringen müssen. Wahrscheinlich hatte er im Herbst nur zweihundert oder weniger.

Eine Woche nach dem Urlaub von Klaus Eltern kamen sie ein zweites Mal in diesem Jahr nach Finikounda. Costas Charalambidis wollte kommen und nach dem Rechten sehen.

Sie erwarteten ihn im Restaurant „Helena.“ Der Elektriker hatte andere Probleme. Sein Haus in Kalamata war nur mehr Schutt.

Irgendwie hatte es sich herumgesprochen, dass Costas nach Finikounda kommen würde. Was Klaus und seine Frau nicht wussten, war die Tatsache, dass die Bauern mit ihm eine offene Rechnung hatten.

„Charalambidis – Brrr“. Es folgte eine Bewegung – wie beim Kopf abschneiden.

Es stellte sich heraus, dass für die Zufahrt zur Baustelle einfach ein störender Ast von einem alten Olivenbaum abgesägt worden war.

Die Gaststube im Restaurant „Helena“ hatte etwa zehn Einzeltische. An jedem schaukelten zwei bis drei Männer auf ihren Stühlen herum. Alle warteten auf die gemeinsame Rache an Costas Charalambidis. An sich war der Gastraum recht gemütlich. Die Wände waren mit Fichtenholzbrettern verkleidet. Alte Familienfotos brachten eine familiäre Atmosphäre. Etwas nüchtern leuchteten zwei Neonröhren den Raum aus. Eine große Durchreiche verband den Gastraum mit der Küche. Die Gäste waren aber eingeladen dort zunächst in die Töpfe zu sehen, bevor sie etwas bestellten.

Ein Schreibtisch mit moderner Rechenmaschine war das Kommandopult für den Wirt und Standort für das zweite Telefon in Finikounda.

An diesem Abend war die Stimmung gar nicht gesellig. Über die Tische hinweg wurde zornig gestikulierend diskutiert und immer wieder fiel der Name Charalambidis. Anscheinend hatte auch ein Abflussrohr, das bei der Straßenverbesserung eingelegt wurde, die Bewässerung eines Weingartens verändert.

Klaus überlegte, ob er auf Costas vor dem Lokal warten sollte, um ihn zu warnen. Man konnte doch den Mann nicht in sein Verderben rennen lassen!

Aber da ging auch schon die Türe auf und mit:

„Hallo, ihr Freunde!!", stand Costas Charalambidis strahlend im Restaurant.

Eisiges Schweigen.

Aber Costas kümmerte sich nicht darum. Er setzte sich zu Klaus und seiner Frau und bestellte ein Nachtmahl.

„Ich habe gehört, die haben hier den besten Fisch weit und breit."

Und Costas schmauste gelassen. Inzwischen bestellte er für jeden Anwesenden ein Getränk. Jeweils das, was derjenige gerade vor sich stehen hatte. Man wechselt kein Getränk während des Abends. Sehr vernünftig und rücksichtsvoll. Die Getränkerunde wurde serviert, aber keiner der Gäste berührte das Gespendete.

Langsam entstand Getuschel, dann Murren unter den Herumsitzenden.

Da stand Costas auf und griff nach der Gitarre, die an der Wand hing.

Charalambidis war ein stämmiger, mittelgroßer, stets lächelnder Charmeur mit leichtem Bauchansatz. Was man von ihm auf keinen Fall erwartet hätte, war die knabenhaft helle Stimme, die sanft und gemütsvoll die melancholischen, griechischen Lieder vortragen konnte. Das ließ Keinen im Restaurant unberührt. Die Griechen summten mit den bekannten Melodien mit. Abflussrohr und Olivenbaum waren vergessen.

Was ist schon wichtiger als die Harmonie zwischen Menschen.

Und überhaupt – der Costas hatte das ja nicht gern getan. So ein netter Mensch. Wir alle sind Freunde.

Alle sangen mit. Immer lauter. Costas bestellte noch eine Getränkerunde.

Es wurde getanzt.

Männer mit Männern. Freunde untereinander. Costas singend mit der Gitarre mitten unter den Tanzenden, die einen Kreis um ihn bildeten.

Alle waren glücklich. Griechische Seele 1985.

Der Abend wurde lang.

Zu später Stunde entschloss man sich, nach Hause zu gehen.

„Was ist dein Problem, Klaus? Kein Wasser? Macht nichts. Im Winter regnet es. Wir fangen das auf. Das reicht für deinen Urlaub."

Costas blieb noch einen Tag in Finikounda. Er erzählte von seinen Plänen. Ferienhäuser auf griechischen Inseln. Für die Stadt Athen hatte er schon die Planung einer Untergrundbahn fertiggestellt und verkauft.

„Bauten, die einmal begonnen wurden, werden auch fertiggestellt und irgendwann einmal bezahlt."

Über die Wasserversorgung eines Ferienhauses musste man sich keine Sorgen machen.

Wasser kommt vom Himmel, wenn man im Boden keines findet.

Im folgenden Winter schickte Costas irgendwann ein paar Arbeiter, die Regenrinnen anbrachten und das Wasser in eine Viertausendliter-Zisterne leiteten. Weil sie gerade mit Blecharbeiten beschäftigt waren, bauten sie eine Wellblechgarage neben die Straße.

„Du brauchst eine Garage. Kostet fast nichts." Na gut.

Im Frühling war Wasser in der Zisterne. Es hätte für drei Wochen Urlaub gereicht, aber es schwammen vier tote, schon etwas aufgeweichte Ratten im fauligen Nass.

Man lebte eben mit dem, was vorhanden war, und lernte das zu schätzen. Einzukaufen gab es in Finikounda nur das, was ein Grieche zum Leben brauchte. Die drei Geschäfte boten ein reiches Sortiment an. Unmengen von verschiedensten Zigarettensorten, vielfache Käsearten, alles was man zum Naschen brauchte, alle Grundlebensmittel und Obstsorten der Saison. Aber auch viele verschiedene Geschmacksrichtungen von Cornflakes, die das Geschäft in Frankenmarkt zu dieser Zeit noch gar nicht kannte. Die Europäische Wirtschaftsgemeinschaft hatte eine sonderbare Streuung an Waren bis in den südlichen Peloponnes gebracht. Der Ort war erst vor wenigen Jahren an das Stromnetz angeschlossen worden, aber an den krummen Strommasten hingen Werbungen für einen Basic-Kurs. Einen

Hammer oder Schraubenzieher zu erstehen war unmöglich in Finikounda.

„Kalamata", war das Zauberwort. Achtzig kurvige Kilometer!

Schrauben und Nägel bot ein Geschäft im Hinterraum in einer Schachtel an. Kunterbunt gemischt und teilweise rostig.

Wenn Zeus ein Brett locker gemacht hat, dann sollst du ihm nicht ins Handwerk pfuschen.

Glückliches Griechenland.

Ein Grieche verstand zu leben. Und zu lieben.

In erster Linie liebte er sich selbst. Das war so und wird wohl immer so bleiben. Schon deswegen, weil er keine Veranlassung finden wird, diesen Zustand zu ändern.

Die Griechen lieben die Frauen. Aber sie durften sie erst zum oder beim Heiraten lieben.

Für voreheliche Übungen gab es entsprechende Einrichtungen in Athen. Die wurden von den jungen Männern vom Land in den arbeitsfreien Wintermonaten fleißig besucht. Oft wurden traditionell auch männliche Gleichgeschlechtliche mit Liebe verwöhnt.

Die Griechen lieben die Sonne und das Meer. Sie lieben das Philosophieren und das Dösen.

Der moderne Grieche aber hatte ein Lieblingsthema: seinen Stress. Den behandelte er mit Unmengen Kaffee und Zigaretten. Eigentlich bedauerte er sich wegen der Arbeitsüberlastung gerne. Also ließ er Termine an sich herankommen, um sie dann zu verschieben.

„Wann kommst du?"

„Morgen um zehn Minuten nach Zehn."

Die exakte Zeitangabe hatte etwas Verpflichtendes an sich. Der Unerfahrene blieb zu Hause und wartete ab zehn Uhr auf den Handwerker und kontrollierte ab fünfzehn Minuten nach Zehn die Uhr. Natürlich sinnlos.

Nach einer Woche traf man zufällig den Handwerker im Gasthaus.

„Hast du mich vergessen?"

„Nein, nein. Der Stress! Ich komme morgen um fünf Minuten nach Zehn."

Das war die Liebe der Griechen zu ihrem Stress.

Am allermeisten liebte der Grieche das große Wort.

Er konnte sich im Redefluss so steigern, dass durch die Äußerungen seine

Stimmung erst so richtig entstand. Ein bestens gelaunter Grieche, der etwas Böses erzählte, wurde plötzlich richtig böse.

Demokratie heißt für den Griechen, alles sagen zu dürfen und ernst genommen zu werden. Seine Liebe zur Freiheit lebt in ihm. So konnte er auch Jahrhunderte unter fremder Herrschaft leben ohne seine Ehre zu verlieren.

Er kämpft auch für seine Freiheit. Mit dem Wort und aus dem Hinterhalt. Der Grieche ist ein ernstzunehmender Gegner, wenn er zornig ist. Nicht nur am Fußballfeld.

Für ihre Ehre und Gesinnung haben die Griechen in den letzten Jahrzehnten immer wieder zu ihren Flinten gegriffen.

Aber sie sind keine Frontkämpfer. Keine Preußen. Das hatten sie auch nicht nötig. Das Land gab ihnen in jeder Schlucht und hinter jedem Hügel Schutz.

Ihr Griechen! Ihr wart so selbstbewusste, stolze und zufriedene Menschen, wie euch Klaus in Finikounda kennengelernt hat!

Die großen Werte waren die scheinbar kleinen, selbstverständlichen Dinge und Zustände.

Die Familie war dem Griechen das Zentrum seines Lebens.

Jahre nachdem Klaus die Mutter eines Griechen behandelt hatte, wurde er noch mit Freude und Respekt auf der Straße begrüßt. Nicht, weil er kein Geld genommen hatte – er nahm im Urlaub nie Geld an. Es war ihm ohnehin ein Anliegen zu helfen – sondern weil es die Mutter war, die geheilt worden war. Man arbeitete für die Familie, man pflanzte für die Zukunft. Einen Olivenbaum. Den pflanzte man für den Enkel. Ein Haus, das für den Vater gut genug war, blieb auch für die Kinder ein Wohnsitz. Die enge Verbundenheit zur Familie und den Bräuchen verwurzelte mit der Heimat und dem eigenen Boden. Der Grieche am Land war in den Achtzigerjahren noch weitgehend autark. Erst als die Felder marktwirtschaftlich nach vorgegebenen Richtlinien und nicht mehr nach dem lokalen Bedarf bestellt wurden, verloren die Bauern den ersten Teil ihrer Freiheit und wurden vom Großhandel abhängig.

In Finikounda entstand eine große fabrikartige Halle zur Tomatenverpackung. Unmengen von Tomaten wurden aus der ganzen Gegend herangebracht und mit großen Lastzügen für den internationalen Markt abtransportiert. Der Gewinn der Bauern war gering und schon wenige Jahre später verwaiste die Halle und obwohl die Verkehrswege viel besser für den Transport geworden waren, schlief der Tomatenhandel ein. Brachliegende Tomatenfelder und verfallende Plastiktunnel, die über den Plantagen errichtet worden waren, gehörten bald zum Landschaftsbild.

Der Fischfang war zu dieser Zeit noch sehr ergiebig. Jeden Morgen blühte der Fischhandel an der Pier mit der morgendlichen Beute. Die Fangtechnik wurde immer besser. Die Boote wurden mit Fishfinder ausgerüstet, die Netze verbessert und bald wurden die Fische weniger.

Von Jahr zu Jahr nahm der Tourismus zu.

Der Gast wurde zum Fremden. Der Freund zum Vermieter.

Viele Jahre waren seither vergangen.

Klaus hatte Inge geheiratet und sie hatten das Haus in zwei Etappen wesentlich vergrößert.

Der Feriensitz wurde an das Ortswassernetz angeschlossen. Sie betonierten die Straße, die den Hang hinaufführte, und alles, was Erstausstattung war, wurde erneuert. Vom Bodenbelag bis zu den Fenstern, von der Kücheneinrichtung bis zu den Schlafzimmerschränken.

Bald war es für einen Elektriker in Finikounda nichts Besonderes mehr, eine Klimaanlage oder ein Satellitenfernsehen zu installieren. Ohne viele Worte und pünktlich, wie vereinbart, wurden die Arbeiten erledigt. Professionell und verlässlich. Die neue Zeit hatte Finikounda eingeholt. Konsumgesellschaft. Mit neuen Autos, neuer Mode, neuem Geschmack, neuen Speisen, neuen Berufen und ... mit Neid.

Nicht mehr die glückliche Familie, die wohlbestellten Felder, der ehrenwerte Verlobte der Tochter, die über Jahre angesparte Feierlichkeit und die zufriedenen Freunde waren das Zentrum des Strebens der Griechen, sondern der Verdienst und das Bankkonto. Der gute Job wurde wichtiger als die glückliche Ehefrau oder der treue Freund.

Der „american way of life" hatte Finikounda eingeholt.

Gekauft wurde, was man brauchte und wollte oder besser gesagt: was einem die Werbung vorgaukelte oder was der Nachbar hatte. Es war nicht mehr entscheidend, ob man es sich leisten konnte. Die Banken gaben das Geld.

Was sie alle nicht wussten, war die schlimme Tatsache, dass sie von den Banken nicht einmal griechisches Geld bekamen. Die reichen Griechen schickten ihr Geld in die Schweiz oder nach Lichtenstein. Die griechischen Schuldner bekamen das spekulative Geld von französischen oder deutschen Banken.

Aber nicht alle gingen zu den Banken, um ihre Wünsche zu erfüllen. Viele verkauften Grundstücke in großer Zahl. Auch Flächen, die Teil ihrer Landwirtschaft waren.

Eines Tages Griechen, werdet ihr sehen, dass euer Geld weg ist und das Land den Fremden gehört.

Investiert wurde dort, wo Gewinn erwartet wurde. Eröffnete der Nachbar ein Restaurant, das gute Einnahmen brachte, taten ihm das zwei weitere Nachbarn gleich. Nach einiger Zeit hatten alle um ihren Gewinn zu kämpfen, bis man sich entschloss den Konkurrenzkampf als Barbesitzer weiterzuführen.

Natürlich nahmen die Griechen alles an, was ihnen an Krediten angeboten wurde. Sie waren seit Jahrhunderten gewöhnt, aus ihrer Obrigkeit herauszuholen, was möglich war. „Gibst du mir Geld? In Ordnung, das kann ich brauchen. Wenn ich es nicht zurückzahlen kann, so ist das dein Problem. Meine Zahlungsunfähigkeit macht nicht mich, sondern dich kaputt."

Da waren Bauern, die sollten auf einmal bilanzieren. Bilanzrechnung – der größte Selbstbetrug seit es Steuerberater gab. Wahrscheinlich hat ein Steuerberater das Bilanzieren erfunden. Oder der Buchhalter einer bankrotten Firma. Vorher rechnete so ein Bauer am Jahresende zusammen, wieviel Geld ihm geblieben war. Jetzt durfte er seine gekauften Maschinen, sein Auto und das zu erwartende Geld auf die Haben-Seite schreiben. Ohne Rücksicht darauf, dass er ohne die Maschinen nicht mehr arbeiten konnte, sein Auto längst nicht mehr im Wiederverkauf den Abschreibungswert hatte und die außenstehenden Rechnungen vielleicht nie bezahlt wurden. Das Geld von morgen wurde ausgegeben.

Bei guter Konjunktur machte der Staat neuerlich Schulden, anstatt Geld für Zeiten schlechter Wirtschaft zum Gegensteuern auf die Seite zu legen.

Seid ihr in den letzten zwanzig Jahren glücklicher geworden, ihr Griechen in Finikounda?

Es ist schon richtig, dass auch Klaus danach getrachtet hat, seinen Luxus zu vergrößern. Aber das entstand aus einem positiven Kontostand. Und das, nachdem das Finanzamt mit der anderen Hälfte zufriedengestellt worden war.

Sein Ferienhaus in Finikounda erfüllte wirklich jeden Anspruch der Familie. Der erste völlig renovierte Teil des Hauses bestand aus einem Wohnzimmer im Westen, einer mit Essbar verbundenen Küche und zwei Schlafzimmern, vor denen am Zugang ein Badezimmer situiert war. Beide Schlafzimmer öffneten sich mit einer doppelten Terrassentüre in einen überdachten Innenhof, der in die vor dem gesamten Haus sich ausdehnende Terrasse überging. Gegenüber lag ein weiterer Hausteil, der ein Wohnzimmer mit Bar und Schreibtisch, ein weiteres Schlafzimmer und ein Bad anbot.

Der dritte Teil des Hauses stand auf Säulen hinter dem Innenhof und war durch eine Freitreppe zu erreichen. Dort fand man mit herrlichem Ausblick ein Wohnschlafzimmer mit Bad.

Hier wohnte nun Josef seit einigen Wochen, wie oft in den letzten zehn Jahren.

Klaus hatte ihm wieder angeboten, einige Zeit in dem derzeit unbewohnten Haus zu verbringen, um wieder zu sich zu finden.

Er hatte erneut nicht mehr gearbeitet. Josef war von Beruf Schriftsteller. Auch Dichter. Auch Journalist. Jedenfalls brauchte er wieder seine Ausgeglichenheit, um schreiben zu können.

Es war im Februar 2000.

Josef war in seinem Elternhaus in Aichkirchen. Er war alleine. Josef war meistens alleine.

Obwohl er einunddreißig Jahre alt war, hatte ihm sein Leben keine bleibende Freundschaft und keine Gefährtin gegönnt. Dabei war Josef ein gutaussehender, kräftiger junger Mann. Er war gesund und hatte nicht die Absicht ein einsames Leben zu führen. Aber es hatte sich nie ein Mensch gefunden, der in Josef den Wunsch erweckt hatte, näheren Kontakt zu pflegen.

Nach seiner Matura hatte sein Vater die Frage nach seinem Berufswunsch gestellt.

Josef wollte Dichter werden.

Sein Vater versuchte nicht, ihn von diesem Gedanken abzubringen. Vielleicht passte die Schriftstellerei zu Josef dem Dritten. Seine Mutter Sabine hatte ihn schon kurz nach Schulbeginn als Träumer bezeichnet, wenn seine Gedanken das Schulheft verließen und sich mit dem Weltenlauf beschäftigten.

Die Hubers waren nicht arm. Seine Eltern betrieben eine einträgliche Bio-Landwirtschaft und führten sogar einen „Musterhof", der mehrfach prämiert und als Beispiel dargestellt wurde. So konnte Josef seinen Studienwünschen ohne finanzielle Einschränkung nachgehen. Er studierte in Salzburg Germanistik und Journalistik.

Sein Interesse an der Politik war groß. Aber vorwiegend theoretisch. Einmal war er Mitglied in der Jungen ÖVP gewesen, hatte sich aber bald enttäuscht zurückgezogen, als er bemerkte, dass die jungen Menschen dort zwar gerne bei Veranstaltungen mitwirkten, zu Wahlzeiten in der Werbung tätig waren und gesellige Ausflüge machten, aber kein Interesse an politischen Diskussionen oder Programmen hatten.

„Der Josef wird seinen Weg machen", sagte einmal die Mutter zu seinem Vater. „Er ist ein guter Mensch. Nicht der Sieg ist zu suchen im Leben, sondern die Harmonie."

Er schrieb Artikel über lokale politische Ereignisse und Stellungnahmen zum globalen Tagesgeschehen.

Bald wurde ihm die Welt in Aichkirchen zu eng und er plante auf Reisen zu gehen.

Josef der Dritte suchte Gegenden auf, in denen es Konflikte gab. Politische oder wirtschaftliche. Er griff nicht ein. Er war Beobachter und nahm die Eindrücke mit.

Seine Berichte waren seine persönlichen Erlebnisse. Er schrieb nicht wie ein Berichterstatter. Er ließ seine Leser Schicksale mitempfinden und schilderte das Leben so klar mit seinen Leiden und Schmerzen, dass er oft selbst unter den Beschreibungen litt.

Der schwarzhaarige, nachdenkliche Josef mit den feinen Gesichtszügen seiner Mutter vergaß beinahe das Lachen.

Bis eine Wende in seinem Leben eintrat.

Er lernte auf seinen Reisen eine Kollegin kennen. Eine junge Journalistin aus Skopie. Sie lernten sich in New Mexiko kennen und hatten die gleichen Reiseziele. Sie blieben beisammen.

Es war nicht die große Liebe, aber sie waren gleichwertige Partner, respektierten sich und schätzten jeweils die Fähigkeiten des Anderen.

Da war auch Sexualität zwischen ihnen. Nicht berauschend. Es gehörte dazu. Nicht verzehrend. Eher behutsam und rücksichtsvoll.

Fast ein Jahr waren sie beisammen, bis das Schicksal sie auseinanderriss.

Josef der Dritte kehrte gebrochen nach Aichkirchen zurück.

Seine Mutter war die große Stütze für ihn.

Depressiv und schweigend saß er in der Stube. Er war unfähig zu arbeiten.

Nach einigen Monaten erst hatte er sich soweit im Griff, dass er seine Mutter beruhigen konnte.

„Mama, ihr könnt ruhig nach Wien fahren, wie ihr das schon lange vorgehabt hattet. Ich komme schon zurecht. Ich werde mit dem Onkel die Landwirtschaft schon ein paar Tage erledigen können."

„Josef. Bist du ganz sicher, dass du ohne uns auskommst? Seppi, schreib' halt wieder einmal was."

„Es wird schon, Mama."

Als es dann so weit war, dass seine Eltern Aichkirchen für ein paar Tage verließen, kam er sich schon sehr einsam vor. Noch einsamer als früher.

„Sei nicht so niedergeschlagen. Die Welt ist so schön. Du musst nur die erfreulichen Dinge im Leben finden, Josef."

Sabine war immer fröhlich. Stets hatte sie ein Lachen auf den Lippen. Schwungvoll und munter begann sie alles mit viel Optimismus. Es gelang ihr auch alles.

Seine Mutter war sehr beliebt und wo immer sie mit ihrem Mann, Josef dem Zweiten, erschien, waren die Menschen von ihrer Ausstrahlung beeindruckt. Nicht nur weil sie eine Schönheit war.

Ihr pechschwarzes Haar fiel offen auf ihre Schultern und schlank und langbeinig wirkte sie sehr sportlich, wenn auch ihr strammer, aufsehenerregender Busen ihre Weiblichkeit betonte.

Sie war sich ihrer Schönheit bewusst und bemühte sich nicht, sie zu verbergen. Begeistert sonnte sie sich nackt im Blumengarten neben dem Haus und die Lücken in der Hecke waren ein Geheimtipp der jungen Männer der

Gegend. Bis Josef der Zweite einmal einen Beobachter an den Ohren aus seinem Versteck zog und ihm anschließend bei der Prügel, die er ihm zukommen ließ, drei Rippen brach.

Die Liebe zwischen seinen Eltern war einzigartig.

Seine Mutter war erst achtzehn Jahre alt gewesen, als sie heiratete und kein ganzes Jahr später kam Josef der Dritte zur Welt.

Die Unzertrennlichkeit seiner Eltern war sprichwörtlich. Josef erlebte es nie, dass ein Elternteil nicht genau wusste, wo der andere war. Da war aber keine Eifersucht oder Misstrauen der Beweggrund sondern eine herrliche Bande der Zuneigung. Die Anwesenheit der Beiden strahlte Glück, Frieden und starke Liebe aus, die jeden in ihren Bann schlagen musste.

„Josef. Du bist mein ganzes Leben", hatte Josef der Dritte seine Mutter einmal belauscht.

Sie gaben sich auch keine Mühe ihre tiefe Verbundenheit vor ihrem Sohn oder sonst einem Mitmenschen zu verbergen. Im Gegenteil. Sie waren ein Teil „der großen göttlichen Liebe", wie Sabine es ausdrückte und „das hat ewigen Bestand", auch für die Mitmenschen.

Ihre Lebensfreude stand in großem Gegensatz zur Melancholie ihres Sohnes.

„Du bist ein melancholischer Huber", lächelte Sabine oft und wertete ihn damit nicht ab. Sie versuchte eher den Grund seiner Seele zu erforschen.

Dann waren sie nach Wien gefahren und Josef der Dritte war mit seiner Traurigkeit alleine.

Der alte Onkel Toni setzte sich zu ihm in die Stube, nachdem sie gemeinsam die notwendigen Arbeiten am Hof erledigt hatten.

„Sie kommen ohnehin bald wieder", versuchte er den jungen Mann zu trösten. Der Toni war der Nachbar und er hatte nur mehr eine kleine Wirtschaft mit drei Kühen. Nicht zu vergleichen mit dem Huberbauern mit seinen über vierzig Stück Vieh.

Der Toni war zeitlebens in Josefs Großmutter verliebt gewesen und hatte nie eine andere Frau angesehen, obwohl ihm die Oma, die Josef der Dritte nie kennengelernt hatte, weil sie sehr früh verstorben war, keine Hoffnungen gemacht hatte.

So vergingen drei Tage und lange Nächte bis eines Abends – Josef der

Dritte hatte sich mit einem Buch in sein Zimmer verabschiedet und Toni war nach Hause gegangen – an der Türe geläutet wurde. Josef warf das Buch aufs Bett und stand auf.

Wer mochte das sein? Zu so später Stunde? Unbehagen ließ seinen Magen drücken.

Ohne Grund zögerte er aufzusperren.

Zwei junge Männer in roter Rot-Kreuz-Uniform standen vor der Türe und neben dem Rot-Kreuz-Auto war ein Gendarmerie-Wagen geparkt ...

„Herr Huber? Sie sind Herr Josef Huber?"

Schweißperlen bildeten sich auf Josefs Stirne. Was wollten die von ihm?

„Ja, Josef Huber. Das bin ich."

„Herr Huber. Dürfen wir eintreten?"

„Ja natürlich. Um was geht es denn?"

Zwei Rot-Kreuz-Sanitäter und ein Gendarm drängten sich an Josef vorbei, fanden die Stubentüre und setzten sich wortlos an den Esstisch.

„Also was ist?" Josef ahnte Schlimmes. Es würde doch nichts mit seinem Vater sein. Oder mit der Mama? Nein. Mit der Mama sicher nicht. Die war das blühende Leben. Aber sein Vater war auch nie krank. Und stark wie ein Bär. Viel stärker als er, Josef der Dritte.

„Herr Huber. Wir sind vom Kriseninterventionsdienst."

Wo um Gottes Willen war hier eine Krise? Ich brauche euch nicht! Geht nach Hause!

„Herr Huber. Wir haben eine schlimme Nachricht für sie. Ihr Eltern sind tödlich verunglückt."

Eltern!!! Beide!!! Das kann nicht sein. Sie passten ständig aufeinander auf. Sie waren vorsichtig. Sein Vater fuhr nie zu schnell mit dem Auto.

Verunglückt.

Das kann nicht sein. Automatisch fragte er. Er fragte, weil die Frage kommen musste. Er wollte keine Antwort wissen. Er würde sie ohnehin nicht glauben. Er glaubte ihnen gar nichts. Lügner!! Geht wieder. Lasst mich in Frieden! Geht und ich vergesse euch. Ihr wart nicht da. Ich lese mein Buch weiter. Morgen kommen meine Eltern wieder nach Hause. Dann lache ich euch aus. Dann werdet ihr sehen, welchen Blödsinn ihr mir einreden wolltet. Meine Eltern verunglückt. Beide. Ich brauche sie doch!!

Er fragte. Tonlos. Mit schweren Lippen. Leichenblass.

„Ein Autounfall?"

„Nicht direkt. Ihr Vater ist gestürzt und ihre Mutter ist in ein Auto gelaufen, als sie zu ihm geeilt ist. Sie sind sofort tot gewesen. Seite an Seite."

Sie redeten auf ihn ein. Beruhigten ihn damit, dass seine Eltern nichts mehr gespürt haben dürften, dass sie vom Tod ohne Leiden überrascht worden waren und dass sie eben jetzt bestimmt wieder beisammen seien. Er hörte das alles nicht.

Er verstand auch nicht, als ihm der Gendarm erklärte, wie es dazu gekommen war:

Sie waren bei der Donnerstag-Demonstration gegen die Schüssel-Regierung am Ballhausplatz in Wien. Es gab einen Tumult und der Vater dürfte in dem Gedränge auf den Kopf geschlagen worden sein. Die Nachfragen hatten ergeben, dass die Mutter abgedrängt worden war. Der Vater musste wegelaufen sein und war dann mit seiner Kopfverletzung so schwer gestürzt, dass er an Ort und Stelle an seiner Schädelverletzung gestorben ist. Josefs Mutter war ihm nachgelaufen, hatte ihn fallen sehen und wollte ihm helfen. Als sie blindlings über die Straße hetzte, wurde sie von einem Fahrzeug erfasst und erlitt einen tödlichen offenen Schädelbruch mit Gehirnaustritt. Das alles berichtete der Gendarm. Er musste das erzählen. Das war sein Auftrag.

Josef konnte nicht mehr denken und er wollte auch nichts begreifen.

Wie konnte man so etwas Schreckliches verstehen?

Seine Eltern waren tot. Mit einem Schlag. Vor fünf Minuten waren sie noch das Zentrum seines Lebens. Weg.

Warum war er, Josef der Dritte noch da? Wozu? Allein in der Welt? Sinnlos!!!

Die Mitarbeiter des Interventionsteams waren rührend bemüht um Josef.

Sie telefonierten mit einem Bestattungsinstitut. Morgen würde wer kommen. Wegen der Fotos und der Pate-Zetteln. Der Pfarrer wurde verständigt.

„Können wir sie alleine lassen? Haben sie Verwandte? Einen Nachbarn?"

„Nein. Keine Verwandte. Nachbarn? Ja. Den Toni. Den Toni von gegenüber."

Sie holten den Toni und dann rückten sie wieder ab.

„Vielen Dank auch." Zur Hölle mit euch. Warum musstet ihr mir so eine Nachricht bringen?

Der Toni kam. Der Toni weinte. Josef wunderte sich, dass er nicht weinen musste. Nicht weinen konnte.

Der Toni wusste nicht, was er sagen sollte. Er wusste nicht, wie er helfen sollte.

So etwas Entsetzliches! Alle Beide!

Der Toni holte die Schnapsflasche und zwei Gläser. Er schenkte sich und Josef ein. Und noch einmal. Und noch einmal.

Der Schmerz wurde dadurch nicht geringer, aber er war weiter weg.

Sie tranken, bis sie über dem Tisch zusammensanken.

Morgen würde der Toni den Klaus anrufen.

Die Nacht drängte sich in den Morgen hinein und bis sie wieder an den nächsten Tag dachten, war er schon zur Hälfte vorbei.

Aber der Toni war bald soweit in Ordnung, dass er den Klaus anrufen konnte.

Nach einer guten Stunde war er da.

Es war gut, dass jemand da war, der einen in den Arm nahm und hielt. Hielt und schwieg. Lange. Jeden Herzschlag spürte man. Man spürte, unter den Lebenden zu sein.

„Willst du sie noch einmal sehen?"

Er wollte nicht.

Sein Vater war so stark. Er wollte ihn nicht gebrochen sehen.

Seine Mutter war so schön. Er wollte sie nicht zerschmettert sehen.

Klaus kümmerte sich um alles. Und er sorgte für etwas, das für Josef wichtig war: Sie waren beim Begräbnis alleine.

Nur Josef, Toni und Klaus mit seiner Frau Inge waren in der Kirche und bei der Beisetzung in der Hubergruft.

Bevor die Särge hinabgelassen wurden, trat Josef vor. Nur dieses eine Mal. Er legte die Hände auf beide Särge und etwas Sonderbares geschah. Er fühlte in beiden Händen eine Bewegung. Wärme floss in ihn hinein. Josef fühlte sich mit einem Mal ganz ruhig, fast zufrieden. Vielleicht für einen kurzen Moment glücklich.

Er sah Klaus in die Augen. Der verstand.

„Der ewige Fluss der Liebe. In ihm werden sie weiterleben."

Sie blieben noch lange vor der Gruft stehen. Nichts drängte sie wegzugehen.

Als Josef dann abends alleine war, verließ er das Haus. Er wanderte zwischen den Feldern der Huber zum Wald hin, schaute zurück auf Aichkirchen mit dem eigenartigen Kirchturmdach, das nicht wusste, ob es ein Zwiebelturm oder ein gotischer Spitz hätte werden sollen, sah die vielen neuen Einfamilienhäuser, die in den letzten Jahren entstanden waren, und ging in den Wald.

Er wollte sich nicht erhängen. Er hatte daran gedacht, aber er war zu feige. Er überlegte lange, wozu mehr Mut notwendig war: Weiterzuleben oder zu Sterben.

Er stieg auf einen Hochsitz und nahm von seinem bisherigen Leben Abschied.

„Mama, Papa. Ich liebe euch."

Er hasste sich für jeden Tag, für jede Stunde, die er damit vergeudet hatte, nicht bei ihnen zu sein. Er, Josef, hatte keine andere Liebe in seinem Leben so tief empfunden, wie jene zu seinen Eltern.

„Mama, Papa. Wo seid ihr jetzt?"

Er haderte nicht mit einem Gott, nicht mit seinem Schicksal. Ein wenig tat er sich selbst Leid.

Am Schlimmsten war ihm, dass er keinen Sinn für sein Weiterleben wusste.

„Seppi, warum schreibst du nichts mehr?"

Das hatte die Mama ihn in letzter Zeit gefragt. Daran erinnerte er sich.

Am nächsten Tag saß er wieder auf dem Hochsitz. Er hatte Block und Kugelschreiber mitgenommen. Hier war er seinen Eltern nahe. Hier schrieb er. Er schrieb vom Schmerz. Vom Schmerz seine Eltern verloren zu haben. Er schrieb es nicht für andere. Nicht zum Lesen. Er schrieb es für sich. Große Stöße von vollgeschriebenem Papier nahm er wieder mit nach Hause. Zum Verbrennen.

Eines Abends kam Klaus vorbei.

Er nahm ihm die Zettel aus der Hand.

„Halt! Warte mit dem Feuer. Lass mich sehen."

Klaus studierte das Geschriebene lange. Immer wieder.

Dann las er Josef vor. Es war ihm fremd.

„Das habe ich geschrieben? Lies weiter."

Und dann begann Josef zu weinen. Endlich konnte er weinen. Es war befreiend.

Er wusste, dass er nicht alles selbst erdacht hatte, was da auf den Zetteln stand. Seine Eltern hatten mitgeschrieben.

„Ich glaube, meine Eltern leben noch." Klaus verstand.

„Ihre Liebe lebt in dir."

Josef schrieb weiter. Klaus kam vorbei und sie sprachen lange über dessen Zeilen.

Oft waren sie nicht leicht zu verstehen.

„Dein Leben hat einen Sinn. Schreibe. Du hilfst dir selbst, aber auch vielen anderen Menschen, die das lesen werden. In deinen Zeilen steckt eine Botschaft.

Die Botschaft, dass mit dem Tod nicht alles vorbei ist. Dass die Liebe, die wir in unserem Leben spenden, ewig ist und fortlebt. Schreibe die Liebe unter den Menschen nieder. Bekämpfe Hass und Neid."

Josef war kein Bauer. Er war Dichter. Das Land braucht Bauern. Aber es braucht auch Dichter.

Er hatte viel Schlimmes erlebt. Wo Menschen sind, da ist Tod. Wo Menschen sind, da ist Krieg. Aber wo Menschen sind, da ist auch Liebe.

Josef wollte weg. Flieh dem Tod!

Klaus bemühte sich, die Landwirtschaft zu verpachten. Er fand ein junges Paar aus der Gegend, das alles übernahm und versprach, es in dieser Form weiterzuführen.

„Fahr für einige Zeit in mein Haus nach Griechenland. Bringe Abstand zwischen dich und die Vergangenheit. Suche die Ruhe. Schreibe. So wie es deine Mama gewollt hätte."

Josef war für diesen Vorschlag dankbar. Er flog nach Athen und fuhr dann mit dem Bus nach Finikounda.

Das war vor über zehn Jahren. Seither war er oft in Finikounda. Wie auch in diesem Frühling 2011.

Da lag er jetzt auf der Terrasse und wartete, bis ihn die letzten Nebel des gestrigen Ouzo verließen.

„Ich werde mit dem Kajak hinauspaddeln. Ich werde meinen Körper fordern und dann heute Nacht meinen Kopf freimachen. Ich werde schreiben."

Er raffte ein paar Sachen zusammen, die er mit an den Strand nehmen wollte.

„Zuerst werde ich noch Klaus anrufen."

Er suchte sein Handy, fand es unter dem Bett und wählte die Nummer von Klaus.

„Hallo, Brunner, Grüß Gott."

„Hallo Klaus, hier ist Josef. Wie geht's?"

„Mir geht's immer gut. Wie ist es bei dir?"

„Inzwischen wieder besser. Ich habe heute Nacht mit Baneotti eine Flasche Ouzo von ihrem Inhalt befreit. Er hat gejammert. Große Probleme. Grund weg. Bar pleite. Kein Geld mehr. Kein stolzer Grieche mehr."

„Das musste so kommen. Ich habe es immer prophezeit.

Die Griechen sind sehenden Auges in ein Messer gelaufen. Die Banken haben mit ihnen spekuliert, wie mit einem Rennpferd. Und sie haben verloren. Alle müssen die Rechnung bezahlen. Die EU-Steuerzahler und die Griechen. Nur die Banken halten sich schadlos. Sie waren sicher, dass die EU die Griechen über Wasser halten müsse. Gleich, was passiert. Die Bankenlobby ist zu stark und die Politiker zu dumm. Das Geschäft mit der Pleite eines Staates ist außerdem für die Spekulanten ein zu Verlockendes. Das Spiel ist immer dasselbe: Gib einem Staat verführerische Kredite. Locke ihn mit Investitionen und die Bürger sind fasziniert von dem Angebot und die Politiker von der Möglichkeit sich Denkmäler zu setzen und Wähler zu gewinnen. Die Politikerlobby bereichert sich selbst ein wenig und dann beginnen die Banken plötzlich zurückzufordern. Eine Wirtschaftskrise wie 2008, 2009 zwingt sie dazu, ihre Liquidität zu verbessern. Verzögert sich die Rückzahlung, hat die Spekulanten – und Bankenlobby ein Opfer. Eine Ratingagentur – eine Agentur, nicht ein objektives internationales Gremium – setzt die Vertrauensmarke für Banken und Politik nach unten und dadurch die Zinsen für diesen Staat nach oben.

Da gibt es amerikanische Ratingagenturen, die stark politisch ausgerichtet sind – nicht neutral, wie du vielleicht denkst, – und sich auch dazu bekennen und republikanische Präsidentschaftskandidaten offen im Wahlkampf unterstützen. Agenturen, die mit dem Einfluss in der Weltwirtschaft selbst viel Geld verdienen.

Die Mühle beginnt zu malen. Hohe Zinsen, keine weiteren Gläubiger, keine ausländischen Investitionen. Der Staatsbankrott ist vorprogrammiert. Jetzt muss nur die Presse die Schuldigen bestimmen. Geldverschwendung, Schuldenverbergen, Korruption – in welchem Staat ist so etwas nicht zu finden?"

„Klaus ich wollte nur ..."

„Unterbrich' mich nicht. Überleg' einmal. Wenn ich dir nahelege, bei mir Geld auszuborgen, um bei mir etwas zu kaufen, wen trifft die Hauptschuld, wenn du nicht zurückzahlen kannst. Vor allem, wenn ich es früher zurückfordere und höhere Zinsen verlange? Antworte nicht. Es ist ganz klar. Du bist zumindest nicht alleine Schuld und es ist nur verständlich, wenn wir uns den Schaden teilen. Teilentschuldung nennt man das.

Und wieder normale Zinsen. Griechen sind keine schlechteren Menschen. Man wird natürlich Kontrollen einbauen. Einen Fehler machen nämlich fast alle Regierungen – unsere auch – in Zeiten der besseren Konjunktur darf sich die Politik keine Denkmäler bauen, sondern muss Rücklagen schaffen, damit sie in Krisensituationen mit Investitionen gegensteuern kann."

„Du, Klaus, ich wollte nur ..."

„Du hast schon Recht. Ich muss nur noch eines sagen. Einem Staat wie Griechenland in der derzeitigen Situation Geld zu geben und damit bei hohen Zinsen seine Schuld zu vergrößern, ist der größte Blödsinn. Das ist nur Zeitgewinn und vergrößert die Pleite. Die Banken müssen Haare lassen.

Es ist schon richtig, dass die EU wie eine Seilschaft keinen Kameraden abstürzen lassen kann, ohne selbst in Gefahr zu kommen. Die Frage stellt sich nur, wie fest stehen die anderen Kletterer und stolpert der Grieche wirklich oder wird er nicht auch verunsichert und geschubst. Ein ständiges Gejammer „Du fällst. Er wird fallen!", bringt die Seilschaft insgesamt ins Trudeln. Wie stark diese Störung sich auswirken wird, kann keiner vorhersagen. Diesbezügliche Wortmeldungen sind reines Raten. Aber – um beim Beispiel einer Seilschaft zu bleiben: Eine gemeinsame Klettergruppe sollte vor dem Aufstieg darauf achten, dass alle Teilnehmer entsprechend ausgerüstet und trainiert sind. Kurz: eine gemeinsame Währungspolitik ohne einheitliche Wirtschaftspolitik muss ein Blödsinn werden.

Spekulationen, die auf Staatspleiten Gewinne machen, müssen hoch bestraft werden. Es träfe ja nicht eine Bank. Durch den weltweiten Schuldenweiterverkauf unter den Banken verteilt sich die Last. Auslöser war die Weltwirtschaftskrise von 2009. Und die ist nicht von Griechenland, Irland oder Portugal ausgegangen, sondern vom größten Schuldner der Welt, der USA. Die kritisieren in ihrer beispiellosen Selbstherrlichkeit aber die Wirtschaft der EU.

Der zweite Blödsinn, den unsere Politiker hinausposaunen ist: die Griechen müssen sparen. Keine Wirtschaft erholt sich durch Sparen. Das ist das Rezept für eine Familie, die nicht mit Geld umgehen kann, vielleicht noch für eine Firma, aber nicht für einen Staat. Im Staatsgefüge führt Sparen zu Arbeitslosigkeit, Marktschwäche und Produktionsrückgang. Richtig ist eine Drosselung der Importe und Umstieg auf innovative – also rohstoffschonende, umweltfreundliche-Produktion.

Aber es stimmt mich schon nachdenklich, wenn der österreichische Bundeskanzler die sogenannte Hilfe für Griechenland auch damit begründet, dass ohne diese der österreichische Export dorthin zurückgehen würde, und das vorgelegte Sparprogramm der EU betont, dass der Waffeneinkauf Griechenlands nicht gedrosselt werden dürfte. Welche Lobbys stecken wohl hinter diesen Gedanken?"

„Klaus, ich wollte nur sagen ..."

„Du unterbrichst mich schon wieder.

Ein Problem sind die Geldmärkte. Auch wenn immer welche glauben, klüger zu sein: Mein Vater hat gesagt: Geld arbeitet nicht für ehrliche Menschen. Nur wer sich morgens die Ärmel aufkrempelt und Leistung bringt, kommt rechtens zu Gewinn.

Unsere Politik stopft Löcher. Die Politikerargumentationen sind am Niveau der Waschmittelwerbung angelangt. Entscheidungsangst und pendelnde politische Zielsetzungen charakterisieren ihr Reagieren auf Lobbys und Presse.

Es wird etwas passieren. So kann es nicht lange gut gehen.

Der weiße Mann hat die Asse im Wirtschaftspoker schon längst aus der Hand gegeben. Es ist nur mehr ein verzweifelter Kampf um Markt und Macht.

Josef!! Wir stehen vor dem nächsten großen Krieg!!!

Ein Krieg um Lebensraum, Ideologie und Religion, zwischen Rassen und um die Sinngebung des Lebens. Nenne mir eines dieser Themen, zu denen die westliche Welt, der „american way of life", noch etwas Vernünftiges beitragen kann."

„Du, Klaus, ..."

„Ja? Wolltest du etwas sagen?"

„Du, Klaus. Ich wollte eigentlich nur sagen, dass ich mit dem Kajak hinausfahren werde und mich erst morgen wieder melde. Mach' dir also keine Sorgen, wenn ich dich heute Abend nicht anrufe, wie jeden Tag."

„Ist in Ordnung. Pass auf. Achte auf den Wind."

„Klaus. Jetzt habe ich wieder mehr Kopfschmerzen. Dein Vortrag war für mich zu stark."

„Welcher Vortrag. Na gut. Die frische Meeresluft wird dir gut tun. Tschüss."

Das Gespräch war unterbrochen.

Wir stehen vor dem nächsten Krieg.

Josef war froh, wenn er mit dem Frieden zurecht kam.

Er überprüfte, was er zum Mitnehmen in die kleine Tonne, die in den Stauraum des Kajaks passte, gestopft hatte. Ein kleines Handtuch, das Handy, Schlüssel und eine kleine Flasche Mineralwasser.

Er verschloss alle Türen und machte sich auf den Weg zum Strand.

Er wanderte die schmale Betonstraße den Hang hinunter, durchquerte die an das Grundstück anschließenden Weingärten und kam auf die alte Straße nach Methoni. Kein Straßenverkehr ließ ihn zur Seite gehen. Er passierte drei Ferienhäuser und überquerte die breite neue Küstenstraße.

Nach hundert Metern bog er rechts zum Campingplatz ab.

Vor dem Rezeptionsgebäude saß Costas im Schatten. Ihm gehörte der Platz.

Klaus hatte Josef einmal erzählt, wie er vor fünfundzwanzig Jahren beim Bau zugesehen hatte. Zunächst war ein riesiger Bagger wochenlang damit beschäftigt gewesen, die Dünen abzugraben. Dann wurde ein Brunnen gegraben und ein Bewässerungsnetz aufgebaut.

Schließlich kamen die Bäume.

Ein Jahr später errichtete Costas – er hatte in Italien Architektur studiert – die kleinen Gebäude: Rezeption, ein kleines Geschäft, Wasch- und WC-Anlagen und eine kleine Bar.

Die Bäume wuchsen schnell und bald war der Amos-Campingplatz einer der beliebtesten der Gegend. Hier stand nicht alles in Reih und Glied. Die Camper konnten sich niederlassen, wo immer es ihnen gefiel. Die vorderste Reihe hatte den direkten Kontakt zum Strand und das Meer vor der Nase.

Am Beginn des Sandstrandes war eine einfache Kaltwasserdusche. Die und all die mittlerweile bekannten Urlauber, die immer wieder kamen, waren der Grund, warum Josef, so wie die Familie von Klaus, hier ans Meer gingen und Kajak und Liegestühle mit dem Sonnensegel verkettet zurückließen. Zusammengeschlossen deswegen, weil sich Griechenland auch in dieser Hinsicht verändert hatte.

Waren es die Urlauber, die Zugezogenen oder hatte sich die Mentalität der Einwohner verändert – in jedem Falle konnte man nicht mehr alles sorglos herumliegen lassen, wie das früher bedenkenlos möglich war.

Vor zwanzig Jahren konnte man eine Uhr offen tagelang zurücklassen und kein Grieche würde sie berührt haben. Er war mit seiner eigenen zufrieden und kümmerte sich nicht um das Eigentum eines Anderen. Mittlerweile hatte sich das geändert. Ganze Motorboote wurden über Nacht gestohlen. Sonnensegel und Liegestühle waren nicht mehr sicher. Die Zeiten hatten sich gewandelt. Die Menschen hatten zwar mehr, aber offenbar war ihnen das nicht genug und das leicht Verdiente oder Gestohlene war verlockender, als ein reines Gewissen oder das Ehrgefühl.

Josef suchte seinen Liegeplatz auf und öffnete das Schloss der Kette, die Liegestühle und das Sonnensegel miteinander verband. Keine Diebstahlsicherung, aber zumindest eine Barriere.

Das Paddel hatte er vergessen. Das lag bei einem Bekannten am Platz unter dem Wohnmobil.

Er ging noch einmal zurück. Hinauf hinter den schmalen Schilfgürtel, der den Schutz gegen den vom Wind aufgewirbelten Sand bildete.

Die Leute waren nicht da.

Schade. Er hätte ihnen noch gesagt, dass er hinausfahren würde.

So holte er das Paddel unter dem Wohnmobil hervor und trottete wieder über den heißen Sand zum Kajak zurück.

Die kleine Tonne wurde im hinteren Stauraum versenkt und der dichte Verschlussdeckel sorgfältig zugedreht.

Sein Leibchen hängte er über den zusammengeklappten Liegestuhl, klemmte es aber so ein, dass der Wind es nicht befreien konnte.

Eine Badehose genügte für die Fahrt. Außerdem spritzte er sich ohnehin nur nass.

Er zog das Boot über den Sand bis zur Brandung.

Josef schob den Kajak nur so weit, dass es noch am Sand auflag, wenn er einstieg. So war die Gefahr des Kippens nicht so groß.

Einmal war er unvorsichtig gewesen und war nicht nur der Länge nach ins Wasser gestürzt, sondern die nächste Welle hatte auch das Boot angefüllt.

Für alle Zuschauer war das ein großes Vergnügen gewesen. Die Langweile des Strandlebens hatte durch seine Ungeschicklichkeit eine Unterbrechung erfahren.

Er hatte dazugelernt.

Mit einer raschen Bewegung saß er im Boot und stieß sich mit den Händen bei der nächsten Welle vom Sand ab.

Paddel richtig herum? Dann konnte es losgehen.

Nach einigen kräftigen Schlägen war er aus dem Brandungsbereich und wenige Minuten später hatte er das Strandleben hinter sich gelassen und steuerte ins Meer hinaus.

2

Das erste Muskelbrennen stellte sich bei Josef schon nach zehn Minuten ein. Kein Aufwärmen. Er musste in eine regelmäßige Schlagfolge kommen und langsam beginnen.

Er setzte sich gerade, bemüht nicht am eingetauchten Paddel zu ziehen, sondern mit der nach oben stehenden Paddelhälfte zu drücken.

Die Mittagssonne brannte auf seine rechte Schulter und Josef bedauerte, dass er keine Sonnenbrille mitgenommen hatte. Er fürchtete keinen Sonnenbrand, weil er schon braungebrannt von den letzten Sonnentagen war. Am Meer war die Sonneneinstrahlung durch die Reflexion an der Wasserfläche verstärkt. Aber die Augen hätten unbedingt einen Schutz gebraucht.

Die ersten Schweißtropfen bildeten sich an seiner Stirne. Er liebte das. Schwitzen war für ihn kein unangenehmer Zustand. Eher hatte er das Gefühl einer Selbstreinigung. Heute kam es ihm so vor, als ob der Ouzo aus seinen Poren quoll.

Die Wellen waren schwach und das schnittige Boot glitt ohne Schwanken hindurch.

Das Steuer hatte Josef nicht eingebaut. Es war ihm lieber, das Boot mit Paddel und Gewichtsverlagerung zu manövrieren.

Sein Ziel war die Insel Sapiendza. Ungefähr sechs Kilometer trennten den Peloponnes von der westlichen der beiden größeren, vorgelagerten Inseln. Bei ruhigem Meer und ohne Gegenwind war das für ihn in gut zwei Stunden zu schaffen. Vielleicht brauchte er heute ein bisschen länger, weil er beim Campingplatz gestartet war. Das verlängerte die Strecke um einen Kilometer. So richtig ausgeruht war er auch nicht. Na ja, er konnte jederzeit umdrehen.

Josef schickte seinen Blick zurück zur Küste. Über den Dünen konnte er das Haus von Klaus sehen. Es lag malerisch in dem grünen Hain des Südhanges, mit dem der Hügel in die Weingärten griff.

Der breite Sandstrand dehnte sich zwischen den felsigen Landzungen aus, von denen die östliche das dahinterliegende Finikounda verbarg und die westliche verhinderte, dass er nach Methoni schauen konnte. Es waren nicht viele Badende zu dieser Tageszeit in der Sonne. Die meisten hatten sich in den Schatten ihrer Zelte oder Wohnmobile zurückgezogen und waren der wohl an die vierzig Grad Marke heranreichenden Hitze entkommen. Einige Kinder spielten in der Brandung. Josef war aber bereits so weit vom Strand entfernt, dass er weder den Wellenschlag noch das Kindergeschrei hören konnte.

Nach der für ihn nicht einzusehenden Bucht von Finikounda erstreckte sich der Finger des Peloponnes im Osten weit in das Meer vor. Vom Standort von Josef war eine Wasserfläche von mehr als zehn Kilometer zu überwinden um diese Küste zu erreichen.

Nur wenige Stellen ermöglichten dort in kleinen Buchten ein Anliegen. Vom Wind dort hingetrieben, waren schon viele Boote gekentert und hatten ihre Besatzung in ein nasses Grab geworfen.

Vor etwa zehn Jahren war ein Spezialschiff mit einer Tauchermannschaft an diese Küste gekommen und hatte nach einem Wrack gesucht. Angeblich sollte in den letzten Kriegstagen ein deutsches Schiff mit Gold von Juden aus Saloniki dort gesunken sein. Die österreichische Kronenzeitung berichtete ausführlich darüber. Der ORF war vor Ort. Die Griechen interessierte das weniger. Gefunden wurde nichts. Wahrscheinlich war das Gold in ausländischen Banken angekommen.

Vor ihm lag die Insel Shiza. Unbewohnt und öfter als Zielgebiet für Übungsflüge der griechischen Luftwaffe genutzt, waren diese schwach bewachsenen Felsen nur die Heimat von ein paar wilden, vor vielen Jahren dort ausgesetzten Ziegen. Die Küste fiel steil und mit rauen Steinbrocken, die oft tückisch von der Brandung überspült waren, ins rasch sehr tief werdende Meer.

Nach einem halben Kilometer Abstand vom Strand brachte ein Boot schnell hundert Meter und mehr Wasser unter seinen Kiel. Die Tiefe und die starke Strömung waren die Ursache für die Reinheit des türkisblauen Meeres.

Besonders im Frühling kamen auch große Fische und bisweilen Delfine zwischen die Inseln und den Strand. Berichte von Begegnungen mit Haien waren eine besondere Seltenheit und ihr Wahrheitsgehalt oft in Frage zu stellen.

Öfter wurden erfreulicherweise Wasserschildkröten gesichtet. Überraschend tauchten sie mit ihrem mehr als männerfaustgroßen Kopf kurz auf, um Luft zu tanken und dann lautlos in die Tiefe abzutauchen. In stiller Nacht kamen sie ans Ufer und legten ihre Eier. Stöhnend und ächzend ließen sie die tischtennisballartigen, zahlreichen Eier in tiefe Gruben gleiten, die sie dann mit den Hinterflossen schaufelnd und sich selbst darüber drehend unter riesigem Kraftaufwand fest verschlossen. Den Rest erledigte die Sonne. Die geschlüpften kleinen Schildkröten mussten dann den Marsch zur Brandung überstehen. Schwärme von Möwen kreisten über ihnen und verringerten ihre Anzahl durch fresswütigen Angriff aus dem Himmel.

Seine Aufmerksamkeit wurde von einem großen Tanker geweckt, der am Horizont zwischen den Inseln aufgetaucht war.

Bis vor einigen Jahren hatte man oft Öltanker zwischen Insel und Strand vor Anker liegend beobachten können. Sie waren leer und wuschen hier ihre Tanks. Jahrelang war der Strand durch kleine Ölklümpchen verschmutzt und die Badenden mussten allabendlich eine Reinigung von Fußsohlen und

Strandschuhwerk vornehmen. Nur mit Benzin oder Nitroverdünnung konnte man den lästigen schwarzen Belag entfernen. Wie folgenschwer musste diese Verschmutzung für die Meeresbewohner sein. Mittlerweile was diese Vorgangsweise offenbar untersagt und man konnte annehmen, dass die Tanker entweder verstecktere Buchten oder den größeren Abstand zum Ufer gesucht hatten.

Wenn Josef die Macht dazu hätte, gäbe es bald wesentlich weniger Öltanker.

Seine Eltern hatten erfolgreich einen mustergültigen Bio-Bauernhof betrieben. Ein wenig hatte er von ihnen gelernt. Erneuerbare Energie wurde in der Welt viel zu wenig eingesetzt, beziehungsweise die Entwicklung entsprechender Technologien zu wenig forciert. Wenn diese Energiequellen im Verhältnis zur Nutzung fossiler Energie zu teuer waren, dann war das Öl eben immer noch zu billig. Energie sparen und neue, vor allem Strom erzeugende Techniken zu fördern, das müsste die Politik sein. Straßenverkehr und unnötiger Gütertransport sollten reduziert werden. Stromtankstellen, die Energie aus Wind-, Solar-, Wasserkraft- oder Gezeitenkraftwerken anbieten und die damit verbundene Umstellung des Straßenverkehrs auf Elektromotoren ermöglichen – das wären Josefs Träume. Was blockiert die Politik? Die Macht der Öl-Lobbys? Angst vor zwischenzeitlich vielleicht unberechenbarer Wählerreaktion?

Wann wird der Mensch verstehen, dass ihm die Natur nicht uneingeschränkt alles verzeiht?

Sind die Zeichen noch nicht deutlich genug? Wieviele Unfälle bei Atomkraftwerken, Wetterkapriolen auf Grund massiver Klimaveränderungen und wieviele einschlägige Erkrankungen müssen das Aufbäumen gegen die Störung dieses hochsensiblen Gleichgewichtes, das die Entstehung des Lebens in der jetzigen Form ermöglicht hat, noch zeigen?

Das Zusammenstoßen von Umweltfrevel und noch intakter, ja bisweilen unberührter Natur wird einem an den Küsten von Südgriechenland drastisch vor Augen geführt.

Vor drei Jahren hatte Josef hier die bedrohlichen Waldbrände am Peloponnes miterlebt.

Brandstiftung zur Baulandgewinnung oder unachtsamer Umgang mit

Feuer – was immer die Ursache für diese Katastrophe war, die Folgen haben Narben für viele Jahre in der Natur hinterlassen. Berechnet werden die Sachschäden, die den Menschen entstehen, aber nicht die langdauernden Veränderungen der Ökologie.

Wie schnell der Mensch Angst vor entfesselter Naturgewalt bekommt, konnte Josef bei dieser Brandkatastrophe beobachten. Obwohl die Feuersbrunst noch viele, ja weit über hundert Kilometer entfernt war, kamen auch in Finikounda, am Strand dieses Campingplatzes, die Urlauber in Panik. Sie verließen die Zelte, schliefen am Strand und kauften hamsternd vorsorglich Lebensmittel ein. Die Sorge alte Gewohnheiten oder einen Heimreisetermin nicht einhalten zu können, waren die Belastung für die Menschen, nicht der Gedanke alles zu tun, um Ähnliches zu verhindern und diese Situation als Anstoß für einen Wandel in der Lebenssinngebung anzunehmen.

Josef seufzte.

„Wir leben in einer viel zu oberflächlichen Konsumgesellschaft. Der Sinn unseres Lebens besteht darin, möglichst viel zu verdienen um möglichst viel zu kaufen. Brauchen wir das alles? Belastet uns vieles des so Angestrebten nicht nur? Ist Geld wirklich der wichtigste Motor unserer menschlichen Gesellschaft geworden?

Wir vernichten nicht nur die Umwelt und die Rohstoffreserven, sondern auch unser Innerstes. Wir verrohen. Wir hören unsere inneren Stimmen nicht mehr. Wir haben keinen Platz mehr Mensch zu sein. Mensch mit Sehnsüchten und Lieben. Als Emotionen brechen nur mehr Neid und Hass aus dieser Rivalität einer Konsumgesellschaft hervor.

Aber wird der Mensch bei aller Übervölkerung dadurch nicht sehr einsam?

Alleine mit sich und seinem verkrüppelten Seelenleben.

So alleine wie ich?"

Josef paddelte mechanisch in Gedanken in Richtung der Insel Sapiendza.

Er sprach mit sich und den Wellen.

„Ist keine Liebe für mich in der Welt? Echte Liebe, wie ich sie für meine Eltern empfunden habe? Ist mit deren Tod mein Leben so leer geworden? Was mache ich falsch? Wo vergrabe ich mich, dass ich in solche Einsamkeit geraten bin?"

Er war immer der Ruhige, ein wenig Zurückgezogene. Vielleicht war er seinen Mitschülern sogar ein wenig unheimlich mit seiner Verschwiegenheit. Aber er sprach nicht, wenn er nichts auszusagen hatte, und er tratschte nicht über Dinge und Situationen, die ihm nicht erwähnenswert erschienen. Was er aber redete, das war wohlüberlegt und daher oft überlegen. Das machte ihn zum Außenstehenden. Er erschien als Besserwisser, obwohl ihm Kritik an seinen Mitmenschen fremd war. Sogar Hilfe, die er anderen zukommen ließ, wurde ihm als Überheblichkeit und Überlegenheit ausgelegt.

„Der Supergescheite. Der Rettungsengel. Der große Denker." An sich positive Eigenschaften, die bei Anderen als lobenswert und verdienstvoll angesehen wurden, waren bei ihm eine Belastung.

Josef war zu fehlerfrei. Das war unheimlich. Unmenschlich. Außenstehend.

Für die Lehrer war Josef unkompliziert. Er störte nie, er lernte, was gefordert wurde, und er entsprach ihren Anforderungen bei den Prüfungen. Aber sie konnten keine richtige Beziehung zu ihm aufbauen. Ein Jahr nachdem er die Schule verlassen hatte, war er vergessen.

„Josef Huber? War der bei uns? Ach ja, der Stille. Der mit dem sonderbar grübelnden Wesen."

Josef war in sich gekehrt. Dabei gab es bestimmt keinen äußeren Grund für sein Verhalten. Seine Eltern liebten ihn. Sie sorgten sich um ihn, aber sie gaben ihm jede Freiheit. Nur nutzte er die gar nicht. Es war, als suchte er die Einsamkeit. Ohne, dass ihn dies zu diesem Zeitpunkt belastete.

„Die Welt ist so schön und immer gibt es Neues zu entdecken. Warum lieben die Menschen ihre Welt nicht so, wie sie ist?"

Solche Fragen stellte er seiner Mutter. Sabine nahm sein Grübeln ernst und führte ihn in den Gedanken nur weiter. Sie hatte das Gefühl, ihm nicht etwas erklären, sondern seinem Denken folgen zu müssen Und sie gab sich große Mühe dabei.

„Mein Träumer. Mein Weiser."

Dabei wusste sie, dass Menschen, die allem auf den Grund gehen wollten, kein leichtes Leben hatten.

Josef war nicht beim Militär. Sein Vater hatte schon Probleme mit dem militärischen Drill gehabt, also drängte er ihn nicht. Josef leistete seine vaterländische Pflicht als Zivildiener in einem Wiener Pflegeheim ab. Sie hatten noch nie so einen bei sich gehabt. Josef beschäftigte sich intensiv mit den alten Menschen. Auch über seine Dienstzeit hinaus. Manche quälte er geradezu mit seinen hartnäckigen Fragen über ihre Vergangenheit und oft saß er stundenlang bei einem fast tauben Alten und erzählte ihm vom Lauf der Welt und es störte ihn keineswegs, dass sein Gegenüber kein Wort von alledem verstand.

Dann begann er zu schreiben. Zunächst Gedichte. Romantische. Von Liebe und Glück. Schließlich schicksalhafte, tragische. Und zuletzt unverständliche. Er schrieb Phantasien, die zu interpretieren er sich selbst schwer tat. Er begann Geschichten aus seinem eigenen Leben zu berichten. Von seiner Umgebung und seiner Familie. Von Menschen, die er um sich hatte und in deren Leben er Charaktere und Erlebnisse hineinerfand, weil er feststellen musste , dass er sie eigentlich nicht genug kannte. Er bohrte im Seelenleben seiner Mitmenschen bis zur Schmerzlichkeit herum und oft wurde er gemieden, weil seine Anwesenheit zu anstrengend wurde.

Seine Welt wurde ihm plötzlich zu klein.

Seine Mutter Sabine ließ ihn ziehen. Sie versuchte nicht, ihn zu halten, weil sie wusste, dass die Erfahrung des Weltgeschehens für Josef eine Neugierde darstellte, die gestillt werden musste. Besser, sie fand sich mit seinem Fernweh ab, als er flüchtete eines Tages vor ihr. Die Bande zu seiner Mutter waren aber stark. War Josef noch so fern, er suchte täglich über einen Kommunikationsweg das Gespräch mit ihr.

Josef schrieb Artikel für Wochenzeitschriften. Anfangs Reiseberichte, dann immer erforschender über menschliche Schicksale.

War er enttäuscht von der Welt? War die Frustration an der Welt schuld an seiner Melancholie?

Sabine sagte einmal zu Josefs Vater.

„Ich glaube, er ist zu stark für diese Welt."

Vielleicht war es eine unbewusste Belastung für Josef, oft über den Dingen zu stehen und sie nicht verändern zu können.

Er war nie ein richtiger Journalist. Er berichtete von Krisen. Er suchte die Krisen. Die Ursachen der Konflikte, das „Warum" erzählte er nie. Vielleicht war es ihm zu logisch, um darüber Worte zu verlieren. Er schilderte die Menschen im Krieg. Ihn beschäftigte, wie Familien, Väter und Mütter in diesen Ausnahmesituationen lebten, wie sie mit ihrer Notlage umgingen.

Sein Thema waren Menschen vor, im und nach dem Krieg.

Von den Ereignissen gehetzt und vom Entsetzen getrieben reiste er ruhelos um die Welt.

Es gab Zeiten, da waren seine Artikel und Schilderungen bei den Medien gewünscht und man war von seiner Art zu berichten fasziniert. Aber kaum hatte sein Stil den Durchbruch erlangt, änderte er seine Erzählweise und verweigerte den Redaktionen zukünftige Berichte in der erfolgreichen Form.

Josef verdiente zeitweise viel Geld, aber das interessierte ihn nicht. Es blieb auf irgendeinem Konto und wurde nur im äußersten Bedarfsfall herangezogen.

In einem kleinen Hotel in Las Cruces, New Mexiko, lernte er Viola kennen.

War es Zufall oder eine schicksalhafte Begegnung, die einmal kommen musste.

Jedenfalls brachte die Partnerschaft – und nur als solche war sie zu bezeichnen – zwar ein positives Spannungsfeld ins Leben des Josef Huber, aber das grausame Ende der Beziehung führte Josef noch weiter in seine nachdenkliche, melancholische Welt hinein.

Dabei hätte es nie soweit kommen müssen.

Josef ging nie in Hotelbars.

Wäre er also in seinem Zimmer geblieben und hätte sich mit seinem Artikel über die illegalen Immigranten aus Mexiko beschäftigt, wäre ihm Vieles erspart geblieben. Die letzten Tage hatte er auf den Straßen der Stadt am Rio Grande verbracht. Nach der mexikanischen Grenze war Las Cruces die erste Stadt, die den illegalen Einwanderern Unterschlupf gab. Die Geschichte der Stadt war geprägt von der Nähe zu Mexiko. Sie war bis vor etwa einhundertfünfzig Jahren im wechselnden Besitz von Apachen, weißen Siedlern, Pueblo-Indianern, Mexikanern und nach dem Mexikanisch-amerikanischen Krieg Teil der USA. Die Ebene um den Rio Grande breitet sich weit in dem schroffen Bergland aus.

Es war Mitte Juli und die Luft stand drückend heiß zwischen den Häusern und auch nachts entstand keine Abkühlung.

An den Ufern des Flusses fand Josef die Einwanderer und sprach viel mit ihnen über die Hoffnungen, die sie mit einem Leben in den USA verbanden. Allein der Terror durch die Drogenbanden an der mexikanischen Nordgrenze war neben der Arbeitslosigkeit Grund genug, den Grenzüberschritt auf zum Teil abenteuerliche Art zu wagen. Einige von jenen, mit denen Josef sprach, hatten schon mehrmals versucht, in die Staaten zu kommen, waren aber abgeschoben worden. Viele sprachen kein Englisch. Da es aber nicht lange dauernd würde, bis mehr als die Hälfte der Einwohner von Las Cruces spanischstämmig waren, hatten sie genügend Ansprechpartner.

Josef war hierher gekommen, um die Schicksale dieser Menschen zu erfahren und sie verstehen zu lernen.

Er hatte auch kein Luxushotel in der erneuerten Innenstadt gewählt, sondern eine eher unterdurchschnittliche Absteige in einem Außenbezirk. Hier verkehrten Schlepper und auch Arbeitgeber, die auf der Suche nach billigen Arbeitskräften waren, die sie hier anheuern konnten, bevor ihre Anwesenheit behördlich erfasst war. Diese Einwanderer standen unter enormem Druck. Sie brauchten Geld, um ihre Familien nachzuholen und Boden unter die Füße zu bekommen, waren aber illegal in den Staaten und konnten so am offiziellen Arbeitsmarkt auf keine Unterstützung hoffen. Es drohte ständig die Abschiebung.

Das Hotel hatte zwei Stockwerke, eine bis an die Straße reichende Veranda und ein mit herrlichen Schnitzereien verziertes Vordach. Irgendwann musste es einmal weiß gestrichen gewesen sein, aber die Hitze im Sommer und die oft eisigen Stürme des Winters hatten den Großteil der Farbe abgeblättert. Das Essen in dem ebenerdigen Speisesaal war mexikanisch scharf und reichlich. Die Küche war von der Behörde schon einmal aus hygienischen Gründen gesperrt worden, aber geringe Verbesserungen und eine großzügige Einladung zum Essen mit anschließender Zuwendung rassiger spanischer Damen hatten die Beamten schließlich Milde walten lassen. Mitten im Speisesaal führte eine breite, nach beiden Seiten ausschwingende Holztreppe nach oben und von einem einzusehenden Gang erreichte man die Fremdenzimmer. Die waren sehr geräumig, im altspanischen Stil eingerichtet und von einem riesigen, baldachinüberdachten Bett dominiert. Aus solch einem Zimmer, nämlich dem mit der Nummer fünf, trat Josef in diesen folgenschweren Nachtstunden heraus und nahm die Treppe nach unten. Er hatte nicht den richtigen Ansatz zum Schreiben gefunden und die Hitze in seinem Zimmer hatte ihn an ein Getränk zu später Stunde denken lassen. Es war schon gegen Mitternacht und er erwartete kaum Menschen in der Hotelbar, die an den Speisesaal anschloss. Das war die längste Theke, die Josef je untergekommen war. Sie durchmaß in dieser Bar gegenüber der Fensterfront die gesamte Raumlänge.

Einige Stehtische standen gegenüber. An denen gab es aber keine Bedienung, sondern Gäste, die sich dort abseits stellen wollten, mussten ihr Getränk selbst hintragen.

Hinter der Theke bildete ein großer Spiegel die Rückwand.

Als sich Josef an die Bar lehnte und darauf wartete, dass der gläserpolierende Barkeeper seine Anwesenheit zur Kenntnis nahm, teilte nur ein weiterer Gast mit ihm diese Thekenseite.

Josef streifte ihn nur mit einem uninteressierten Blick. Ein Soldat vielleicht.

Er bestellte eine Flasche Rotwein.

„Das würde ich nicht tun."

Der Soldat sah ihn über den Spiegel an. Es war kein Soldat. Eine raue Frauenstimme.

Sie sprach ihn deutsch an.

Josef drehte sich erstaunt der Frau zu.

Eine junge Frau. Vielleicht fünfundzwanzig. Höchstens dreißig. Nicht groß. Keine einssiebzig.

Ein kurz gehaltener brünetter Haarschopf. Stirnfransen hingen in das braungebrannte, durch die breiten Backenknochen slawisch anmutende Gesicht. Keine ausgesprochene Schönheit, aber interessant. Wachsame blaue Augen sahen ihn nun direkt an.

Ohne zu Zögern kam sie mit ihrem Glas in der Hand näher. Einen Meter vor Josef blieb sie stehen. Das Ungewöhnliche, das einem sofort in die Augen sprang, war ihre Bekleidung. Sie trug Armeestiefel, eine tarnfarbige, gescheckte Hose und die dazugehörige Militärjacke. Sie war bis auf einen Mittelknopf offen und die junge Frau trug darunter nur mehr ihre Haut. Zwei feste Brüste drängten die Vorderhälften auseinander und konkurrierten um die Anteile der knappen Bedeckung.

„Warum sprechen sie Deutsch? Und warum mit mir?" Josef musste sich bemühen, nicht ständig in ihren Ausschnitt zu starren.

„Ich kenne sie. Besser: Bis jetzt habe ich nur ihre Artikel gekannt. Sie sind Josef Huber. Ich bewundere sie. Auch ich bin freie Journalistin. Von meiner Agentur habe ich erfahren, dass sie hier sind."

„Was fällt ihnen ein, mir zu folgen?"

„Man hat mir nur gesagt, dass sie in New Mexiko sind. Die Stadt war für mich naheliegend und heute Nachmittag habe ich sie mit Erfolg am Ufer gesehen.

Seien sie mir nicht böse, dass ich ihnen hierher nachgegangen bin. Ich hätte hier bis morgen Früh auf sie gewartet. Trinken sie Whiskey. Der Wein hier ist grauenhaft. Ein Österreicher ist besseren Wein gewöhnt."

Also bestellte er einen doppelten Whiskey. Doppelt deswegen, weil die Dame ihn unruhig machte. Was wollte sie von ihm?

„Sie studieren Menschen. Ich habe ihre einfühlsamen Artikel gelesen. Ich schreibe eine Dissertation über Immigranten. Ich möchte mit ihnen sprechen."

Eine ungewöhnliche Frau. Selbstbewusst und doch verführerisch.

Sie lachte ihm frech ins Gesicht.

„Ich werde ihnen nicht auf die Nerven gehen. Ich weiß auch, dass sie ein Einzelgänger sind."

Was die nicht alles wusste! Er, Josef, ein Einzelgänger. Das war ihm selbst nie bewusst geworden. Vielleicht hatte sie Recht.

Sie war ihm nicht lästig. Ihre offene und ehrliche Art gefiel ihm.

Aber zunächst schwieg er.

Und sie wollte ihn nicht stören.

Er trank seinen Whiskey und betrachtete sie ungeniert von oben nach unten. Sie hielt seinem Blick gelassen stand.

Immigranten. Die Bezeichnung an sich hatte bereits etwas Abwertendes als Beigeschmack. Obwohl sie natürlich zutreffend war. Aber man verband Illegales, fast Kriminelles damit.

„Das sind arme Teufel. Auch wenn sie zum großen Teil Wirtschaftsflüchtlinge sind und ihrem eigenen Staat die Arbeitskraft nehmen. Sie sind Opfer unserer Vorspiegelung der modernen, reichen, uneingeschränkten, freien Gesellschaft. Sie meinen auf der anderen Seite der Grenze wäre das Schlaraffenland.

Man kann diese Menschen auch nicht aussperren. Wir haben die Begehrlichkeit geweckt. Über Fernsehen, Filme und Internet. Keine Mauer hält auf die Dauer dem Druck von Menschenträumen stand. Nicht der Limes der Römer, nicht die Chinesische Mauer und nicht die Berliner Mauer. Auch die Mexikaner werden bald die Übermacht in diesem Staat sein."

„Der Weiße Mann wird zurückgedrängt?"

„Mit Sicherheit. Seine einzige Chance liegt in der Akzeptanz des Verlustes seiner Vormachtstellung. Nur das ist seine Möglichkeit, die Dominanz der von ihm bislang beherrschten Rassen auch zu überleben. Er kann nur hoffen und durch frühzeitige Toleranz erreichen, dass ihm nicht in gleicher Münze zurückbezahlt wird. Der Weiße Mann hat unter dem Vorwand der Religion und der Entwicklungshilfe die Welt in hohem Maße in seinem Interesse ausgebeutet.

Wie heißen sie überhaupt?"

„Viola. Ich bin aus dem Kosovo. Vor acht Jahren habe ich meine Eltern verlassen und bin nach Österreich ausgewandert. Mit achtzehn Jahren. Legal."

Sie plauderten noch lange über die Situation dieser Grenzregion und der neuen Völkerwanderungen im Allgemeinen.

„Wo wohnen sie?", wollte Josef schließlich wissen.

„Ich weiß nicht. Der Barkeeper wird mich nicht hinauswerfen."

„Und ihr Gepäck?"

Sie zeigte auf einen Trekkingrucksack in einer Ecke der Bar.

„Das ist alles."

Eine abenteuerliche Frau.

Nach der dritten Runde Whiskey und einer angeregten Diskussion wusste Josef, dass er mit ihr noch einige Tage zu reden hatte. Sie interessierte ihn. Nicht nur als Frau. Obwohl sie eine beunruhigende Ausstrahlung für ihn hatte. Ihre Art mit dem Leben umzugehen beeindruckte ihn. Diese Frau hatte nichts zu verbergen. Ihre Gedanken waren klar und wurden unverblümt in einfache Worte gekleidet.

„Wenn sie wollen, können sie bei mir schlafen. Nicht, dass sie mich falsch verstehen. In meinem Zimmer steht eine großzügige Couch."

Er grinste.

„Ich habe auch ein ordentliches Bad."

„Beides mit Dank angenommen."

Darauf tranken sie noch einen Whiskey. Als sie die Treppe zum Zimmer hinaufstiegen, übersahen sie geflissentlich das Grinsen des Barkeepers. Der Morgen graute und schickte das erste Tageslicht durch die milchigen Fenster der Bar und sie nannte ihn „Josef".

Im Zimmer angekommen, warf sich Josef mit Schwung auf die Couch. Seine neue Zimmergenossin sorgte aber gleich zweimal für eine Überraschung.

Ohne Scheu, als wäre es völlig selbstverständlich, öffnete Viola den einen spannenden Knopf ihrer Armeebluse. Zwei stramme Brüste machten sich frei und zeigten an jeder Brustwarze einen etwa Eurogroßen Goldring. So etwas war Josef noch nicht begegnet und während er verstohlen das Piercing bewunderte, klärte sich auch, warum die junge Dame so wenig Gepäck benötigte. Die Armeehose war ihre einzige weitere Bekleidung außer den Armeestiefeln. Sie benützte keine Unterwäsche und keine Socken.

Achtlos ließ sie das Wenige, das sie ausgezogen hatte, am Boden liegen und verschwand ins Bad.

Für einige lange Minuten hörte Josef das Mädchen unter der Dusche singen.

Ohne ihre Armeebekleidung, wohlduftend und nur mit einem Handtuch über die nassen Haare gewickelt, erschien sie in voller Weiblichkeit.

„Kommt nicht in Frage, dass du auf der Couch schläfst. Das ist dein Bett."

Josef folgte brummend und stand auf und als er fünf Minuten später aus dem Bad kam, war auf seiner vorherigen Liegestätte Gepäck und Kleidung aufgetürmt und er fand Viola schmunzelnd im einzigen Bett.

Josef war in ein Badetuch eingewickelt und mit diesem einzigen Schutz seiner Tugend legte er sich in die freie Hälfte des großen Doppelbettes. Er sorgte für einen respektablen Abstand zu seiner Kollegin und schaltete das Licht aus.

„Ich denke es geht so."

Das war seine den Anstand bewahrende Feststellung.

Josef war zwar fast dreißig Jahre alt, aber er hatte in seinem Leben noch nie eine Beziehung zu einer Frau erlebt.

War er wirklich ein Einzelgänger? Eher war es mangelnde Gelegenheit. Das zumindest redete er sich ein. Dass er sich nie bemüht hatte, diesen Zustand zu ändern, wollte er sich nicht eingestehen. Es war ihm klar, dass er so etwas Einzigartiges, wie die Ehe seiner Eltern nie selbst erleben würde. Viel hörte er von gescheiterten Beziehungen und Kummer und Leid von Liebenden oder solchen, die es einmal waren. Vielleicht wollte er sich das ersparen.

Er machte auch jetzt keine Versuche, die Situation auszunützen. Nie würde er eine sich selbst auferlegte Schranke durchbrechen. Er käme sich vor wie ein Verführer, der das Mädchen in eine Falle gelockt hatte und nun schändlich missbrauchte. Was ihn auch von jeglicher Aktivität abhielt, war der Tatbestand seiner Unerfahrenheit. Er hatte unbewusst Angst, sich in seinem Alter zu blamieren und seine völlige Unerfahrenheit darzulegen.

Aber schlafen konnte er nicht. Nie kam er auf den Gedanken, das Mädchen hätte ihn in diese Verlegenheit gebracht. Er selbst hatte sie ja in sein Zimmer eingeladen. Er war der Täter. Nun, sie hatte ihn ausgeforscht und seine Bekanntschaft gesucht. Aber das war aus journalistischem Interesse geschehen. Es war vorwiegend die Natürlichkeit und Offenheit, was ihn an dieser Frau beschäftigte. Sie ging ungezwungen und ohne Hemmungen mit ihrem Körper um. Ihr ganzes Wesen war so. Es war ihm auch aufgefallen, welche makellose Figur sie hatte. Nicht ohne Stolz hatte sie ihre geschmückten Brüste gezeigt. Unbewusst oder in perfekter Verführungskunst. Für Josef war sie in jedem Fall eine neue Erfahrung und er hatte nicht das Gefühl, etwas versäumt zu haben, wenn er es dabei bewenden ließe. Heute Nacht war ihm Neues begegnet. Mehr konnte man von einer Nacht nicht verlangen.

Mit diesen Gedanken döste Josef vor sich hin und ertappte sich dabei, auf ihren Atem zu hören. Er war nicht sicher, ob sie schon schlief. Vorsichtig drehte er den Kopf, um ihr Gesicht zu sehen. Es war aber im Zimmer zu dunkel. Hätte er doch die Vorhänge nicht vorgezogen, dann würde ihm der wachsende Tag einen Blick auf sie erlaubt haben. Aber er hatte die Leuchtreklame am gegenüberliegenden Haus als lästig empfunden.

Weiter wagte er sich nicht zu bewegen.

Um so mehr brachte es ihn in innere Aufruhr, als er plötzlich ihre Hand auf seinem Schenkel spürte. Sie streichelte ihn!

Josef konzentrierte sich ganz auf ihre Berührung. Langsam zog sie die Decke von ihm und wie zufällig wickelte sie dabei das Handtuch von seiner Lende. Er lag nackt im Dunkeln. Kälte verspürte er keineswegs. Ganz im Gegenteil. Er begann zu schwitzen.

Einige Minuten ließ sie ihn warten. Da er genauso bewegungslos neben ihr blieb, gab er sich in ihre Hand. Und auf die musste er nicht lange warten. Sie wanderte zart vom Knie an der Innenseite seines Oberschenkels nach oben um kurz unterhalb seiner Leiste eine Pause einzulegen.

Da beugte sie sich über ihn und küsste seine Brust, seinen Hals und lutschte ein wenig an seiner Unterlippe. Sie leckte seine Lippen und drängte sie schließlich auseinander um zwischen seine Zähne einzudringen. Zaghaft, schüchtern. Ihre Annäherung wäre fast unbeholfen und kindhaft gewesen, hätte nicht gleichzeitig ihre streichelnde Hand ihr Ziel zwischen seinen Beinen erreicht und den deutlichen Erfolg ihrer Verführungskünste festgestellt.

Sie richtete sich auf und setzte sich auf ihn, indem sie mit gleicher Bewegung seine Erregung in sich aufnahm.

Da kam auch in Josef nie erlebtes Verlangen und er griff nach ihren Brüsten, scheute sich nicht, mit ihrem Schmuck zu spielen, und erwachte für die nächsten Minuten zu unbekanntem Leben.

Als sie sich nach einiger Zeit erfüllt von erfahrener Innigkeit von einander lösten, wollte er nicht aufhören, sie mit Küssen zu überschütten. Seine Hände konnten sie nicht mehr entgleiten lassen. Es war Dankbarkeit. Keine Liebe.

Josef hatte auch noch keine Liebe erlebt. Außer jener zu seinen Eltern, aber dies hier war etwas anderes.

Viola streichelte ihn zärtlich und er hatte den Eindruck, dass sie seine Nähe und Berührung genoss.

Sie blieben noch lange verschlungen liegen, schliefen in teils unbequemer, aber besitzergreifender Stellung und wollten den neuen Tag gar nicht beginnen lassen.

Als Josef wach war und feststellte, dass Viola noch tief schlief, glitt er vorsichtig aus dem Bett und streifte Hose und Hemd über, um Frühstück aufs Zimmer zu holen. Er konnte mit dem anerkennenden Grinsen des Barkeepers, der zu dieser Zeit auch für den Roomservice zuständig war, nichts anfangen und bestellte ein reichhaltiges Frühstück. Der vielseitige Servicemann baute alles auf ein Tablett auf und fand es völlig normal, dass Josef dieses selbst auf das Zimmer trug.

Wenn er es fallen lässt, bringe ich ihm ein paar Lappen zum aufwischen. Service hat seine Grenzen.

Dabei hatte der Mann etwas versäumt. Viola machte nämlich keine Anstalten sich etwas überzuziehen, während sie sich dem Frühstück widmete und Josef kam zu der Erkenntnis, dass sie wohl schon eine Zeitlang keine ordentliche Mahlzeit gehabt hätte.

Er wollte sie aber nicht fragen.

Liebe verband sie auch später nicht. Sie hatten anfangs Respekt voreinander und bald wurden sie Kollegen und Kameraden. Ihre Interessen und ihre Einstellung zu den Geschehnissen auf der Welt waren sehr ähnlich.

Neben allem genossen sie die gemeinsame sexuelle Nähe. Sie erfreuten sich am Körper des anderen und ließen sich auch gerne vom Partner verwöhnen. Die uneingeschränkte Offenheit und der tabulose Umgang miteinander führte sie zu einer besonderen Form der Innigkeit.

Aber Liebe. Liebe wurde es eigentlich keine.

Bald kamen sie aber in ein enges Abhängigkeitsverhältnis zueinander und die Gewohnheit, nichts ohne den anderen zu tun, vereinigte sie zu einer festen Partnerschaft.

Im Juli 1998 nahmen die kriegerischen Handlungen im Kosovo stark zu.

Die Familie von Viola lebte bei Dragas, einer kleinen Stadt südlich von Prizren.

Es war verständlich, dass Viola zu ihrer Familie wollte und den Wunsch hatte, ihr gegebenenfalls beizustehen. Die Kämpfe zwischen der serbischen Polizei, serbischen Spezialeinheiten der Armee und der UCK, der albanischen Revolutionstruppe, hatten die Städte Orahovac und Prizren erreicht.

Josef wollte sie nicht alleine lassen. Sie war Kollegin und seine Gefährtin. Schon aus beruflicher Verbundenheit hätte er sie begleitet.

Sie flogen über Wien nach Belgrad.

Am Flughafen kam es zur ersten Verwandlung von Viola.

„Ich komme gleich wieder", hatte sie ihm überraschend ins Ohr geflüstert und ihn mit seinem Koffer und ihrem Rucksack in der Wartehalle stehen lassen. Josef setzte sich auf eine Bank und legte die Füße auf den Koffer. Es dauerte so lange, dass er fast eingeschlafen wäre, aber dann riss er die Augen auf. Viola erschien ihm fremd. Keine Armeehose, keine Stiefel und keine halboffene Bluse.

Eine modern und damenhaft gekleidete junge Frau stand vor ihm. Nicht mehr der Wildfang, der ihn vor einer halben Stunde verlassen hatte. Eine bis oben geschlossene Bluse, ein langer, glockiger Rock und Damenschuhe mit leichtem Absatz, in denen mit Nylonstrümpfen bedeckte Füße steckten, hatten Viola völlig verändert.

Sie lachte.

„Und ich trage Unterwäsche!"

Was aber gar nicht zu ihrem neuen Auftreten passte, waren die nächsten Bewegungen. Ungeachtet der mit Wartenden gefüllten Halle hob sie den Rock, sodass Josef nicht nur die Strumpfbänder sondern auch ihr Höschen bewundern konnte, und öffnete einige Blusenknöpfe um den darunterliegenden Büstenhalter vorzuweisen.

Einige Umstehende applaudierten.

Früher wäre Josef im Gesicht rot angelaufen und wäre vor Peinlichkeit am liebsten im Erdboden versunken, aber mittlerweile hatte er sich an dergleichen Aktionen von Viola gewöhnt.

In der Empfangshalle des Flughafens fanden sie eine Mietwagengesellschaft.

„Wohin?"

„In den Kosovo."

„Warum?"

„Wir sind Journalisten."

Josef wies seinen Ausweis vor. Mit einer beträchtlichen Kaution, die fast dem Wagenpreis entsprach, vermietete man ihnen einen alten Golf.

Die Fahrt über Nis und Pristina verlief ohne Zwischenfälle.

Kurz vor Prizren wurden sie aufgehalten.

Soldaten mit Tarnanzügen, Kalaschnikows und UCK-Armbinden standen auf der Straße.

Sie sprachen serbisch.

„Wir müssen aussteigen." Viola war ganz ruhig.

„Keine Angst. Das sind unsere Leute."

„Hoffentlich wissen die das auch."

Viola lachte ihn aus.

„Du bist nervös."

„Nicht solange du so ruhig bist."

Anfangs waren sie grob. Vielleicht selbst ein wenig hektisch. Sie dürften immerhin ein Außenposten des von ihnen besetzten Gebietes gewesen sein.

Während sie sich neben das Auto stellen und die Hände aufs Autodach legen mussten, rief Viola einige Sätze. Es war nach dem Klang nicht das Serbisch, das Josef kannte.

Solche Kontrollen waren Josef auf seinen Fahrten in Krisengebieten schon oft untergekommen. Meistens waren sie mit langen Wartezeiten, furchterregenden Drohungen und Schikanen verbunden. Ohne Schmiergeld kam man fast nie weiter. Josef hatte dafür schon einige Scheine in seiner Brusttasche.

Er wurde abgetastet. Viola nicht. Er musste seinen Journalistenausweis vorzeigen und zu seinem Erstaunen durften sie sofort wieder einsteigen und weiterfahren.

„Ich habe dir gesagt, dass es unsere Leute sind. Sie haben die Region unter Kontrolle. Hier dürften wir die nächste Zeit sicher sein."

Sie ahnte nicht, wie sehr sie sich täuschte.

Dann kam es zur zweiten Verwandlung von Viola.

Sie langte nach ihrem Rucksack auf der Rückbank und holte aus der Außentasche ein Tuch hervor.

Nach einigen geschickten, geübten Bewegungen trug sie ein zur Bluse passendes Kopftuch.

„Jetzt gehöre ich wieder ganz dazu. Ich bin Mohammedanerin. Moslem. Hattest du das gewusst?"

Woher auch.

„Ich habe es vermutet. Jetzt weiß ich es."

„Hast du damit Probleme?"

„Bestimmt nicht. Warum auch? Du dürftest es nicht sehr genau nehmen, sonst wärst du in manchen Ländern deines Glaubens schon ein Fall für die Steinigung. Bei deinem Lebenswandel."

„Was die aus unserer Religion machen, kann ich nicht immer verstehen. Ich bin gläubig. Aber ich bin auch emanzipiert."

Was immer sie unter Emanzipation verstand. Josef war das gleichgültig. Schließlich war es ihre Sache, wie sie mit ihrem Gott zurecht kam.

Sie kurvten weiter nach Südwesten. In Zur bogen sie östlich ab und fuhren einige Kilometer durch eine bergige Waldgegend. Josef hatte das Gefühl, dass sie nicht alleine waren. Ständig war neben ihnen zwischen den Bäumen Bewegung zu spüren.

„Ich habe das beim letzten Telefonat mit meinem Bruder gehört. Die Leute fühlen sich in ihren Dörfern nicht mehr sicher. Immer wieder gibt es Übergriffe durch die serbischen Sondereinheiten. Die Flüchtlinge errichten sich im Wald Notquartiere. Für den Fall, dass ihre Dörfer angegriffen werden."

Es war auch erstaunlich viel Verkehr auf der Straße. Aber nur in südliche Richtung. Hochbepackte Fuhrwerke und überfüllte Autos blockierten oft das Weiterfahren und es war auch schwierig auf den engen Wegen zu überholen.

„Sie ziehen nach Albanien. Ich halte das für Unnötig. Allerdings habe ich schon von Deportationen von Kosovoalbanern durch die Serben gehört. Sie stopfen die Leute in Züge nach Mazedonien. Der Kosovo sollte rein serbisch werden. Aber jetzt haben unsere Leute die Oberhand. Wir waren immer hier. Schon unter den Türken. Die Großmächte haben vor hundert Jahren einfach die albanische Grenze falsch gezogen."

Josef äußerte sich nicht dazu. Er hatte noch zu wenige Informationen. Im Übrigen war er der Meinung, dass es sich um ein innerstaatliches Problem handelte. Die NATO sollte sich heraushalten. Aber die USA musste ja wieder einmal die Weltpolizei spielen.

Sie kamen nach Dragas. Eine kleine Stadt, die von ihrer Nachbarschaft zur albanischen Grenze geprägt war. Hier blühte wohl jede Form von Schmuggel. Zahlreiche Soldatentrupps begegneten ihnen, aber sie wurden nie aufgehalten. Oft wurde ihnen sogar von den Soldaten zugewinkt. Die fühlten sich als Herren der Lage.

Sie verließen Dragas in Richtung Vranishte.

Die Straße wurde immer schlechter und kurviger. Enge Kehren führten zeitweise aufwärts und sie mussten aufpassen, dass sie auf keinen Flüchtlingstransport auffuhren. Der Wald westlich der Straße trennte sie von der albanischen Grenze. Manche Einzelgehöfte waren mit einem hohen Holzzaun umgeben, wie sie Josef aus Wildwestfilmen kannte. Geschälte bis drei Meter hohe Holzpflöcke, die oben angespitzt waren, standen fest im Boden verankert dicht aneinander. An den Ecken der Zäune ragten oft Aussichttürme über die Begrenzung, um den Bewohnern den Überblick in die Umgebung zu ermöglichen.

Eine ungewöhnliche, abweisende Gegend.

Die Straße wurde immer steiler. Sie kamen in das Bergland der Sar Planina, eines teils bewaldeten, teils felsigen Gebirgszuges, der in nord-südlicher Richtung verlief. Nach einer halben Stunde Fahrt ließ ihn Viola links abbiegen. Eine schmale Schotterstraße führte in enger und steiler werdenden Kurven ins Bergland.

„Wo geht es jetzt hin? Wie heißt das Bergdorf überhaupt, wo wir deine Familie treffen?"

„Wir wollen nach Zilpotok. Gleich sind wir dort."

Ganz so schnell ging es doch nicht. Sie waren jetzt zwar alleine auf der Straße, aber Josef hatte keine Lust mit dem Fahrzeug abzustürzen. Mehrmals hielten sie an, um Gesteinsbrocken von der Fahrbahn zu rollen. Offenbar hatte es in den letzten Tagen stark geregnet. Die Straße war stellenweise schlammig aufgeweicht und von Rinnsalen durchfurcht. Manche Gräben waren so tief, dass sie Josef nur im Schritttempo passieren konnte. Einmal hatte sich ein kleiner Sturzbach gebildet, der quer über den Weg in einen Abgrund sprudelte. Das Wasser spritzte über die Motorhaube, als Josef vorsichtig und ein Abrutschen befürchtend das Gerinne durchfuhr.

Für Viola war das alles nicht ungewöhnlich. Sie kannte diese Verhältnisse von Kind auf.

Diese Straße war ihr Schulweg. Einmal in der Woche kam sie von Prizren nach Hause. Während der Woche wohnte sie bei Verwandten gleich neben der Schule.

Zweimal begegneten sie kleinen Trupps von UCK-Soldaten.

„Vielleicht kommt mein Bruder Deme nach Hause. Er ist sicher hier unter den Soldaten."

„Du meinst unter den Rebellen. Im Guerillakampf gegen die Regierung."

„Das sollst du nicht sagen. Die Menschen hier kämpfen um ihre Autonomie. So wie die Kroaten und die Bosnier es getan haben. Sie wollen nicht von den Serben unterdrückt sein. Für die Serben sind die Kosovoalbaner Menschen zweiter Klasse."

„Aber es hat nie einen Kosovo-Staat gegeben, soweit ich informiert bin."

„Aber bald. Bald wird es einen geben."

„Unsere Aufgabe ist es ja nicht, hier Politik zu machen, sondern deiner Familie zu helfen. Und ... Und neugierig sind wir auch."

Dann hatten sie es geschafft.

Einige Häuser tauchten im Bergland auf.

Zlipotok.

Ein Ort mit geschätzten dreißig Häusern, der in einer Senke des Hochlandes lag. Vor allem das schneeweiße Minarett der Moschee stach aus der dichten Häusermenge hervor. Die meisten Gebäude waren mit roten und grünlichen Blechdächern gedeckt und ihre Gesamtfläche wurde nur von wenigen schmalen Straßen unterbrochen.

Ein paar Gehöfte lagen etwas abseits. Die Höfe waren aus rohem Stein errichtet und hoben sich oft vom umliegenden Felsen kaum ab.

Es war kaum vorstellbar, aber der Weg, auf den ihn Viola nun schickte, war noch schmäler und schlechter. Gut, dass der Golf so robust war. Bevor sie zu einem großen einstöckigen Gebäude am angrenzenden, kargen Wald kamen, parkten sie das Auto unter einigen Bäumen, wo bereits ein Armeefahrzeug abgestellt war.

Die letzten hundert Meter gingen sie zu Fuß. Josef trug seinen kleinen Koffer und Viola hatte den Rucksack umgehängt.

Der Hof war an die dreißig Meter lang. Das rote Ziegeldach war bis über die Haustüre heruntergezogen. An der Vorderfront des Hauses lugten einige kleine Fenster auf die Hochebene hinaus. Jedes war mit einem schmiedeeisernen Fenstergitter versehen.

Man sah und hörte keinen Menschen.

„Wenn mein Bruder da ist, hast du auch wen zum Tratschen. Er war vier Jahre in Österreich. Er hat in einer Fabrik gearbeitet. Jetzt ist er gekommen, um in der UCK zu dienen. Er hat ihnen sein ganzes erspartes Geld gegeben."

Sie klopfte mit einem Eisenschlägel, der an der Tür hing, dreimal auf ein dort angenageltes Blech.

Gleich hörte man Bewegung im Haus. Türen schlugen, Stimmen wurden laut.

Die Haustür wurde aufgerissen und ein etwa zwölfjähriges Mädchen und eine mittelalterliche Frau standen vor ihnen.

Dann verstand Josef nichts mehr. Aber er konnte die Freude, die Beide mit dem Wiedersehen mit Viola hatten, nachempfinden. Viola umarmte sie abwechselnd und eine Flut von aufgeregten Nachrichten und Fragen sprudelte aus drei Lippenpaaren.

Das war eine schöne Frau. Schlanker und größer als Viola. Schwarze Haare, die streng nach hinten gekämmt und in einem Knoten zusammengefasst waren. Ein sauberes, dunkelblaues Kleid, das bis oben verschlossen war. Strenge, feine Gesichtszüge. Die groben, ausgetretenen Schuhe und die rauen Hände zeugten von der täglichen schweren Arbeit.

Josef wurde herzlich, aber unverständlich begrüßt. Er sprach kein Serbisch. Aber diese Menschen im Moment auch nicht. Das musste Albanisch sein. Für Josef machte es keinen Unterschied.

„Meine kleine Schwester Loretta und meine Mutter. Loretta ist elf. Ich habe noch zwei Schwestern. Sie sind vierzehn und fünfzehn. Sie sind jetzt bei Verwandten in Prizren."

Viola und die Mutter nahmen ihn bei den Händen und zogen ihn ins Haus. Loretta schleppte sich mit dem Koffer ab.

Durch einen Gang gelangten sie in einen großen Innenhof. Drei UCK Soldaten saßen auf ihrem Trossgepäck und löffelten aus einem Essgeschirr ihre Suppen. Josef wurde nicht beachtet.

„Deme ist hier. Mit vier Kameraden."

Es fehlte also noch einer.

Sie gingen über den Hof und traten durch eine Doppeltüre in einen Wohnraum, der bestimmt vier mal fünf Meter maß. Mit dicken Teppichen waren der Boden und die Sitzbänke an den Wänden belegt. Feuer prasselte in einem offenen Kamin und an den Wänden standen drei dunkle, mit Schnitzereien versehene Truhen. Durch die Fenster konnte man die Felsen hinter dem Haus als schroffen Abschluss einer schützenden Nische sehen, in der das Anwesen lag.

Drei unterschiedlich erscheinende Männer saßen am Boden des Zimmers und tranken aus kleinen Gläsern Tee, der offenbar aus einem Samowar stammte, der zwischen ihnen am Boden stand.

Josef meinte, dass der ältere der Männer Violas Vater war. Er war etwa fünfzig Jahre alt, stämmig gebaut und trug einen Vollbart. Der Fez, der seinen Kopf schmückte, schien eine beginnende Glatze nicht ganz zu verbergen. Eine bestickte Jacke und eine rote Pumphose waren die weitere Bekleidung. Wie auch die beiden Männer neben ihm war er in Socken.

Die zwei Anderen mussten um die dreißig Jahre alt sein. Der eine, der gerade albanisch auf den Älteren einredete, war dunkelhaarig, glatt rasiert und trug Uniform. Eine Pistole lag neben ihm am Boden. Der nächste Jüngere war aus einer anderen Welt. Ein ungepflegter blonder breitschultriger Mann mit einer kurzärmeligen Lederjacke, aus der kräftige Schultern in muskulöse Arme übergingen. Eine Armeehose, die andersfarbig als jene seines Kameraden war, wurde von einem breiten Munitionsgürtel gehalten. Dieser Mann war ein Kämpfer, der Josef an die legendären Rambo-Filme erinnerte. Eine Kopie von Sylvester Stallone.

Er blieb sitzen, während die beiden anderen Männer sofort aufsprangen, als Viola die Tür öffnete. Das war auch gut so. Sonst wäre das Präzisionsgewehr, das auf seinen Knien lag, zu Boden gefallen.

Zunächst zogen die Neuankömmlinge die Schuhe aus.

Dann folgte eine stürmische Begrüßung und lange andauerndes albanisches Geplapper.

„Sie werden uns nicht verstehen. Aber das ist nur Familientratsch.

Dieser Mann hier ist Franz. Er ist Deutscher. Er ist Söldner der UCK. Ich bezahle ihn. Er ist Scharfschütze. Der Beste."

So begrüßte Deme den Begleiter seiner Schwester.

Franz blieb sitzen und reichte Josef aus dieser Position die Hand. Er sagte nichts. Viola ignorierte er. Offensichtlich fühlte er sich in dieser Gesellschaft nicht wohl.

Deme reichte Josef ein Glas Tee.

„Setz' dich zu uns."

Josef schob für sich ein Kissen zurecht und fügte sich in den Kreis der Männer ein.

Die zwei Frauen und das Mädchen ließen sie allein.

„Du wirst von uns nicht viel wissen. Wir haben im Moment die Region bis Orahovac in unserer Hand. Die Serben sind vor uns davongelaufen."

Deme lachte.

„Franz ist für uns ganz wichtig. Wir rennen nur um ihn herum. Wir sind sein persönlicher Schutz."

Das konnte sich Josef nicht vorstellen.

„Eine Ein-Mann-Armee? Kann wohl auf die Dauer nicht sehr siegreich bleiben."

„Du redest Blödsinn."

Franz wollte nicht weiter schweigen.

„Sie geben mir nur Rückendeckung. Ich brauche Ruhe und Abschirmung für meine Arbeit. Dieses amerikanische Präzisionsgewehr schießt bis auf zweitausend Meter genau. In dieser Distanz hat es nur wenige Zentimeter Abweichung. Seine Vau-Null, also die Geschossanfangsgeschwindigkeit, ist enorm. Daher die Treffgenauigkeit und die gewaltige Durchschlagskraft. Hier in dieser Gebirgsgegend mit den unberechenbaren Winden und den schlechten Sichtverhältnissen setze ich es auf fünfhundert bis tausend Meter ein.

Ich schieße nicht auf irgendwen. Ich suche mir mein Ziel bewusst aus. Ich mache Jagd auf die Kommandanten. Das macht eine Truppe führungslos. Das ist effektvoll. Keine militärische Operation geht dann ungestört weiter. Ich treffe immer und meine Zielperson muss nie leiden. Ich nehme sie einfach schmerzlos aus dem Gefecht. Und aus dem Leben. Aussuchen, anvisieren, Schuss. So einfach ist das. Ich habe eine fast zehnjährige Erfahrung. Rund um die Welt war ich schon im Einsatz. Armeen und Geheimdienste – alle können mich brauchen. Ich habe einen krisensicheren Beruf. Bis man draufkommt, dass es mich gibt, dass ich geschossen habe, bin ich schon weg."

Eine internationale Tötungsmaschine.

„Wir müssen natürlich auf der Hut sein. Die Serben werden die letzte Niederlage nicht hinnehmen. Wir rechnen mit einem Gegenschlag.

Uns können sie nicht leicht fassen. Wir verschwinden in die Berge. Das Land hilft uns. Unzählige Schluchten, Höhlen und Gräben schützen uns. Das Problem sind unsere Familien. Viele flüchten nach Albanien. Das wollen wir eigentlich nicht. Wir können nicht für ein Land ohne Leute kämpfen. Wir wollen den Kosovo für die Kosovoalbaner. Wenn zu viele flüchten, haben wir keinen Grund zu kämpfen. Die Serben wollen uns weg haben. Wir müssen ihnen die Stirne bieten. Wir müssen unseren Platz verteidigen.

Die Serben arbeiten gezielt. Einen Tag beschießen sie ein Dorf mit Granaten. Am nächsten umzingeln sie es, am dritten Tag zünden sie es an. Die Menschen flüchten in die Wälder. Die Soldaten schießen mit Granaten auf ihren Unterschlupf. Auf Frauen, Kinder und alte Leute. Sie treiben die Leute ins Exil. Sie rauben Geld und den letzten Besitz. Sie vergewaltigen unsere Frauen. Oft auch kleine Mädchen."

„Glaubst du, ihr habt eine Chance?"

„Wir können nur unsere Stärke zeigen und versuchen unsere Leute zu schützen. Aber das Wichtigste muss am Verhandlungstisch geschehen. Wir müssen die Serben zum Gespräch zwingen. Wir brauchen auch euch Reporter. Ihr müsst der Welt von unserem Kampf berichten. Die Serben lügen. Sie stellen uns als Rebellen hin. Wir sind eine Befreiungstruppe. Wir kämpfen um unsere Rechte. Um die Rechte unseres Volkes."

„Wo zieht ihr jetzt hin?"

„Es ist für uns und für dich zu gefährlich, das zu sagen. Wir gehen noch heute. In die Nacht. Zunächst schützen wir unsere Leute im Wald. Das sind jene, die ihre Dörfer aus Angst verlassen haben. Wir haben Juli. Da kann man im Wald noch leben. Vor dem Winter müssen wir eine Lösung herbeigeführt haben."

Sein Vater hatte von der Unterhaltung natürlich nichts verstanden. Er saß bekümmert neben ihnen und trank seinen Tee. Was mochte in seinem Kopf herumgehen? Angst um den Sohn? Hoffnung auf Sieg und Verhandlungserfolg? Seine Tochter war hier. Er hatte eine Sorge mehr. Wahrscheinlich wäre es ihm lieber gewesen, sie wäre nicht gekommen und in Sicherheit geblieben.

Viola kam und holte sie zum Abendessen.

Sie führte Josef über den Hof in einen Raum, der neben der Küche lag. Das konnte er feststellen, weil die Nebentüre offen war und man so vom Hof in die Küche sehen konnte. Auf einem großen Mittelherd, der mit Holz befeuert wurde, brutzelte ein Braten. Einige Schüsseln standen am Küchentisch.

Der Essraum war von einem großflächigen Tisch mit zwölf Sesseln ausgefüllt. Durch eine Verbindungstür wurde das Essen serviert.

Die Frauen hatten einen Hammel gebraten.

Sie waren mit den Soldaten zehn Hungrige.

Kartoffeln. Bohnen, Brot und Salat wurden zum Braten auf den Tisch gestellt. Alle aßen gemeinsam. Der Hausherr teilte die Speisen auf. Er zerschnitt das Fleisch und legte jedem einen Teil auf den Teller. Er war sehr gerecht. Sich selbst gab er das kleinste Stück.

Gläser und eine große Karaffe Wasser standen am Tisch, sodass sich jeder bedienen konnte. Mit Gewürzen war nicht gespart worden. Schweigend genoss jeder seine Mahlzeit. Für Josef war die Zubereitung der Speisen fremd aber köstlich.

Nachdem die Schüsseln fast geleert waren und sich alle als satt bezeichnet hatten, brachten die Frauen das Geschirr hinaus und der Hausvater entkorkte eine Flasche Slibowitz.

„Das ist ein besonderer Tag. Weil ihr angekommen seid. Sonst ist Vater mit seinem Eigenbrand sehr sparsam."

Die Gläser wurden reichlich mit Schnaps angefüllt und schließlich setzte sich auch Viola wieder zu ihnen. Zu Josefs Erstaunen reichte ihr der Vater auch ein Schnapsglas.

War der Alkohol bei Mohammedanern schon etwas nicht Alltägliches, aber eine Frau mit Schnaps und das im eigenen Familienkreis – das war recht progressiv. Aber es waren Kriegszeiten. Da ist alles ein bisschen anders.

Sie prosteten mehrmals einander zu.

Inzwischen war es dunkel geworden.

Die Soldaten rüsteten sich zum Aufbruch. Sie waren alle aus diesem Bezirk. Da war keine Lampe notwendig. Sie kannten die Gegend schon aus der Zeit ihrer Spiele. Hinter den Büschen, die ihnen jetzt als Tarnung dienten, hatten sie sich vor Freunden versteckt, die ersten heimlichen Zigaretten geraucht und das erste Mal ein Mädchen geküsst.

Sie nahmen ihr Gepäck und ihre Waffen auf und verabschiedeten sich. Franz trug nur sein Gewehr. Es war nicht sehr schwer, aber er durfte sich nicht zu sehr anstrengen. Er brauchte eine ruhige Hand.

Sie zogen hinaus in die Nacht.

„Es wird Zeit, dass auch wir zur Ruhe kommen." Viola zog Josef mit sich zu ihrem Schlafraum. Im Gang begegnete ihnen Violas Mutter.

Sie lächelte. Sie gönnte ihrer Tochter eine Partnerschaft. Auch wenn sie vielleicht eine andere Vorstellung von einer Beziehung hatte. Eheversprechen mit Einflussnahme des Vaters und keinen vorehelichen Kontakt. Schließlich waren Eheschließungen eine göttliche Fügung. Aber die Zeiten waren anders. Wer wusste, was morgen passieren konnte.

„Hast du Angst?" Josef bewunderte die Gelassenheit von Viola. Sie waren in einem Krieg.

Sie schliefen auf einem Pulverfass.

Letztlich reichte ihnen eine Decke und sie schmiegten sich eng aneinander.

Völlige Dunkelheit und Stille umgab sie. Selbst aus dem nahen Ort drang nicht das leiseste Geräusch bis zu ihnen.

Am nächsten Morgen wurden sie durch die Sonnenstrahlen geweckt, die direkt in Violas Schlafzimmer einbrachen. Rasch wurde es warm unter der Decke. Josef musste sich mit den ersten Gedanken orientieren. Wo war er? Kosovo. Krieg. Viola neben ihm.

Er suchte sie an seiner Seite tastend. Sie war nicht da.

„Viola!"

„Ich komme schon!"

Sie war im Bad. Nur mit einem Badetuch um die Hüfte kam sie herein, warf sich neben ihm aufs Bett und begann ihn mit ihren nassen Haaren im Gesicht zu kitzeln. Er packte ihren kurzen Schopf und zog sie zu sich.

Sie balgten wie kleine Kinder im Bett herum um schließlich außer Atem in einem langen Kuss zu versinken. Er spürte ihre frische, kühle Haut auf der seinen und umfasste sie mit ganzer Kraft, bis sie sich nach Luft ringend frei machte. Er unterwarf sie und nach anfänglichem Kichern und gespielter Abwehr umfing sie ihn mit ihren Beinen und zog ihn zu und in sich. Er gab sich voll seiner Lust hin und explodierte in ihrer Erfüllung.

Welch' ein Morgen! Sollte der Krieg um sie herum toben. Sie fanden immer wieder in ihrer Sehnsucht zueinander.

Erschöpft lagen sie in der morgendlichen Sonnenwärme, die ihre schweißnassen Körper trocknete, und warteten noch darauf sich anzuziehen.

Ein Ruf aus der Küche holte sie in den Alltag zurück. Sie schlüpften in ihre Kleider und nachdem Josef eine kurze Morgentoilette nachgeholt hatte, machten sie sich über das Frühstück her.

„Wir werden heute den Ort besuchen. Du sollst meine Heimat kennenlernen. Es ist herrlich hier. Wir sind zwar weit weg von den Verkehrslinien, aber das hat auch Vorteile."

Sie halfen noch schnell das Frühstücksgeschirr vom Tisch zu räumen und kurz darauf traten sie vor das Haus.

Es begann heiß zu werden.

„Wo ist dein Vater?"

„Der ist mit meiner Schwester im Stall. Sie helfen zusammen. Dann sind sie schneller fertig und meine Schwester liebt die Tiere."

In diesem Moment gab es einen fürchterlichen Knall. Und gleich wieder einen.

„Sie schießen auf das Dorf! Das sind Granaten! Komm schnell, wir laufen in den Wald!"

Viola war entsetzt. Schüsse aus heiterem Himmel! Sie hatten gedacht, sicher zu sein.

Im Dorf brannte ein Haus. Menschen schrien. Man hörte Befehle und ängstliches Kinderweinen bis herauf.

Immer und immer wieder schlugen die Granaten im Ort ein.

Viola lief um ihre Mutter. Josef hetzte in den Stall, aber Violas Vater und das Mädchen kamen ihm schon entgegen. Sie eilten in die Schlafräume, rissen Koffer unter den Schränken hervor und stopften einige Kleider hinein.

Violas Mutter stolperte aus der Küche mit einem Korb voller Lebensmittel.

„In den Wald! Schnell!"

Einschlag folgte auf Einschlag!

Die Schüsse erschallten so rasch aufeinander, dass sie fast nicht mehr zu trennen waren.

Man konnte sich nicht mehr verständigen. Selbst wenn man sich anschrie, verschluckten die Explosionen die Worte.

Von einer Minute auf die andere hatte sich die Welt verändert. Vernichtung drohte und Tod.

Sie hatten in kurzer Zeit Vieles zusammengerafft. Wer konnte in diesem Augenblick einen klaren Gedanken fassen? Als alle im Flur standen, unschlüssig in welchem Moment sie hinausrennen sollten, rief Josef:

„Wir laufen nicht in einem Haufen hinaus. Verteilt euch. Im Wald treffen wir wieder zusammen. Das ist sicherer. Alle beisammen geben wir ein zu gutes Ziel. Wir wissen nicht, was uns da draußen erwartet. Hoffentlich konzentriert sich der Beschuss und das Augenmerk der Soldaten auf den Ortskern. Das wäre schlimm für die Leute, aber besser für uns. Wartet noch!"

Eine kurze Pause im Feuerhagel.

Sie rissen die Haustüre auf und rannten hinaus.

Nur einige Meter.

Es standen sechs Soldaten vor ihnen. Das Gewehr im Anschlag. Jeder weitere Schritt hätte in den sicheren Tod geführt.

Befehle in Serbisch. Laut. Scharf. Keine Antwort erwartend. Sondern Befehle zum sofortigen Befolgen. Folge oder stirb!

Josef verstand natürlich nichts. Alle Hände fuhren in die Höhe. Gepäckstücke purzelten.

Er folgte ihrem Beispiel.

Sie drehten sich mit dem Gesicht zur Wand.

Er folgte ihrem Beispiel.

Einer trat vor und tastete sie von hinten ab. Grob. Nervös.

Wieder ein Befehl.

Sie streckten die Arme nach hinten. Sie wurden ergriffen. Sie wurden gebunden. Mit starken Fesseln. Das war Ernst. Keine Übung. Kein Training. Krieg. Tod.

Sie drehten sich um.

Er folgte ihrem Beispiel.

Sie standen sich gegenüber. Aug in Aug.

Ein Unteroffizier und fünf Soldaten. Junge Soldaten. Schwarze Uniformen. Unruhig. Angespannt. Aber siegessicher. Herr der Lage. Hasserfüllte Augen sahen sie an. Fünf Gewehrmündungen starrten sie an.

Der Unteroffizier trat auf sie zu. Er stand ganz knapp vor Viola. Er spuckte ihr ins Gesicht. Verächtlich. Du Stück Dreck. Du Albanerhure.

Er kam auf Josef zu. Lange sah er ihm in die Augen. Fürchte mich. Zittere vor mir. Ich kann dich zermalmen, wie ein lästiges Insekt. Sieh mir in die Augen. Vergiss' mich nie. Nimm' mein Gesicht mit in die Hölle. Du stirbst. Du bist schon tot. Du weißt es nur noch nicht.

Er spuckte Josef auf die Stirne. Der Schleim rann langsam über die Brauen in sein linkes Auge. Josef wagte es nicht einmal zu blinzeln.

Macht schnell, wenn es sein muss.

Wo war die UCK? Wo war Deme? Franz?

Er hatte den Deutschen nicht ausstehen können, aber jetzt sehnte er den Scharfschützen herbei. Mach' der Sache ein Ende. Schieß' ihm den Kopf weg.

Viola stand neben ihm. Sie wagten nicht miteinander zu sprechen.

Einer spürte die Angst des anderen.

Auch Angst kann verbinden.

Sie standen da. Bereit für ein Erschießungskommando.

Die Granateneinschläge im Ort hatten aufgehört. Es war stiller geworden. Man hörte Schreie und hastiges Türenschlagen aus dem Dorf. Jeder war mit sich beschäftigt. Jeder war froh, dass es nicht ihn erwischt hatte. Die, welche getroffen waren, hatten den Krieg überstanden. Wenn dich eine Granate trifft, brauchst du über dein Schicksal nicht mehr nachzudenken. Dein Schicksal hat dich eingeholt. Der Tod hat dich eingeholt.

Viola und ihre Familie und Josef hatte es auch erwischt.

Sie standen dem Tod gegenüber. Sie sahen ihm in die hassenden Augen.

3

Josef hatte die Bucht vor dem Strand hinter sich gelassen und paddelte um eine Felsenspitze auf die nächste Landzunge zu. Dort, wo der Felsen, welcher die große Bucht unterhalb Camaria, an der die Campingplätze Amos und Anemomilos lagen, nach Südwesten abgrenzte, ins Meer tauchte, musste ein Bootsführer auf die vielen knapp von den Wellen überspülten Gesteinsbrocken achten. Ein Schiff, das hier zu nahe am Ufer fuhr, lief Gefahr von den spitzen Felsen aufgeschlitzt zu werden. Wehe dem Außenbordmotor, der hier aufschlug. Das Brechen des Antriebs war noch die geringste Folge, die so ein Boot treffen konnte. Bei hoher Geschwindigkeit war ein völliges Versenken von Schiff und Insassen nicht ausgeschlossen.

Das klare Wasser erlaubte Josef einen faszinierenden Einblick in die unter dem Kajak liegende Welt. Sein Boot hatte so wenig Tiefgang, dass er sorglos über die teilweise bewachsenen Steine gleiten und kleine Fische, Seeigel und eine in der Brandung sich wiegende Algen- und Wasserpflanzennatur beobachten konnte.

Die Wellen wurden etwas stärker und Josef musste darauf achten, mit dem Bug senkrecht zur Dünung zu stehen, um nicht ins Schwanken zu kommen.

Eine weitere große Bucht lag vor ihm. Zirka tausend Meter breit grub sie sich tief ins Hinterland hinein, wo sie von einem breiten Schotterstrand begrenzt war. Eine schmale Sandstraße führte vom Ufer zur Küstenstraße.

Ein einzelnes zweistöckiges Haus war direkt am Wasser erbaut worden. Ein Engländer, der offenbar keine Scheu vor den Winterstürmen und höherem Meerespegel hatte.

Josef hatte sich mittlerweile richtig warmgepaddelt. Außer Sichtweite vom Strandgeschehen fühlte er sich frei und ungestört.

Josef und die Elemente.

Das rechte Knie brannte ein wenig. Das Salzwasser hatte seinen Weg in die offene Wunde gefunden. Das störte Josef nicht. Salzwasser reinigt, hatte man ihm einmal gesagt. Morgen würde er am Telefon Klaus fragen, welche Salbe er auf die Wunde streichen sollte. Bei der umfangreichen Hausapotheke von Klaus war bestimmt eine Richtige zu finden.

Der nächste Felsen, den er erreichen wollte, war nicht so schroff. Aus der Entfernung wirkte er rundlich. Von Meer und Wind abgeschliffen.

Vor langer Urzeit war dieses Gestein unter dem Meeresboden gelegen. Der Muschelkalk lieferte einen leicht zu findenden Beweis dafür. Gewaltige tektonische Kräfte und das Absinken des Meeresspiegels hatten nicht nur die Felsen ans Tageslicht befördert sondern das unterschiedliche Absinken und Emporgepresstwerden hatte die Gesteinsschichten in der Bergwand zu einem wellenartigen Muster geformt. Die manchmal großen Steine am Ufer zeugten von der Instabilität der Felswände und warnten jeden leichtsinnigen Kletterer vor Übermut.

Heiß brannte die Sonne auf Josefs Haut.

Gut, dass er etwas zum Trinken mitgenommen hatte. Aber damit würde er bis zur Insel warten. Fast ein Drittel der Strecke lag schon hinter ihm.

Ein Motorboot kam ihm entgegen.

Josef rechnete mit einigen stärkeren Wellen.

Der Bootsführer wollte offenbar einen Spaß machen. Vielleicht meinte er auch seinen Passagieren seine Überlegenheit demonstrieren zu müssen. Jedenfalls hielt er nicht wie üblich einen vernünftigen Abstand zum paddelnden Josef, sondern kam immer näher.

Josef wurde unruhig.

Der wird mich doch nicht in Schwierigkeiten bringen wollen.

Oder - gar rammen. Nein es würde genügt haben, wenn er die Bugwelle nahe genug ans Kajak brachte, um es zum Kentern zu bringen.

Josef paddelte verzweifelt aus der zu erwartenden Fahrtrichtung des Motorbootes heraus, aber er hatte eigentlich keine Möglichkeit ihm zu entkommen.

Unter großem Hurra der Bootsbesatzung kurvte das Schnellboot so nahe an Josef heran, dass eine gewaltige Welle über den Bug des Kajaks brach und nicht nur Josef einnässte, sondern sein Boot mit einigen Zentimetern Wasser füllte.

„Verdammte Idioten!!", fluchte Josef, aber die lachenden Schnellbootfahrer waren schon längst vorbei und machten sich um ihn gar keine Gedanken mehr.

Josef hatte keinen Schwamm oder Lappen bei sich, mit dem er das Wasser aus dem Boot bringen konnte, aber es war keine Bedrohung. Bei höheren Wellen rann es stellenweise im Schiff zusammen, aber es erreichte Josefs Sitzhöhe nicht.

Er erhöhte das Schlagtempo und zog das Paddel kräftig durch. Nach kurzer Anstrengung erreichte er den nächsten Felsen, der ihn aus dieser Bucht entließ und den Blick nach Methoni freigab.

Eine leichte Brise kam ihm vom offenen Meer entgegen und die Wellen wurden höher.

Ein herrlicher Ausblick lag vor Josef.

Rechter Hand dehnte sich die nächste Bucht mit einem breiten Sandstrand aus. Hier lagen zwei Gaststätten direkt in den Dünen. Leicht von der Küstenstraße erreicht, bot ein älteres und eingesessenes Restaurant frische Hausmannskost an. Daran anschließend hatte vor einigen Jahren eine moderne Bar mit großem Swimmingpool und dazugehörigem Lokal aufgemacht. Völlig ungriechisch, aber nobel, wurde auf weiße Leinentischtücher serviert. Die ganze Anlage war perfekt gestaltet und mit aktueller Chartmusik ausgeschallt.

Der herrliche Sandstrand war ein Magnet für zahlreiche Familien aus der Umgebung.

Ein für Josef erst jetzt erkennbarer, angrenzender Felsen verdeckte die tiefere Bucht von Methoni.

Aber die ins Meer vordringende Burg von Methoni beherrschte das Auge des nach Westen Ausschau haltenden Seemannes. Wie vorgelagert und ringsum vom Meer umspült, wachte der Wehrturm über die Geschehnisse dieses Küstenabschnittes.

Nur durch eine schmale, ungesicherte und von der Wintergischt überspülte Brücke war er mit dem nächsten Festungsteil am Festland verbunden. Mächtige Mauern umgaben die Burg von allen Seiten und fielen zum Innenland hin in einen breiten Graben. Vom Umfang dieses Geländes war es vorstellbar, dass in früheren Jahrhunderten das Leben einer Kleinstadt in diesem geschützten Areal Platz gefunden hatte.

Die Insel Sapiendza lag in ganzer Größe vor ihm.

Nach Westen ergab sich zwischen der Burg von Methoni und der Insel ein etwa fünf bis sechs Kilometer breiter Korridor, durch den das offene Meer einströmen konnte. In der Ferne fand die Sicht ihr Ende im weiten Horizont des westlichen Mittelmeeres.

Ungehindert wanderten die Wellen von Westen her zwischen Insel und Festland. Begleitet von einem anhaltenden, wechselnd starken Westwind, der für frische, angenehme Luft in der Region sorgte.

Nachmittags nahmen Wind und Dünung täglich zu.

Aus diesem Grund war auch diese Gegend seit vielen Jahren als Eldorado für Surfer bekannt. In den Nachmittagsstunden war das Meer hier durch viele bunte Segel besiedelt, die rhythmisch abwechselnd ähnliche Kurse mit oder gegen den Wind kreuzend einschlugen.

Oft war Klaus mit dem Motorboot ausgefahren, um einen Surfer nach einem Defekt am Gerät oder wegen übermannender Schwäche zu bergen. Viele Urlauber hatten an diesem Strand das Surfen gelernt und den Unterricht einer Surfschule, die ein deutscher Aussteiger mit Erfolg betrieb, genossen.

Zeitweise waren die Böen in dieser Gegend aber auch unberechenbar.

Je anschwellend ebbten sie genauso unerwartet wieder ab und ließen so manchen Surfer weitab vom Strand hoffnungsvoll auf Wind für die Rückfahrt zum Strand warten.

Die Insel Sapiendza war in Nord-Süd-Ausdehnung sechs bis sieben Kilometer lang. Diese Küste konnte Josef aber nicht sehen. Parallel zum Festland zeigte sie nur ihre Breitseite mit höchstens drei Kilometer Felsen.

An einer maximal zweihundert Meter breiten Bucht fand man auf Sapiendza aber eine völlig andere Welt. Seicht ging der weiße Sandstrand dort im hellgrünen Meerwasser unter. Der Badende konnte fast hundert Schritt ins Meer hinaus wandern, bevor ihm das Nass bis zum Kinn stand. Ziegen waren die einzigen Bewohner dieser Bucht und die anziehende Attraktion besonders für kinderreiche Familien. Immer wieder landeten Motorboote und auch Ausflugschiffe an diesem idyllischen Ort.

„Südseebucht" nannten die Urlauber den paradiesischen Flecken. Und der Eindruck war tatsächlich entsprechend. Einige Meter konnte man bis auf den Meeresgrund sehen, als wäre kein Medium zwischen Betrachter und den sich am Boden herumtummelnden kleinen Fischen.

Am Ufer im Sand herumgrabend und die Füße in die schwache Brandung haltend hatte man Methoni mit seiner Burg als einzigartige Kulisse vor Augen. Nicht nur das zum Bad einladende kristallklare Wasser, sondern auch die stets leichte, frische Brise, die vom offenen Meer über den nächsten Hügel der Insel zog, machte selbst glühend heiße Griechenlandhitze zur Sommermitte nicht nur erträglich, sondern sogar angenehm.

Josef war in den letzten Jahren öfter mit Klaus und seiner Familie in dieser Bucht gewesen. Tauchen und am sanft schaukelnden Boot unter dem Sonnensegel zu liegen, war das echte Urlaubsgefühl, wie man sich das von einem Griechenlandaufenthalt erwartete.

Beidseits dieser Bucht fiel aber die Küste steil und abweisend ins Meer. An diesen anderen Stellen verschwand der Meeresboden auch kurz nach dem Eintauchen in die Brandung in große Tiefen.

Josef wollte aber die Ostküste der Insel besuchen. Hier beruhigte sich die Schroffheit der Insel schnell. Einige an dieser dem Wind und der Dünung abgewendeten, geschützten Seite gelegene Buchten luden mit Stein- und Schotterboden zum Anlegen ein. Im mittleren Bereich der Ostküste der Insel war seit vielen Jahren eine Fischzuchtanstalt in Betrieb. Von dort führte ein sich durch Dornengebüsch schlängelnder Pfad zu einem kleinen Leuchtturm. Hier waren Motorboote nicht so gerne gesehen. Um so ruhiger konnte der Besuch von Josef in seinem Kajak sein.

Bis zu diesem Landepunkt war Josef aber noch durch zwei bis drei Kilometer Wasserfläche getrennt.

In den Morgen- oder frühen Vormittagsstunden wäre diese Strecke eine schnell zu bewältigende Aufgabe gewesen, aber am Nachmittag begann das von Westen einströmende Meer mit zunehmender Wellenhöhe seine Kraft zu zeigen.

Ein guter Freund von Klaus, ein Schwabe namens Werner, nannte diesen Bereich, in dem die Boote die schützenden Felsen des Festlandes verließen und der nach Westen offenen See ausgeliefert waren, „die Düse".

Tatsächlich wurde mit einem Mal der Westwind deutlich stärker und auch die Wellen gut doppelt so hoch. Zu den üblicherweise bis zur Brandung am Strand kurzen Bewegungen der Meeresoberfläche, die sich erst im seichten Wasser brachen, kamen hier die langgezogenen Wellen des freien Meeres hinzu. Kleinere Brecher erzeugten schon hier eine aufschäumende Gischt und ließen leichtere Boote tüchtig tanzen.

Aber selbst Motorboote von stattlichem Gewicht mussten ihre Fahrt drosseln, wollten sie ihre Insassen nicht im ständigen Auf und Ab von den Sitzen heben, um sie dann unsanft landen zu lassen.

Die Strecke war nicht weit, die bis zur geschützten Weiterfahrt im Schatten der Insel zu überwinden war, aber es war bisweilen ein Ritt durch Täler und Berge, die in unberechenbarer Folge den Bootsmann herausforderten.

An diesem heutigen Tag waren die Wellen höher und der Wind etwas stärker und böiger, als Josef das kannte.

Kein Grund umzukehren.

Josef setzte die Paddel in kurzen Abständen ein und zog sie kräftig im Wasser durch.

Was sich sonst als günstig erwies, war heute ein Nachteil. Das Boot war so leicht, dass es dem rechtsseitig angreifenden Wind keinen Widerstand entgegensetzte.

Josef merkte, wie er ständig nach links abgetrieben wurde.

So leicht lässt man sich nicht unterkriegen! So schnell gibt man nicht auf!

Josef verspannte seine Beine im Rumpf, um eins zu werden mit dem leichten Boot.

„Und so kämpft man gegen die Elemente!“

Er sagte Wind und Wellen den Kampf an.

Es war keine Notwendigkeit in seiner Anstrengung. Es war Sport!

Hin und wieder erreichte sogar ein Surfer seinen Abstand zum Ufer, machte eine stürmische Wende und glitt über die Wellentäler springend wieder dem anvisierten Strand entgegen.

„Der Josef lässt sich nicht von ein paar Wellen vertreiben!“

Trotz des kühlen Windes, der böig zunahm, wagten sich zunächst zaghaft einige Schweißperlen auf seine Stirne um bald darauf in wiederkehrenden Bächen von oben tropfend in seinen Augen zu brennen.

„Ich werde doch nicht umkehren! Nicht wegen so ein bisschen Wind!“

Josef schrie den Naturgewalten seine Herausforderung entgegen.

Die Wellen erreichten eine Höhe, die den paddelnden Josef im Wellental verschwinden ließen. Mit vollem Krafteinsatz musste er sich den nächsten Wellenberg hinaufstemmen, oben angekommen dem Wind entgegensetzen, um dann ins Tal abgleitend rasch paddelnd seinem Ziel näher zu kommen.

Josefs Kräfte waren begrenzt. Die Stärke der Natur hatte keinen Grund nachzugeben.

Im Gegenteil!

Als würde jemand mit einem riesigen Kochlöffel die See umrühren, wurde das Meer immer ungestümer und die sich vor ihm auftürmenden Berge immer höher.

„Ihr könnt mich nicht vertreiben! Ich bin ein Josef Huber!“

Eigentlich war Josef nicht der Typ, der sich stark und unbesiegbar fühlte, aber hier meinte er Herr der Lage zu sein und sich eine Prahlerei erlauben zu dürfen.

Sein rechtes Knie begann zu schmerzen.

Hatte er bis jetzt nur ein wiederkehrendes Brennen verspürt, so dürfte er die Stelle beim Kontakt mit der Bootsinnenwand aufgerieben haben. Die offene Wunde reagierte auf das eindringende Salzwasser mit ätzendem Schmerz.

Das leichte Boot wurde mit Kraft vorne aufgehoben, um dann nach Überwindung des Wellenberges mit dem Bug im Wellental tief einzutauchen.

Seitliche Gischt schlug über das geringe Freibord – also den über die Wasserfläche reichenden Bootsrand – auf Josef, der nach und nach wassertriefend wurde.

„Heute forderst du mich – Meer. Nur gut so!"

Es war für Josef immer schwieriger seinen Zielpunkt auf der Insel Sapiendza im Auge zu behalten, weil er so sehr mit der auf ihn einwirkenden See beschäftigt war.

„Ich bin heute bei guten Kräften! Nur zu Meer! Wehre dich. Ich werde mein Ziel auch gegen deinen Willen erreichen."

Bald brannte nicht nur das Knie.

Die Augen waren vom tropfenden Schweiß und dem aufspritzenden Salzwasser gepeinigt.

Voriges Jahr waren sie mit dem Motorboot morgens bis vor die Fischzuchtanstalt gefahren. Vom Strand weg hatten sie keine zehn Minuten gebraucht. Jetzt hatte er keine andere Strecke zu bewältigen.

Zeitweise sah er die Insel Sapiendza gar nicht, weil sich die Wellenberge mit solcher Höhe vor ihm aufbauten. Manchmal hatte er das Gefühl, als triebe ihn der Wind vor sich her.

Er blickte das erste Mal nach hinten.

Die Felsen waren aus seiner Sicht weiter weg als erwartete. Josef hätte sie auch links und nicht rechts hinter sich in seiner Vorstellung gehabt. Er hatte nicht damit gerechnet, so weit abgetrieben worden zu sein.

Er bewegte sich also trotz seines Krafteinsatzes nicht nach Südwesten, sondern trieb nach Südosten.

Er entfernte sich vom Festland und paddelte nicht auf die Insel Sapiendza zu. Sein Kurs wurde von der Dünung und vom Wind bestimmt.

Da war noch die kleine Insel Mariani zwischen Shiza und Sapiendza. Nicht größer als zwei Fußballfelder. Aber sie war ohnehin unerreichbar, weil sie ein wenig südlicher lag.

Ohne eine Korrektur lief er Gefahr auch an der Insel Shiza vorbei zu treiben und in die große Bucht vor Finikounda zu kommen.

Eine Überquerung bis zur Ostküste war nicht nur weit und bei dem Seegang kaum gut zu überstehen, es gab dort an den steilen Küstenwänden keine Möglichkeit ans Ufer und aus dem Wasser zu kommen.

Zunächst wollte Josef das Ruder nicht aus der Hand geben. Er drehte um und bemühte sich angestrengt zurück zum Festland zu paddeln.

Aussichtlos.

Wind und Wellen arbeiteten gegen ihn.

Fast hatte er das Gefühl, dass die Elemente noch an Energie zulegten.

Er musste sich ergeben.

„Kein Grund nervös zu werden. Ich lande in Shiza und rufe mit dem Handy Hilfe. Irgendwer wird mich holen."

Josef kam so ein wenig besser voran. Zumindest fuhr er nicht mehr den Naturgewalten entgegen.

Gischt überholte ihn und das Wasser schwappte von hinten ins Bootsinnere.

„Du willst mich wohl unbedingt versenken! Täusche dich nicht, Meer. Das Boot wird nie untergehen!"

Kräftig kamen die Schläge von Josef. Ein wenig langsamer vielleicht. Und es brannte nicht nur das rechte Knie mittlerweile höllisch. Der ganze Körper stand in Flammen. Die Armmuskeln krampften und zogen. Nur der starke Wille beherrschte sie und ließ sie nicht schlapp machen.

Wenn er die Insel nicht erreichen konnte und vorbeitrieb, war er in höchster Lebensgefahr.

Das Boot war zwar unsinkbar, aber wenn es kieloben geschwommen wäre, hätte man den Kajak, aber nicht Josef retten können. Nie wäre er in der Lage gewesen, sich längere Zeit an dem Schiff zu halten.

Er hatte keine Schwimmweste. Trug nur die Badehose. Selbst in der Sommerhitze Griechenlands würde ihn die Unterkühlung bald in den Kreislaufschock versetzen.

Josef durfte seine Situation nicht auf die leichte Schulter nehmen.

Noch war er sicher, dass es für ihn kein Problem sein konnte, zumindest die Insel Shiza zu erreichen.

Der Sturm nahm zu.

Josef konnte in der Ferne den Strand und den Campingplatz erkennen.

Kein Surfer war mehr am Meer. Kein Boot weit und breit.

Ein Schatten fuhr über Josef.

Er hatte nie nach oben gesehen. Wellen und Wind hatten ihn bei seinem anstrengenden Paddeln zu sehr in Anspruch genommen.

Hätte er das getan, wäre ihm aufgefallen, dass aufgewühltes Meer und beginnender Sturm nicht die einzigen Ursachen für die Flucht der Surfer gewesen war. Eine Gewitterfront war am westlichen Horizont zu sehen.

Schwarze Wolken türmten sich drohend am Himmel auf.

Gewitter in Griechenland waren im Sommer selten, aber wenn sie losschlugen, dann entlud der Himmel in kurzer Zeit nach vorhergeschickten Sturmböen gewaltige Wassermassen auf die Erde.

Josef hatte es einmal erlebt, dass in wenigen Minuten die Dorfstraße von Finikounda in einen Bach verwandelt wurde, der zwischen den Häuser eine solche Flut entwickelte, dass man sich in Venedig zu sein wähnte.

Zunächst war Josef nur über die Verdunkelung des Himmels erstaunt. Aber da nach einigen Minuten die Sonne wieder wie gewohnt auf ihn herabbrannte und sich in der Gischt spiegelte, entwarnte ihn sein Unterbewusstsein in der Annahme, alles wäre wieder normal.

Er wurde müde. Vielleicht hätte er bei vollem Einsatz die steinige Küste von Shiza erreichen können, aber die richtige Gefahr war ihm nicht bewusst und so schonte er seine Kräfte ein wenig.

Da wurde der Sturm mit lautem Orgeln wesentlich stärker. Josef versuchte durch Paddelschläge die Steuerung des Bootes unter Kontrolle zu bringen, aber bald bemerkte er, dass er zusehends ein Spielball des Windes wurde.

Er beugte sich nach vorne, um seinen Luftwiderstand zu verringern, und mobilisierte jetzt seine gesamten Kräfte. Von den an die Bootsinnenwand gespreizten Zehen über die Bein- und Gesäßmuskulatur bis in den Nacken war er geballte Anstrengung. Fast zu hastig waren die Aktionen seiner Arme.

Er wurde unruhig. Er durfte nicht an der Insel vorbeidriften. Er musste den Kurs, der ihm aufgezwungen wurde, korrigieren.

So hektisch und panisch wurde sein Paddeleinsatz, dass ihm das Atmen schwer fiel und er tief nach Luft schnappen musste.

Dann brach das Unwetter los.

Donner über Donner rollten unheilverkündend über die See.

Blitze erhellten gespenstisch das brausende Meer.

Die Wellen warfen das kleine Boot spielerisch umher und Josef benützte das Paddel nur mehr um das Gleichgewicht ein wenig herzustellen.

Unruhe verdrängte das Selbstbewusstsein von Josef. Er war nicht mehr Herr über seine Bewegung. Wie mit einer Marionette wurde mit ihm gespielt. Der Bug tanzte vor seinen Augen auf und ab und war durch seine Paddelschläge nicht zu beeinflussen.

Der Donner schickte seinen Bass kurz nach dem Blitz übers Meer und zeigte an, dass die Einschläge näher kamen.

Grelle, spitz ins Wasser jagende Feuerbälle wurden von unheilverkündendem Knall in ihrer Gefahr betont.

Wer konnte sagen, wo die nächste Entladung der elektrischen Energie des Unwetters ihren Zielpunkt gefunden hätte?

Wie war ein Tod, der durch Blitzschlag herbeigeführt wurde. Fühlte man noch etwas vom Durchjagen der elektrischen Kraft. Krämpfe? Hitze? Oder kam die Bewusstlosigkeit so schnell und überraschend, dass das Kammerflimmern des Herzens nur mehr ein Vollzug des Todes war? Waren die Verbrennungen im Vordergrund?

Ein schneller Tod würde es sein. Dessen war sich Josef sicher. Und überraschend.

Die Unruhe wurde von Angst abgelöst.

Es begann zu regnen.

Das Wasser kam aber nicht Tropfen für Tropfen vom Himmel, wie Josef es von Oberösterreich gewöhnt war. Kein Regen, wie er in seiner Heimat oft tagelang ohne Unterbrechung nicht nur die Wassergräben, sondern auch die Geduld der Menschen zum Überlaufen brachte.

Bei einem griechischen Gewitter waren die Niederschläge wie eine Dusche. Als schütte jemand einen mit Wasser gefüllten Kübel über den Menschenkopf, so wurde der Regenguss empfunden.

Josef war ringsum von Wasser umgeben. Aber es umspülte ihn nicht friedfertig, nicht angenehm kühlend. Es peitschte ihn mit seiner Wucht. Im Himmel und im Meer vom nun nicht mehr böigen, sondern orkanartig fegenden Wind getrieben.

Die Angst wich der Todesangst.

So dicht war der Wasservorhang, der ihn umgab, dass er ihm zeitweise die Luft nahm.

Wie ertrinkt man?

Ist es der Kampf um Luft, der schließlich verloren wird?

Wird der Mensch von der Wucht der Welle so stark nach unten gedrückt, dass er die Oberfläche trotz aller Bemühungen nicht mehr erreichen kann und bei klarem Überlebenswillen anstatt eines Atemzuges einen Mund voll Salzwasser in die Lungen saugt? Wird er so elendiglich von dem nassen Tod überwältigt?

Oder ist es eher so, dass der Kampf im ständigen Widerstand gegen das Unvermeidliche schließlich von der Schwäche und dem durch geringes Luftschnappen entstandenen Sauerstoffmangel aufgegeben wird.

Endlich wird dem sich auflehnenden, unterkühlten Körper warm und das nach Luft hungernde Gehirn beendet seine angestrengten Durchhalteparolen an die Gliedmaßen, alles an Kraft aus sich herauszuholen. Wie im Rausch dämmern die Gedanken weg und die Resignation des gesamten Organismus wird fast als Erlösung empfunden.

Zirka hundert Meter war die Wassertiefe unter Josef.

Wie lange braucht ein lebloser Körper, um bei dieser Tiefe bis auf den Meeresgrund zu sinken?

Zunächst verlässt das Bewusstsein den Menschen und stoppt die dem Tod erwiderte Gegenwehr. Die nächsten Atemzüge unterhalb des Wasserspiegels liefern nur Wasser und bald gibt auch das Herz seine unnötige Arbeit auf. Der Tod der Hirnzellen setzt erst viele Meter nach Beginn der Reise in die Tiefe ein. Es bleibt dem Unterbewusstsein noch Zeit eine Traumwelt in friedlichen Bildern vorzugaukeln.

Schwerelos sinkt der unverletzte lockere Körper bis auf den Boden, um sich dort der Natur in seinen Ursprung zurückzugeben.

Solche Vorstellungen machten sich in Josefs Gehirn breit.

Nacktes Grauen vor seinem drohenden Ende packte Josef.

Er begann mit den Elementen und der Welt zu hadern.

„Was willst du von mir Posseidon? Gott des Meeres, was habe ich dir getan? Warum musst du mich verfolgen. Götter Griechenlands, warum peitscht ihr mich aus strahlendem Sonnenhimmel heraus? Warum täuscht ihr mich? Ihr lockt mich auf das ruhige Meer und bei lindem Lüftchen zu einem Ausflug und überfallt mich hinterhältig an dem Punkt, an dem es keine Rückkehr mehr gibt! Nie habe ich einen von euch verhöhnt! Nie habe ich euch verleugnet. Nie hatte ich mehr Respekt vor euch als heute.

Habt Gnade, Götter von Griechenland. Habt Gnade, ihr einzig wahren Griechen!"

Josef machte sich Mut, indem er in der Phantasie eines Homer die Zwiesprache mit den Elementen suchte.

Sein Gott war die Natur. Sein Gott war nicht der Schöpfer. Sein Gott war die Schöpfung schlechthin. Sein Gott war kein ER. Sein Gott war das WIR. Das WIR der Menschen und der Natur, aus der sie geworden sind.

Aber er wollte das Ende seines Lebens noch nicht zur Kenntnis nehmen. Nicht so überraschend. Nicht so unvorbereitet. Nicht so unvermittelt angedroht.

Panik ließ ihn um sich schlagen. Nur das Paddel nicht verlieren.

Er konnte nicht mehr feststellen, von wo das meiste Nass an ihm und in seinem Boot herrührte. Von den Wolken oder von den Wellen?

Es war dunkel um ihn und es war Bewegung um ihn. Beherrschender Kraft war er ausgeliefert. Salziges Wasser, kaltes Wasser. Wind in unbeschreiblicher Stärke. Wellen, die ihn herumwarfen.

Augenbrennen. Brennen des nackten Oberkörpers durch die nasse Massage. Brennen der Gliedmaßen durch die Anstrengung. Sein verletztes Knie spürte er nicht mehr.

Er war keine zwanzig Meter vom Ufer entfernt, als er kenterte.

Aber selbst wäre er direkt am Ufer ins Wasser gestürzt, hätte er keine Möglichkeit gefunden, sein Leben zu retten. Zu schroff und felsig war die Küste an dieser Stelle.

Messerscharf waren die Steine, die viele Jahrhunderte von den Gezeiten geschliffen worden waren.

„Vorbei!"

Die Erkenntnis durchfuhr Josefs Gehirn ohne Emotion. Wie eine sachliche Feststellung.

Fast erleichtert fand er sich mit dem Gedanken ab. Die Ungewissheit, das Kämpfen, das Sichauflehnen und der Glaube an Rettung hatten eine Lösung gefunden.

Vorbei. So ist es.

Immer noch das Paddel krampfhaft in der Rechten haltend suchte er sein Heil am Kontakt mit dem kieloben tanzenden Boot.

Er wickelte die Bugleine um sein Handgelenk, wohlwissend, dass sie ihm keine Unterstützung sein konnte.

Die nächsten Wellen drehten das Boot von ihm weg und nahmen ihm die letzte Möglichkeit, den aussichtslosen Versuch zu unternehmen sich am Kiel zu halten oder gar das gekenterte Schiff zu erklimmen.

Josef war hoffnungslos verloren.

Er strampelte gegen das Wasser, versuchte den Kopf immer wieder über die Wellen zu bringen und wurde von der Gischt dabei überspült. Die gereizten Augen konnten nicht einmal mehr die Schatten der Brecher erkennen, deren überraschende Folge den dichten Regen unterbrach.

Er wollte schreien. Warum auch immer. Aber das sinnlose Unterfangen, das vom tosenden Sturm abgefangen worden wäre, wurde von der zwingenden Wasserfüllung seines Mundes verhindert.

Er vollführte keinen Höllenritt auf den Wellen mehr, wie sein herrenloses Boot, sondern er versank unaufhaltsam und erreichte die Gipfel der Wellenberge nie mehr.

Aber die Götter lassen sich nicht bestechen.

Josefs Schicksal war ein Konglomerat von Zufällen und eigener Planung, wie bei allen Menschen.

Es passiert wie es passieren muss.

Unlogisch, unvorhersehbar, unberechenbar stürzen die Ereignisse über uns herein. Keine göttlichen Strafen, keine Vorhersehungen. Unlogische Ereignisse des Gottes Natur.

So erging es nun Josef. Sein eigener Wille, sein Kampf ums Dasein war gebrochen.

Josef hatte keine erklärbare Chance auf ein Weiterleben.

Genau betrachtet hatte er gar kein Recht mehr auf ein Weiterleben. Wo kein Wille zum Leben, da war auch kein Leben.

Josef war Teil der Natur. Sie tat mit ihm, was sie wollte.

Er schnappte zwischen den Wellen mehr Wasser als Luft. Sein Versuch, sich am Boot mittels der Bugleine etwas hochzuziehen, wurde mit einem geringen Abtauchen des Bugs beantwortet. In der Welt um Josef war kein fester Punkt, an dem er sich hätte halten oder aus dem Chaos herausstemmen können.

Die Wellen taten mit ihm, was sie wollten. Und sie wollten ihn gegen die Felsen werfen.

Sie holten zwei - dreimal aus, nahmen Schwung und mit der Wucht eines gewaltigen Brechers warfen sie den hilflosen Körper gegen einen seit langem am Ufer sich allem, was da herbeigeschwemmt wurde, entgegenstellenden Felsen.

Knochen hätten knacken können. Der Schädel hätte bersten können, hätte dieser eigensinnige Felsen einen Nachbarn, einen Bruder gehabt. Er aber stand da in egoistischer Einsamkeit. In dieser Situation konnte er nur kratzen, abschürfen, prellen und Schmerzen bereiten, aber er war zu einsam, um zu töten.

Josef traf der Schlag mit Wucht am Rücken und dann wurde der Angriff in ein schmerzhaftes Reißen an seiner aufgeweichten Haut umgewandelt.

Er überschlug sich und wurde kopfüber in die nächste Welle und mit ihr in eine kleine Nische an der Küste geschleudert.

Für wenige Sekunden schien es, das Meer hätte Josef genug gequält, aber so war es nicht.

Eine Welle leckte fast friedlich an seinen Beinen, doch die darauffolgende Schwester kam nicht mit leeren Händen in die Felsnische.

Hinterhältig hatte sie das Boot aufgeladen und schleuderte es zornig Josef an den Kopf.

Das war zu viel.

Die nach unten gedrückte Stirne machte dann noch Bekanntschaft mit dem Paddel, das Josef nie ausgelassen hatte, und das unter ihm zum Liegen gekommen war.

„Mama", ächzte er noch und dann nahm sie ihn in die Arme.

Er war zurückgekehrt. Zurück nach Aichkirchen. Zurück zu seiner Mutter, der wunderschönen Sabine Huber. Sie hatte auf ihn gewartet. Schweigend strich sie ihm über das Haar, wie sie es so oft getan hatte, wenn sie ihn in seinen Träumen überrascht hatte. Sie half ihm auf, weil er so schwach im Blumengarten hinter dem Hof lag und er wunderte sich über die ungeheure Kraft, die von ihr ausging. Sie reichte ihm die Hand und sie wanderten zwischen den reifen Kornfeldern des Huberhofes. Es war ein herrlicher Sommertag und auf den Feldern wurde fleißig gearbeitet. Aber nicht mit Mähdreschern und Traktoren wurde die Arbeit bewältigt, wie er es kannte, sondern mit Sense und Rechen. Da arbeiteten auch viele Leute, die ihm unbekannt waren und ihre Lebensfreude und ihre mühelosen, unbeschwerten Bewegungen lockten ihn mitzuhelfen. Aber er konnte kein Werkzeug berühren ohne dass es zerfiel und keine Antwort finden bei Menschen, die er ansprach.

Er blickte fragend zu seiner Mutter, doch die führte ihn schweigend weiter. Zurück in den Ort. Hinauf zur Kirche. Zur Gruft des Huberhofes. Ohne Trauer las Josef dort die Inschrift auf dem Grabstein. Neben den Namen seiner Mutter und seiner Ur- und Großeltern fand er: Josef der Erste, Josef Huber der Zweite. Unten in der letzten Zeile stand zu seinem Erstaunen: Josef Huber der Dritte.

Nicht Entsetzen, Traurigkeit erfüllte Josef.

Aber als seine Mutter ihm beide Hände reichte und ihn an sich drückte, überkam ihn eine sonderbare Ruhe und Sicherheit. Die Endgültigkeit, bei seinen Eltern den ihm zustehenden Platz eingenommen zu haben.

Da hob seine Mutter einen Rockzipfel, schüttelte den Kopf und löschte seinen Namen vom Stein.

Die Erde um Josef begann zu beben und seine Mutter wich einen Schritt zurück.

Der alte Kirchturm von Aichkirchen kam ins Wanken und einige Dachziegel warf er auf den im Kirchhof stehenden Josef herab.

Einer traf ihn am Kopf und Josef verspürte einen heftigen Schmerz, der sich vom Nacken bis zur Stirne vorarbeitete.

Mit diesem Schmerz kam Josef wieder zu sich.

Es war dunkel um ihn. Er brauchte einige Minuten, um zu begreifen, dass es nicht Nacht war, die ihm das Tageslicht verwehrte, sondern dass sein umgekehrtes Boot auf ihm lag.

Josef stemmte sich vom Boden ab und kippte so den Kajak zur Seite.

Das Paddel unter ihm war blutig.

Er griff sich an die Stirne und fühlte eine brennende Platzwunde.

Der Regen hatte nachgelassen. Kräftige Brandung schlug neben ihm an die Felsen und sprühte rhythmisch einen feinen Salzwassernebel auf ihn.

Die Nische am Ufer war sehr schmal. Keine fünf Meter breit.

Groß genug um Josefs Leben zu retten. Er richtete sich auf. Die Welt drehte sich um ihn.

Selbst als er sich rasch wieder setzte, war er den Schwindel nicht los.

Josef erbrach sich. Eine Flut von Salzwasser sprudelte aus seinem Körper und zwang ihn weiterhin zu unstillbarem Würgen.

Eine Weile blieb er in dieser Stellung. Sitzend, vornübergebeugt starrte er auf das Erbrochene vor ihm und wartete geduldig, ob sein Körper nicht noch in ähnlicher Weise sich von seinem Inneren trennen wollte.

Langsam ordnete sich in Josef wieder alles. Seine Hirndurchblutung, seine Magenperistaltik und sein Kreislauf.

Zuletzt seine Gedanken.

Der Regen hatte aufgehört und am Horizont hellte der Himmel auf. Bald würde ihn die Sonne wieder wärmen.

So verzweifelt war seine Lage mit einem Mal nicht mehr.

Er hatte das Boot. Und sein Paddel. Aber er hatte keine Lust bei dem noch heftigen Wellengang und dem anhaltenden Westwind seine Kräfte auf einer Heimfahrt zu erproben.

Er hatte einmal Glück gehabt. Er wollte sein Schicksal nicht wieder herausfordern.

„Josef. Für heute reichte es. Ich rufe Elias an. Er wird bestimmt jemanden schicken, der mich holen kann."

Er richtete sich auf, freute sich darüber, dass der Schwindel ausblieb, und ging zum Boot.

Er drehte es, öffnete die wasserdichte Heckklappe und zog die kleine Tonne heraus.

Der Verschluss ließ sich leicht aufdrehen. Innen war alles trocken.

Ein kleines Handtuch, eine Flasche Mineralwasser, die Hausschlüssel und das Handy waren unversehrt.

Er hatte nur Augen für das Handy.

Er schaltete das Telefon ein. Es startete und Josef suchte unter den Kontakten die Nummer von Elias. Als er sie gefunden hatte, wählte er den Anruf.

Nach wenigen Sekunden schaltete sich das Handy aus.

Verwundert überprüfte Josef das Gerät.

Der Akku war leer.

Er konnte nicht telefonieren.

Das Handy ließ sich gar nicht mehr einschalten.

Er war auf der Insel gefangen.

Josef fröstelte. In dieser Nische war er im Schatten der Sonne, aber nicht des Windes.

Er trank einen Schluck Mineralwasser.

Josef hatte keine Wahl. Morgen würde er vielleicht bei ruhiger See nach Hause fahren können, aber jetzt war daran nicht zu denken. Er brauchte Schutz für die Nacht. Und er musste trocken werden.

Vorsichtshalber zog er das Boot noch gut zwei Meter vom Meer weg. Man konnte nicht vorhersehen, wie hoch das Wasser bei der abendlichen Flut steigen würde. Das Boot durfte er nicht verlieren. Sonst hatte er seine letzte Chance verspielt.

Über ihm stieg der Felsen mit spärlichem Gestrüpp bewachsen steil auf.

Josef hatte das Mineralwasser und zum Essen war ihm ohnehin nicht zumute. Er würde es schaffen. Morgen sollte das Meer ruhiger sein.

Aber er musste sich aufwärmen.

Längere Zeit suchte er den Felsen nach einem Aufstieg ab. Dann entschloss er sich, es auf der westlichen Kante zu versuchen.

Er stolperte beim ersten Versuch und rutschte schmerzhaft über eine Felsnase ab.

Dann wählte er einen daneben liegenden Stein und krallte sich an einem aus einer Felsspalte herauslugenden Gestrüpp fest. Es gab nicht nach.

Behutsam zog er den rechten Fuß nach und suchte nach einem Auftritt. So stemmte er sich nach oben.

Als er zirka drei Meter über dem Nischenboden in eine Felsspalte greifen wollte, prallte er zurück.

Glücklicherweise hatten beide Füße sichern Halt und seine Linke hielt sich an einer Felskante.

Eine Schlange hatte aus der Felsspalte herausgefaucht und drohend das Maul geöffnet.

„Was willst du von mir? Ich werde dich nicht weiter belästigen, also lass' mich in Ruhe."

Die Schlange verstand ihn natürlich nicht und verharrte in ihrer drohenden Haltung.

Josef hatte stets Respekt vor Schlangen und er wusste auch nicht, ob er eine giftige oder eine ungiftige Vertreterin dieser Gattung vor sich hatte.

Im Zweifelsfalle war es bestimmt besser, das Schlimmere anzunehmen.

Sie starrten sich an.

Er hatte gehört, dass Schlangen nur bewegte Lebewesen angreifen. Und größere nur dann, wenn sie sich bedroht fühlen.

So weit der Felsen und seine Standfestigkeit es zuließen, wich Josef zurück.

Bange Minuten vergingen, bis die Schlange Josef nicht als Beute und schließlich auch nicht als unmittelbare Gefährdung einstufte und sich in ihre Spalte zurückzog.

Josef erholte sich kurz vom Schrecken und veränderte die Aufstiegsroute ein wenig.

Er war gewarnt. Er würde weiterhin vorsichtig sein. Schließlich war er barfuß unterwegs.

Nach zehn Minuten war er oben angekommen.

Warme Abendsonne empfing ihn. Im Osten konnte er die weichenden Gewitterwolken sehen und über ihm war der Himmel wieder im üblichen griechischen Stahlblau. Als wäre der ganze Tag ungetrübt und friedlich verlaufen, so zeigte sich das herrschende Wetter.

Nur der heftige Westwind, der das Gewitter nicht nur gebracht, sondern auch genau so schnell vertrieben hatte, blies nach wie vor böig vom Meer her. Er hatte vielleicht etwas nach Süden gedreht, weil er warm und angenehm auf der Haut war.

Die Wellen aber waren unverändert in ihrer Stärke und schneeweiße Kronen zierten ihre Gipfel.

Ein herrliches Panorama versöhnte Josef mit der Insel, die er eigentlich gar nicht besuchen wollte.

Er wanderte zwischen den niedrigen Büschen von Stein zu Stein sich vortastend zur Westküste.

Es war nicht sehr weit.

Die Insel Sapiendza, die er erreichen wollte, bevor das Gewitter kam, war zum Greifen nahe. Die klare Luft verkürzte dem Auge die Distanz. Der Leuchtturm stach frisch gekalkt aus dem Grün des Buschlandes heraus und die gesamte Szenerie war überaus friedlich. In Josef steckte aber noch der Schock. Er war dem nassen Tod gerade noch entkommen. Das Meer hatte ihn ausgespien, so wie er anschließend das Wasser, welches er unfreiwillig getrunken hatte.

Die Sonne war angenehm. Er zog die nasse Badehose aus und schwenkte sie trocknend im warmen Wind.

Nackt, wie eben ein Teil dieser unberührten Natur, hopste er weiter stets Steine als Weg suchend dem Ufer entgegen.

Bald hatte er die Klippe erreicht.

Im Westen war die Küste nicht so steil.

Er kletterte über einige große Felsbrocken nach unten und legte sich auf eine flache Steinplatte.

Die Brandung war hier viel schwächer. Die nahe Insel Sapiendza schützte die Südwestküste von Shiza vor der heftigen Dünung des offenen Meeres.

Josef legte seine Badehose auf einen Nachbarstein und schalt sich selbst, weil er bei seinem Aufstieg das Handtuch vergessen hatte.

Das wäre jetzt eine gute Unterlage auf dem glatten Stein.

Der Felsen war warm. Josef legte sich flach hin und starrte in den Himmel.

Keine Wolke war mehr zu sehen.

„Es hat eben noch nicht sein sollen. Aber es war knapp. Wenn ich wüsste, bei wem ich mich bedanken sollte."

Im Blau des Himmels tauchten wieder Bilder vor ihm auf.

Er sah seine Mutter und wunderte sich, dass er gerade jetzt auf sie kam.

Aichkirchen war plötzlich vor ihm und er fand keinen Zusammenhang mit seiner augenblicklichen Situation.

Er dachte an die Odyssee von Homer und erinnerte sich an den Kampf von Odysseus gegen die Kräfte des Meeres.

Schließlich schlossen sich seine Augen von selbst und er döste vor sich hin, ohne einen weiteren Gedanken zu fassen.

Er glaubte nicht an eine göttliche Steuerung der menschlichen Schicksale.

Das würde ein Menschenleben zu einfach machen. Ja, die menschliche Entscheidungskraft abwerten. Wozu etwas zu seinem Gelingen, zu seinem positiven Werdegang beitragen, wenn ohnehin alles geregelt und gesteuert war? Wozu nach Besserem, nach Erfolg streben, wenn man nur an den Fäden des großen Puppenspielers hängen würde?

Wozu Leistung bringen, wenn sie nichts Besonderes ist, weil der Erfolg der Verdienst Gottes ist. Warum Gutes tun, wenn das Böse unvermeidbar ist?

Der Wandel der Natur, das Zusammenfallen von Ereignissen ist wohl das unvermeidbare Schicksal des Einzelnen.

Ist da ein Einfluss des Bösen und des Guten, das Menschen in der Welt spenden? Einfluss von Liebe und Hass?

Hat dir die Liebe, die positive Aura deiner Mutter geholfen, Josef?

War deine Mutter kurz bei dir?

Im großen göttlichen Strom der Gefühle, der alles, was lebt, durchzieht, lebt jenes weiter, das wir in unserem Leben spenden. Unsere Liebe, unser Hass, unsere Sehnsucht – sie leben weiter. Und sie geben die Aura, die sich in unser Schicksal mengt.

Langsam taten die letzten Sonnenstrahlen des Tages auf Josef ihre Wirkung.

Er wärmte sich auf und neue Kraft wuchs in ihm.

Der Wind hatte etwas nachgelassen, aber die Wellen waren besonders zum Festland hin immer noch schaumgekrönt.

Josef stieg, sich größere Steine als Auftritt suchend, bis zur Brandung hinunter. Kleine Krabben flohen unter die Felsen. Die tiefstehende Sonne spiegelte auf dem Wasser

und blendete beim Blick auf Sapiendza.

Zur Insel hin waren die Wellen deutlich flacher.

Josef ließ seinen Blick südlicher, zwischen den Inseln hindurch aufs offene Meer schweifen.

In gerader Richtung weiterfahrend müsste er nach Afrika kommen. Weit für ein kleines Schiff. Aber er kannte einen Fischer in Finikounda, der auf seinen Fangzügen bis vor die afrikanische Küste kam. Auch nicht zu weit für die Entdecker und Eroberer des Altertums, die auf diesem Weg die Kulturen bis auf den Peloponnes brachten.

Sein träumendes Auge hing am Horizont.

Dann sah er es.

Zunächst war es nur ein Fremdkörper in seinem Blickfeld.

Eine Plastikflasche? Nein. Grösser. Ein Brett? Eine Türe?

Was immer es war, es kam näher. Die Strömung trieb es auf Shiza zu.

Eine große rote Platte. Ein Floss!

Josef behielt das Ding im Auge.

Es war ein Floss. Eine von diesen roten Rettungsplattformen, die auf Schiffen als Ersatz für Rettungsboote mitgeführt wurden.

Besser als Unterlage zum Schlafen für eine Nacht, als sie ein glatter Felsen darstellte.

Das Floss kam rasch näher. Josef konnte abschätzen, wo es landen würde.

Es schien so, dass es an einer Stelle an das Ufer der Insel käme, an der eine breite Steilwand eine Bergung unmöglich gemacht hätte.

Wenn Josef das Ding haben wollte, musste er ins Wasser.

Während er es noch überlegte, ob der Einsatz für eine gute nächtliche Unterlage gerechtfertigt wäre, machte er eine weitere Entdeckung.

Das Floss war nicht leer!

Eine Person lag darauf.

Ein schwarzer Mensch.

Beim weiteren Zutreiben der Plattform wurde ihm klar, dass ein schwarzer junger Mann bäuchlings auf dem Floss lag.

Diese Rettungsinseln haben ringsum eine rote Leine als Haltegriff befestigt. Diese Leine hielt den Burschen mit den Handgelenken in seiner Bauchlage. Man sah deutlich, dass um beide Unterarme eine rote Schlinge gelegt war.

Jetzt musste Josef das Floss an Land holen. Es war nicht zu erwarten, dass der Mensch lebte, aber er konnte sich nicht sicher sein, bevor er das überprüft hatte.

Josef sprang ins Wasser. Er hatte nicht weit zu schwimmen. Zwanzig Meter. Vielleicht dreißig. Die Wellen waren tatsächlich nicht mehr so hoch.

Mit wenigen Schwimmzügen hatte er das Floss erreicht.

Plötzlich scheute er davor zurück, den Körper zu berühren. Vielleicht ein Toter. Vielleicht schon lange tot.

Er hielt bewusst Abstand.

Eine Schlinge der Rettungsleine in der Hand ruderte er mit der anderen und mit kräftigen Beintempi zurück zum Ufer.

Nun hatte er etwas hinter sich herzuziehen. Das war schwieriger, als er sich vorgestellt hatte.

Josef schaffte es.

Am Ufer angekommen suchte er zunächst für seine Füße sicheren Stand und dann tauchte er das Floss samt Passagier vor sich her auf die von der Brandung umspülten Steine.

Einige Minuten brauchte er dann, um selbst wieder zu Kraft zu kommen.

Er untersuchte seine Beute.

Der Körper sah unbeschädigt aus. An den Handgelenken war die Haut von den Seilen aufgerissen.

Zaghaft begutachtete Josef diese Stellen genauer. Der Mensch blutete. Wenn Blut aus ihm herausrann, konnte er noch nicht so lange tot sein. Wenn er tot war.

Josef wurde mutiger und begann die Hände aus den Schlingen zu lösen.

Er prallte zurück.

Der „Tote" stöhnte. Offenbar vor Schmerzen. Aber er stöhnte.

„Der lebt noch!"

Josef wollte dem Burschen ins Gesicht sehen. Er hatte einen Schwarzen, wahrscheinlich einen Schiffbrüchigen, gerettet! Einen jungen Schwarzen. Wo immer er herkam. Eine gewaltige Beute hatte er dem Meer abgerungen.

Er drehte den Mann vorsichtig um.

Es war ein Mädchen!

Eine junge schwarze Frau.

Ihr Gesicht war verschwollen und mit Salzkrusten bedeckt.

Sie muss trinken!

Josef hetzte los. Er sprang von einem zum anderen schon bekannten Stein.

Bald hatte er die Felsnische, in der das Boot lag, erreicht. Die Schlange!

Er wählte einen Abstieg im Respektabstand von seiner vorherigen Überraschung und rutschte erst kurz vor dem Boot aus. Eine Schürfwunde am nackten Hinterteil.

Was soll's.

Er wollte das Handtuch nicht vergessen und schlang es sich um den Hals. Das Mineralwasser. Er konnte nicht widerstehen. Einen kleinen Schluck gönnte er sich selbst.

Dann eilte er auf demselben Weg wieder zurück.

Langsam ließen seine Kräfte nach.

Die junge Frau lag noch genauso dort, wie er sie verlassen hatte. Sie war bestimmt für jede Bewegung zu schwach.

Er setzte sich neben sie und hob vorsichtig ihren Kopf.

Die Flasche öffnete er mit seinen Zähnen und führte sie an ihre Lippen. Einige Tropfen glitten heraus und fanden den Weg in ihren Mund. Zaghaft leckte ihre Zunge an dem Nass.

Josef flößte ihr einen Schluck ein. Und noch einen. Dann begann sie zu Husten. Geduldig wartete er, bis sie sich beruhigt hatte. Dann kam der nächste Schluck.

Er war vorsichtig. Zuviel sollte sie noch nicht bekommen.

Kurz sah sie ihn an. Ein ungläubiger, ängstlicher Blick.

Noch ein Schluck. Er deckte sie mit dem Handtuch zu.

Es war mittlerweile dunkel geworden. Er tastete nach seine Badehose und benützte sie als Kopfkissen. Er würde nicht frieren. Der Wind hatte sich in einen warmen angenehmen Lufthauch verwandelt.

Er drängte sie ein wenig zur Seite und fand neben ihr auf dem Floss Platz.

Morgen würde er weitersehen.

Er hatte eine junge Frau gerettet.

Sie sollte leben.

Er hatte genug Tote in seinem Leben um sich gehabt. Zu viele für einen Menschen, wie Josef einer war.

Sie musste überleben.

Keine Toten mehr.

Wie im Kosovo ...

4

„Du brauchst keine Angst zu haben, Josef. Den Einen kenne ich. Das ist Sergej. Der ist mit mir in die Schule gegangen. Wir haben miteinander gespielt. Es wird alles gut, Josef!"

Sie rief „Sergej" und aufgeregt in Serbisch noch etwas. Sie lachte.

Dann nahm einer der Soldaten das Gewehr, das er in Anschlag gehalten hatte, herunter und trat vor Viola hin.

Er lachte nicht. Aber er kannte sie. Man sah ihm das an. Eiskalt starrte er sie an. Er lehnte langsam sein Gewehr neben sie an die Wand.

Überraschend und hart schlug er zu.

Links und rechts erhielt Viola eine schallende Ohrfeige.

Keine Hoffnung, dass er sie losbinden würde. Dass er sie und ihre Familie retten würde.

Schläge ins Gesicht. Schläge vom Schulfreund.

Er schrie sie an.

Sie schüttelte den Kopf.

Er wollte von ihr etwas wissen. Der Name „Deme“ kam mehrmals vor. Immer wieder.

Sie schüttelte den Kopf und erhielt nochmals zwei Ohrfeigen.

„Ich soll dir sagen, dass sie den Aufenthaltsort von Deme wissen wollen. Es tut mir Leid, dass ich dich hier hineingezogen habe.“

Sergej baute sich vor Josef auf.

Der wusste nicht, wo Deme war. Und wenn er es gewusst hätte, wäre er nicht in der Lage gewesen, mit dem Soldaten zu sprechen.

Josef schüttelte den Kopf.

Ein Tritt in den Unterleib war die Antwort.

Der Schmerz war so stark, dass Josef sofort erbrechen musste. Ihm wurde schwarz vor Augen.

Aber er durfte nicht zusammenbrechen. Er stöhnte. Viola wollte ihn mit gefesselten Händen stützen und handelte sich wieder eine Ohrfeige ein.

Ihre Schwester begann zu weinen.

Sergej stellte sich wieder zu den anderen Soldaten. Zwei von ihnen hielten Josef, Viola, ihre Schwester und ihre Eltern in Schach. Sie standen in dieser Reihenfolge nebeneinander an der Hauswand und bangten um ihr Leben. Eine missverstandene Reaktion, eine Beunruhigung der Soldaten oder ein versehentlicher Druck auf den Auslöser einer automatischen Waffe und mit einem Feuerstoß waren sie alle vernichtet.

Durchlöchert. Eine blutige Masse vor ihrem Haus.

Vier Soldaten berieten sich. Sie lachten. Sahen immer wieder zu ihnen.

Spielten mit ihren Schnellfeuergewehren.

Alle sechs trugen gleichartige, schwarze Uniformhemden und zwei von ihnen schwarze Gesichtsmasken, die sie zurückgezogen hatten. Der Unteroffizier war nicht viel älter als seine Leute.

Die Sonne brannte inzwischen heiß auf den Platz vor dem Bauernhaus.

Ein herrlicher Tag.

Das Schießen hatte aufgehört. Auch im Dorf schien es ruhig zu sein. Keiner beachtete, was sich hier vor dem etwas abgelegenen Haus abspielte.

„Was werden sie mit uns machen?“

Josef wagte Viola anzusprechen.

Sergej kam auf sie zu.
Scharf sagte er etwas in Serbisch zu Viola.
„Ich soll dir sagen, dass er uns beiden die Zunge herausschneiden wird, wenn einer von uns noch einmal spricht."
Josef begann zu zittern. Diese Leute waren brutal. Unbarmherzig und grausam.
Sie stellten sich wieder zusammen und lachten. Immer wieder sahen sie Viola an.
Dann betraten zwei Soldaten das Haus.
Nach wenigen Minuten erschienen sie mit einigen Stricken.
Zuerst banden sie Josef an das Fenstergitter. Sie lösten seine Fesseln. Dann musste er von oben über das Gitter greifen und dann knoteten sie die Handgelenke wieder straff zusammen. Er war fest mit dem Gitter verbunden.
Genau so verfuhren sie mit allen anderen. Nur Viola blieb frei. Sie beobachtete ängstlich, was mit den Übrigen geschah.
Wieder verschwanden die zwei Serben im Gehöft, um kurz darauf mit dem Küchentisch zu erscheinen.
Sie stellten den Tisch drei bis vier Meter vor den Gebundenen auf.
Plötzlich begann Viola zu schreien.
Durch ihren Kopf fuhr eine schreckliche Vorstellung: Die werden doch nicht? Doch nicht mich?!! Das kann nicht sein!! Nicht mich!!!
Keiner hatte zu ihr etwas gesagt, aber sie musste ahnen, was nun kommen würde. Mit gefesselten Händen schickte sie sich an wegzulaufen.
Da hörte man wieder eine scharfe Anweisung auf Serbisch. Ein Aufschrei.
Das Mädchen.
Sie blickte auf ihre Schwester. Ein Soldat stand neben ihr. Er hatte ein großes Feldmesser in der Hand. Seine Klinge drückte schneidend auf die Kehle des Mädchens.
Viola blieb sofort stehen.
Wieder strenge Worte. Man ließ das Mädchen aus und Viola stellte sich vor den Unteroffizier. Sie drehte sich um und ihre Fesseln wurden abgenommen.
Da kniete sie sich vor dem Unteroffizier nieder und bettelte flehentlich.
Ein kurzer Befehl.

Viola stellte sich zwischen die Soldaten und die Gefesselten und begann ihre Bluse aufzuknöpfen.

„Viola! Was soll das! Was machst du!"

Es war aus Josef herausgefahren und kaum hatte er es gerufen, biss er sich auf die Lippen. Sie durften nicht reden! Wie würden die jetzt reagieren?

Aber die lachten nur.

Sie sagten etwas beiläufig zu Viola.

„Josef. Ich soll es dir sagen. Ich werde jetzt vergewaltigt. Ihr müsst zusehen. Wenn ich es nicht erdulde, schneiden sie meiner Schwester den Kopf ab."

Ich werde jetzt vergewaltigt. Was für eine Grausamkeit, das von sich sagen zu müssen. Welche Endgültigkeit.

Trotz der Hitze zitterte Viola am ganzen Körper.

Sie zog ihre Bluse aus und ließ sie auf den Boden fallen.

Sie griff nach hinten und öffnete den Büstenhalter. Zornig warf sie ihn den Soldaten vor die Füße.

Gelächter erschallte bei den Soldaten. Entsetzen war bei der Familie zu spüren.

Ihre festen Brüste leuchteten in der Sonne und die Ringe an ihren Brustwarzen strahlten in goldenem Glanz.

Sie knöpfte den Verschluss des Rockes auf und sie konnten Viola in Höschen und Strümpfen bewundern.

Die Soldaten applaudierten und riefen.

Sie streifte die Strümpfe ab. Langsam.

Es schien, als wollte sie Zeit gewinnen. Vielleicht hoffte sie auf das Kommen von Deme.

Sie zögerte.

Da hob jener Soldat, der vorhin ihre Schwester bedroht hatte, das Messer.

Viola zog ihr Höschen aus und stand vor allen nackt in der Sonne.

Dann ging es sehr schnell.

Ein kurzer Befehl und Viola setzte sich auf den Tisch.

Ihre Hände wurden nach hinten gedreht und an die gegenüberliegenden Tischbeine gebunden.

Sie streckten sie zu Zweit, sodass die Arme stark nach oben und ihr Gesäß bis auf die Tischkante gezogen wurden. Sie spreizten ihre Beine und konnten ihre Fersen gerade noch auf der Tischplatte mit Fesseln, die beidseits mit Schlingen auch ihre Leistenbeugen streng mitfassten, an den Tischbeinen festzurren.

Sergej trat zwischen ihre Knie und öffnete seine Hose.

Viola hob den Kopf und begann ihr Gesäß herumzuwälzen. Sie bäumte sich auf, soweit die Fesseln es zuließen und versuchte sich dem Unweigerlichen zu entziehen. Sie schrie und hob den Oberkörper. Sie kämpfte gegen die einschneidenden Stricke und gegen ihr Schicksal.

Ein Lachen.

Dann ein Befehl.

Der mit dem Messer stand neben Viola. Seine Klinge blitzte und die Messerspitze ritzte die Haut unter ihrer Kinnspitze. Dann folgte sie der Mittellinie ihres Körpers. Spitzbübisch lachend klimperte der Soldat mit seiner Klinge an den Ringen, die ihre Brüste schmückten.

Seine Kameraden amüsierten sich.

Langsam, fast zärtlich bewegte sich das Messer zwischen ihren Brüsten bis zum Nabel. Dort verweilte die Spitze kurz und zeichnete dann eine absteigende Bahn bis zu ihrer rasierten Scham.

Dort verstärkte sie den Druck. Viola erstarrte.

Grinsend nickte der Soldat Sergej zu.

Viola ergab sich. Ohne Abwehr ließ sie ihre Knie weit auseinandertauchen und bot sich ihrem Peiniger schutzlos dar.

Sie war bewegungslos. Offen. Dargestellt. Gedemütigt.

Sergej wich etwas zur Seite, sodass alle Violas Scham betrachten konnten, und machte eine diesbezügliche Bemerkung, die wieder mit allgemeinem Gelächter belohnt wurde.

Mit einem Ruck drang Sergej in sie ein.

Triumphierend. Brutal. Mächtig. Er wollte ihr Schmerzen bereiten. Er wollte sie erniedrigen.

Mohammedanerin. Albanerin. Dreckstück. Da, nimm deine Strafe. Wir werden es euch schon zeigen, wer die Herren sind. Leide. Leide. Leide.

Viola nahm es hin. Sie war gebrochen. Tränen rannen aus ihren Augenwinkeln. Sie war keine selbstbewusste Frau mehr. Ein missbrauchtes Stück Fleisch. Gestraft für ihre Geburt. Für ihre Religion.

Die anderen Soldaten standen neben ihr. Sie unterhielten sich. Sahen zu. Amüsierten sich über ihre Tränen. Einer rauchte. Ließ die Asche auf ihren Körper fallen. Unbedeutend. Ist auch nur Schmutz. Ein anderer zog an ihrem Piercing. Drehte ungehindert daran herum. Wollte noch zusätzliche Pein erzeugen.

Sie stöhnte. Sie schwitzte. Ihr Körper gehörte einem. Gegen ihren Willen. Sie schloss die Augen. Bei jedem Stoß ging ein Zittern durch ihren Körper. Sie konnte es nicht verhindern, dass eine Hitzewelle sich aus ihrem Unterleib über den ganzen Körper ausbreitete und sie in einem Aufschrei verließ. Sie erschrak über sich selbst. Diese Zurschaustellung ihres Innersten war die größte Demütigung. Sie hatte die allerletzte Würde verloren.

Die Soldaten jubelten.

Dann war er fertig.

Der Nächste.

Ängstlich sah sie ihn kommen.

Wieder musste sie der Befriedigung dienen. Musste ihre Weiblichkeit zur Verfügung stellen. Die Weiblichkeit, welche die anderen nahmen, weil sie über die junge Frau triumphierten.

Viola spürte den Unterschied nicht. Nur mehr Schmerzen über Schmerzen. Gewalt. Der Unterleib brannte. Jedes Eindringen, jedes Tieferbohren der Männlichkeit war ein Wühlen in einer Wunde. Die Brüste glühten.

Schlimmer war der Seelenschmerz. Anfangs war die Schande. Dann das Schämen. Die Begutachtung. Die Bewertung der Beute. Die Ausbeutung ihres Fleisches. Am Schlimmsten war die Erniedrigung. Sie interessierten sich gar nicht für ihren Schmerz. Sie war ihnen gleichgültig.

Eine Vergewaltigung. Das gehörte dazu. Dazu zum Krieg. Es waren so viele. Wen beschäftigte da eine Einzelne? Eine Vergewaltigte mehr. Na und? Sie waren auch nur Männer. Ihr wollt das ja, ihr Frauen.

Jetzt bekommst du es einmal richtig besorgt. Von richtigen Männern. Vielleicht bekommst du ein Serbenkind. Dann kannst du stolz sein. Hast du ja gar nicht verdient, du Albanerhure.

Einer machte wieder einen Witz über sie. Alle lachten. Sogar der, welcher gerade mit ihr beschäftigt war.

Der Unteroffizier riss ihr Kopftuch herunter und zog an ihren Haaren. Nur so. Weil ihm langweilig war. Er war schon dran. Na ja, vielleicht will ich noch einmal. So schlecht war sie nicht. Einen Moment hatte er sich eingebildet, sie hätte sogar mitgemacht. Kein Wunder bei solch einem Mann! So einen hatte sie bestimmt noch nicht.

„Ich werde es ihr später noch einmal besorgen", dachte der Unteroffizier. „Sie ist recht hübsch. Die letzte war nicht so gut gebaut. Außerdem hat die immer geschrien, bis wir ihr die Gurgel durchgeschnitten haben. Die ist ruhiger. Vielleicht, weil sie Angst um ihre Schwester hat. Oder sie wollte ohnehin immer schon ein paar Männer auf einmal haben."

Viola hatte keine Tränen mehr. Ihr Blick verlor sich. Sie drehte sich weg von den sie verächtlich beobachtenden Soldaten und schaute Josef in die Augen. Sie las Hilflosigkeit und Angst in ihnen. Er zerrte nicht mehr an seinen Fesseln. Er stand nur da. Ergeben. Besiegt.

Da war die Mutter.

Mutter, verzeih mir. Mutter, es tut nicht weh. Mutter, es ist gleich vorbei. Mutter, ich weiß, dass du mir am liebsten einen abnehmen würdest. Mutter, ich hoffe, du kommst nicht auch noch daran. Mutter, ich ertrage es schon. Mutter, ich liebe dich.

Da war der Vater.

Vater, ich weiß , dass du dich für mich schämst. Vater, ich weiß, dass ich Schande über dich bringe. Vater, ich kann nichts dafür. Entschuldige mein Geschlecht. Entschuldige meine Geburt. Vater, du konntest mir nicht helfen. Vater, du kannst nur zusehen. Vater, ich leide. Vater, mir schmerzen der Körper und die Seele. Vater, verzeih mir.

Schwester. Sieh weg. Du wirst es nie verstehen. Du wirst nie damit fertig werden. Es wird dich verfolgen. In den Nächten. In deinem Erwachsenwerden. In deinem Frauwerden. Du wirst damit leben. In der Dunkelheit. In deinen ersten Küssen. In deinem ersten Lieben. Du wirst nie mehr fröhlich an deine Schwester denken können. Der Krieg hat dich vergewaltigt. Mindestens so wie mich.

Es war noch nicht vorbei.

Sie hatte nicht mitgezählt. Es war ein durchgehender Schmerz. Dumpf. Schneidend.

Es waren alle sechs. Einer unmittelbar nach dem anderen. Sie gaben ihr keine Pause.

Der Unteroffizier kam ein zweites Mal.

Er schlug sie, um in Stimmung zu kommen.

Zuerst mit der flachen Hand. Ins Gesicht. Auf die Brüste.

Dann nahm er seinen Gürtel. Wütend peitschte er auf sie ein.

Viola schrie und flehte. Sie schnappte nach Luft. Er ließ sie nicht zu Atem kommen.

Dann drang er wieder in sie ein.

Ihr ganzer Körper brannte im Schmerz.

Ungerührt betrachteten sie die übrigen Soldaten.

Ihre Mutter war in den Fesseln zusammengesunken. Sie hing mit dem Kopf nach unten weit vorgebeugt am Gitter.

Den Soldaten war das gleichgültig. Sollte sie draufgehen. Na und? Eine Albanerin. Eine Mohammedanerin. Abschaum. Sie würden sie nicht einmal losbinden. Auch wenn sie tot war.

Der Vater hatte sich die Lippen wundgebissen. Wenn er nur einen zu fassen bekäme. Er würde sich in ihn verbeißen. Wie ein tollwütiger Hund. Aber sie würden ihn erschießen. Er war sich sicher.

Der Unteroffizier brauchte lange.

Sie spürte es nicht mehr, wie er schließlich zu einem Ende kam.

Sie waren fertig mit ihr.

Was geschah jetzt?

Würden sie alle erschießen?

Spuren verwischen. Ein Ende machen, mit all dieser Qual?

„Wo ist der Unterschied, ob sie mich töten oder weiterleben lassen? Wenn sie mich nicht töten, muss ich es selber tun", dachte Viola in ihrer Verzweiflung. „Wie soll ich weiterleben? Geschändet. Gedemütigt. Missbraucht. Wie kann ich je wieder eine normale Frau sein? Ich werde die Dunkelheit fürchten und alle Männer. Wie soll ich all diesen Schmutz aus mir herausbekommen?"

Vielleicht machten sie es so, wie in einem Nachbardorf. Dort hatten sie alle Frauen vergewaltigt und mit ihren Familien anschließend in den Häusern eingesperrt und den ganzen Ort angezündet. Die Hilfeschreie hatten die Nachbarn, die in die Wälder geflohen waren, bis in ihren Unterschlupf gehört.

Die Soldaten fühlten sich als Sieger. Die erste Beute hatten sie gehabt. War nicht schlecht, die Kleine. Ein junger, hübscher Körper. Trinken wir was.

Sie verloren keinen Gedanken an die Gefesselten.

Die bleiben uns erhalten.

Sie hatten keinen Blick mehr für Viola.

Was könnte uns die noch bieten. Vielleicht brauchen wir sie dann noch einmal.

Sie ließen die Familie am Fenstergitter hängen. Dass die Mutter langsam wieder zu sich kam, war ihnen nicht wichtig.

Viola blieb an ihren Tisch gebunden.

Warte nur auf uns. Wir werden uns schon noch mit dir beschäftigen. Fürchte dich einstweilen ein bisschen. Das Beste kommt noch.

Sie gingen ins Haus. Man hörte sie in der Küche Schubladen und Türen öffnen. Gläser klirrten. Ein Korken gab mit einem gut hörbaren Geräusch den Inhalt einer Flasche frei.

Gelächter und Zuprosten. Man redete durcheinander. War ihnen das Mädchen vor der Türe ein Gespräch wert? Anerkennend? Selbstlobend? Abwertend?

Sie tranken fröhlich. Sie hatten einen guten Tag.

Einer kam heraus.

Er knöpfte seine Hose auf. Zunächst wollte er auf das Gesicht von Viola urinieren. Es war ihm aber zu hoch. Also entleerte er sich an ihrem Vater.

Es wurde still hingenommen. Dann ging er wieder zu seinen Kameraden.

„Viola! Viola! Hast du Schmerzen? Viola, es tut mir so Leid!“ Josef wagte zu sprechen. Jetzt waren sie weg.

Ihre Stimme war schwach.

„Es ist nicht so schlimm. Ich hasse es, dass du das ansehen musstest. Verachtest du mich jetzt? Ekelst du dich vor mir?“

„Viola, hoffen wir, dass sie uns jetzt in Ruhe lassen. Ich werde dich nicht alleine lassen. Ich werde dir helfen, mit dem Geschehenen fertig zu werden.“

„Mutter! Mutter! Was ist mit dir!“

„Vater! Sprich mit mir! Vater!“

Ihre Eltern blieben stumm.

Das Mädchen schluchzte.

„Viola! Komm von dem Tisch herunter! Viola! Steig vom Tisch! Ich will nicht, dass du da oben bist."

„Wo nur Deme bleibt. Er muss die Granaten gehört haben. Wo bleibt er. Herr! Schick uns Hilfe!"

„Josef! Ich habe Schmerzen. Es ist so heiß. Ich kann nicht mehr in der Sonne liegen. Ich will mich bewegen. Wenn ich nur meine Beine bewegen könnte. Ich kann nicht mehr so liegen. Mein Unterleib brennt wie eine große Wunde. Was sind das für Menschen!"

„Sie hassen, Viola. Sie hassen euch."

„Das ist nur dieser Slobodan Milosevic. Der hat ihnen das Hassen beigebracht. Der hat ihnen befohlen, die albanischen Frauen zu vergewaltigen. Der will die Albaner aus dem Kosovo verjagen. Josef. Ich kann nicht mehr. Ich will nicht mehr so offen daliegen. Ich will von diesem Tisch!"

Aber es gab keine Möglichkeit, ihr zu helfen.

Sie waren ausgeliefert. Sie konnten nur hoffen.

Da kamen sie zurück. Die Soldaten redeten laut durcheinander. Es war keine Ordnung mehr in ihnen. Sie hatten sich wie Militär verhalten. Bei aller Grausamkeit. Es war System dahinter.

Jetzt waren sie betrunken.

Ein weit reichender Schnapsgeruch ging ihnen voraus.

Die Waffen schlenkerten unkontrolliert am Riemen.

Sergej stellte sich neben Violas Gesicht. Er wollte sie küssen. Sie wich ihm aus. Sie schüttelte den Kopf.

Da packte er einen Haarschopf und riss sie zurück, sodass der Schädel dumpf auf dem Tisch aufschlug.

Dann küsste er sie. Lange. Er erfuhr keine Gegenwehr mehr.

Lachend beschäftigte er sich dann mit ihren Brüsten. Zunächst streichelte er sie. Aber im nächsten Moment griff er nach ihrem Brustschmuck und zog heftig daran. Er drehte die Ringe unter Zug, als wollte er sie ausreißen, und erfreute sich an ihrem Schmerz. Der Schulfreund.

Viola wimmerte unter dieser Tortur.

Sie bettelte. Sie flehte.

Er spuckte sie an. Er verachtete sie.

Der mit dem Messer wollte sie noch einmal vergewaltigen. Er zog seine

Hose hinunter und stolperte. Wankend näherte er sich. Er war zu betrunken. Ärgerlich bohrte er mit den Fingern in ihr herum.

Dann nahm er das Messer.

Er stocherte mit der scharfen Klinge in ihr Geschlecht hinein. Viola stöhnte und ächzte. Sie heulte und schrie.

Sie bäumte sich auf und versuchte dem Messer zu entfliehen.

Da schnitt er sie auf.

Nicht hastig. Tollpatschig sich mit einer Hand auf ihrem Bauch abstützend, trennte er langsam zwischen ihren Schamlippen beginnend von unten ihre Bauchdecke auf, als zerlege er ein geschlachtetes Vieh. Er führte den Schnitt tief durchtrennend bis nach oben über ihren Nabel.

Viola schrie. Sie schrie in Todesangst. Sie schrie vor Entsetzen. Im Bewusstsein umgebracht zu werden. Abgeschlachtet. Wie ein Stück Vieh.

Blut quoll aus ihr.

Das Messer entglitt dem Betrunkenen und fiel zu Boden.

Die Schreie von Viola hallten über die Hochebene.

Die Soldaten lachten. Sie schauten der Frau zu. Sie unterhielten sich über die Blutmenge, die aus dem Bauch rann und zeigten auf eine Darmschlinge, die durch das Schreien aus der Wunde gepresst wurde.

Man hatte die Arbeit mit ihr beendet.

Der Unteroffizier erinnerte sich an die nächste Aufgabe, die vor ihm lag.

Er baute sich vor Josef auf.

Er zog seine Pistole.

Er wies einen Soldaten an, Josef vom Gitter loszubinden.

Mit einer kurzen Bewegung schlug er ihm die Pistole ins Genick.

Josef wankte und der Unteroffizier zwang ihn in die Knie.

Die Pistole bohrte sich in seine Schläfe.

Aus. Es wird gleich Schluss sein.

Was wird gleich kommen? Was ist nachher?

Ich werde nicht mehr sein. Was bleibt? Wen treffe ich? Meine Großmutter? Werden mich meine Eltern suchen? Werde ich die Liebe meiner Mutter finden? Wird sie mich finden?

Sterben muss nicht schmerzhaft sein. Es wird mit einem Knall vorbei sein. Der Unteroffizier ließ sich Zeit.

Viola brüllte ohne Unterlass. Wie ein Tier. Es war mehr das Entsetzen. Mehr Grauen als Schmerz. Die Gewissheit hier zu sterben. Angebunden an einen Tisch. Sterben mit offenem Bauch.

Josef wartete auf den Knall. Er wartete auf den Tod.

Der Knall kam. Ohrenbetäubend.

Der Unteroffizier sank über Josef zusammen. Er drückte ihn zu Boden. Das Blut schoss aus seinem Körper. Sein Kopf war weg. Zersprengt in viele Teile.

Schüsse knatterten über die Hauswand. Blut färbte die Fassade.

Der mit dem Messer, der keines mehr hatte, fiel schweigend vornüber. Er war von einer Geschossgarbe durchsiebt worden.

Die anderen Vier griffen nach ihren Gewehren und suchten hinter der Hausecke Schutz.

Einer von ihnen drückte noch einmal ab, bevor er starb. Er bemerkte es nicht mehr, dass der Feuerstoß, den er noch abgegeben hatte, die Eltern von Viola durchlöcherte. Sie wurden beide am Fenstergitter hängend eine sichere Beute für den Tod.

Viola schrie pausenlos. Um sie war Sterben und sie selbst war ein Teil davon.

Josef schüttelte die Leiche ab und richtete sich ein wenig auf.

Vor ihm war das Mädchen. Unverletzt. Kreidebleich. Zitternd. Still. Das Messer lag am Boden. Josef ergriff es und tastete nach den Schnüren, die das Mädchen hielten. Die Kugeln schlugen immer noch über ihm in die Hauswand. Seine Angst verbot ihm weiter aufzustehen, aber er schaffte es, das Mädchen loszuschneiden.

Die Männer waren da. Deme mit drei Kameraden.

Das Schießen hörte nicht auf. Das Schreien von Viola hörte nicht auf.

Zwei gaben Feuerschutz und Deme löste die Fesseln seiner Schwester. Das Kopftuch! Es lag unter dem Tisch.

Deme schlang es um Violas Leib und schnürte ihren Bauch zu.

Einer gab Feuerschutz.

Josef packte das Mädchen. Deme und ein Soldat hoben Viola vom Tisch und alle rannten.

Zum Wald!

Lauft um euer Leben.

Drei Serben schossen ihnen nach. Kein Feuerschutz mehr. Der Kamerad hatte seine letzte Kugel abgefeuert. Das Loch in seinem Kopf beendete seinen Krieg.

Ein scharfer Knall. Es waren nur mehr zwei Serben.

Das Präzisionsgewehr hatte gesprochen. Franz war bei der Arbeit.

Sie hatten den Wald erreicht.

„Zum Golf. Der Schlüssel steckt!“

Kaum hatte Josef das gerufen, waren Deme und sein Freund mit Viola schon am Wagen. Josef zögerte die Deckung im Wald zu verlassen.

Einen Moment noch. Vielleicht gab es eine kurze Pause.

Neuerlich ein Knall. Eine Explosion.

Noch eine. Granaten. Sie griffen wieder voll an.

Sie werden uns vernichten.

Ein Pfeifen. Einschlag. Der Golf explodierte.

Mit Deme, Viola und einem Kameraden.

Eine Sekunde. Ein gnädiger Tod für Viola. Ein sinnloser für zwei junge Männer.

Einmal mehr ein sinnloses Sterben.

Kein Schießen mehr.

Zwei Serben waren auf den Waldrand zugelaufen.

Vielleicht hätten sie Josef und das Mädchen erreicht.

Franz hatte sie gestoppt. Für immer. Das war sein Beruf. Jetzt würde sein Gewehr ein paar Tage schweigen. Er musste einen neuen Arbeitgeber suchen.

Josef war mit dem Mädchen ganz alleine. Er merkte erst jetzt, dass er ihr den Mund zuhielt.

Nur kein Laut. Nicht schreien. Es würde unser Leben kosten.

In der Senke neben dem Ort erschienen serbische Trupps. Von ihnen waren die Granaten gekommen.

Sie würden die Gegend absuchen.

Josef musste mit dem Kind verschwinden.

Würden sie es schaffen zu fliehen? Dem Grauen zu entkommen?

Ihre Karten waren schlecht.

Sie waren vom Krieg in Besitz genommen worden. Sie waren mitten drin.

Heute Früh war ihre Welt noch in Ordnung und wenige Stunden später an einem herrlichen Sommertag waren sie umgeben vom Sterben und Töten.

Wie schnell aus Menschen Opfer werden können!

Und wie leicht aus ganz normalen, friedlichen Menschen quälende Bestien werden!

Ein Schulfreund wird zum Vergewaltiger und zum sadistischen Peiniger.

Junge Männer bekommen eine Uniform und einen Auftrag zum Töten.

Feindbilder entstehen und werden zu gehassten Zielobjekten.

Rassen, Religionen, Machtbestreben und Geldgier. Die Gegensätze in der Welt sind groß, wenn man die Unterschiede sucht. Menschen werden zu Massen. Sie greifen in Massen an und Feinde werden in der Verallgemeinerung verfolgt.

Wir sind so, die sind so.

Was zählt der einzelne Mensch? Was zählt sein Denken? Was sind seine Fähigkeiten, seine Persönlichkeit noch wert?

Du bist eine solche. Ausziehen. Hinlegen. Leiden. Sterben. Ihr habt das so verdient. Warum?

Josef presste das Mädchen an sich. Wer bist du eigentlich. Eine, die gerettet werden soll.

Will sie das überhaupt? Sie hat in den letzten Minuten beide Eltern, beide Geschwister und ihre Zukunft verloren. Wie soll sie weiterleben?

Er hatte ihren Namen vergessen.

Der Krieg kam näher. Die Serbentrupps kamen den Hang herauf. Viele, die sich gegenseitig sicherten. Eine organisierte Truppe. Jeder hatte seine Aufgabe.

Mit Disziplin sind deine Überlebenschancen beim Militär grösser.

In breiter Front kamen sie an. Die Gewehre in Hüfthöhe.

Sollte er flüchten? Mit dem Mädchen?

Wenn sie aufgesprungen wären, hätte sie die nächste Salve weggemäht. Sie drückten sich in den Busch hinein. Da war keine Möglichkeit zu fliehen. Sie konnten nur bleiben und hoffen. Und sich fürchten und zittern. Lange Minuten der schmerzenden Angst.

Angst die einem den Atem nahm.

Angst, die einen in der größten Hitze zittern ließ.

Angst, die den Puls rasen ließ.

Angst, die den Urin aus der Blase träufelte.

Angst, die einem das Denken nahm.

Man will sich konzentrieren. Man will überlegt das Perfekte tun. Kühl sein, wie James Bond. Das Ruder herumreißen können.

Stattdessen machte man sich die Hose nass. Die Angst lähmt.

Die Gefahr muss man nicht erklärt bekommen. Man muss sie nicht sehen oder begreifen. Sie liegt in der Luft. Man riecht die Gefahr. Sie kündigt sich an. Wie eine Nebelschwade.

Darum musste Josef dem elfjährigen Mädchen nicht sagen, dass es still sein musste.

Dass es sich nicht bewegen durfte. Dass es nur ganz flach atmen durfte. Dass es in Lebensgefahr war.

Das Mädchen wusste das alles. Es spürte die Gefahr.

Die Soldaten gingen auf das brennende Auto zu.

Die Flammen prasselten aus dem Wrack. Der UCK-Soldat war im Auto getroffen worden. Die Granatsplitter mussten ihn getötet haben, bevor er den Einschlag des Geschosses begriffen hatte. Seine Leiche war völlig verkohlt und zusammengeschrumpft. Eine bizarre schwarze Fratze sah aus der offenen Beifahrertür über die tote Viola hinweg ins Freie.

Sie schaute auf eine herrliche Bergwiese. Der Waldrand lag im Schatten der Bäume und bewahrte die von der Sommerhitze ohnehin gepeinigten Gräser vor der Mittagssonne.

Eine unheimliche Stille umgab das verkohlte Wrack. Nur das weiterfressende Feuer und bisweilen das krachende Bersten eines Autobestandteiles trübten die Ruhe.

Viola hing mit dem Kopf aus der Beifahrerseite des Fahrzeugs. Mit dem Gesicht nach oben und den Händen nach unten die kühle Wiese berührend gab ihr nackter Oberkörper noch einmal einen ästhetischen Anblick für die Herannahenden. Ihre Augen suchten starr in den Himmel hinein.

Erst die nähere Betrachtung ließ den Neugierigen zurückprallen. Der durch die ausweidende Schnittführung des Vergewaltigers völlig entstellte Unterleib war mit den Beinen vom Feuer verkohlt und verstümmelt worden. Die junge Frau war von den nagenden Schmerzen in die gnädige Bewusstlosigkeit und schließlich von dem hohen Grad ihrer Verletzungen in den Tod entlassen worden.

Etwa zwei Meter neben ihr lag ihr Bruder bewegungslos im Gras. Die Druckwelle musste ihn vom Auto weggeschleudert haben. Er war bemüht gewesen, mit seinem Kameraden im Fahrzeug die verletzte Schwester einzuladen, als ihn die Explosion überraschte.

Es war ihm keine Verletzung anzusehen.

Die Soldaten kamen näher.

Sie schienen dem augenscheinlichen Tod des UCK-Mannes nicht zu trauen. Darum verabreichte ein Serbe dem am Boden liegenden Bruder von Viola und von dem Mädchen an Josefs Seite einen Feuerstoß aus seinem Schnellfeuergewehr.

Der Körper wurde von der Wucht der einschlagenden Kugeln hochgehoben und in Richtung zur Brandstatt geschleudert.

Auch die Leiche von Viola wurde näher betrachtet. Ein Schwarzuniformierter hatte keine Skrupel, die Goldringe an Violas Brüsten mit sich zu nehmen. Er schnitt einfach die Brustwarzen ab und steckte die Ringe mitsamt den daran hängenden Fleischteilen in die Hosentasche.

Sie waren nur wenige Meter von Josef und dem Mädchen entfernt.

Dann wandten sie sich dem Waldrand zu.

Die zwei Versteckten wagten nicht zu atmen.

Ihre Kleidung war ein glücklicher Schutz. Das Mädchen trug das schmutzige Stallgewand, weil sie keine Zeit gehabt hatte, sich bei ihrem Fluchtversuch umzuziehen. Josef war heute Morgen in seine dünne schwarze Lederjacke geschlüpft. Auch seine dunkelblaue Leinenhose fiel im Gestrüpp und dem Schatten des Waldes nicht auf.

Unter zwei Sträuchern hatten sie sich flach auf den Waldboden gedrückt. Sie atmeten in die feuchte Erde und das kühle Moos hinein und wären am liebsten in den Boden versunken.

Die Soldaten traten unschlüssig herum. Sie hatten keine Vorstellung von der Zahl der UCK-Gegner, die sie zu erwarten hatten.

Sie konnten nicht annehmen, dass alle ihr Leben in diesem Einsatz verloren hatten.

Wie leicht konnten noch einige im Wald verborgen sein und sie in eine tödliche Falle locken.

Ein Befehl war zu hören. Ein Befehl, der sie offenbar in den Wald hineinschickte.

Äste knackten. Suchende Schritte kamen näher. Zögernd, vorsichtig umherspähend, kamen die Serben in das Unterholz.

Wie dicht kann man sich in den Boden drücken? Tue dich auf Erde und verschlucke mich! Weicher Boden, umhülle mich.

Sie wagten nicht aufzusehen. Die Körper waren so angespannt, dass sie sogar das ängstliche Zittern in der Verkrampfung ihrer Muskulatur verbargen.

Die Soldaten waren direkt über ihnen.

Ein Blick in die richtige Richtung und dann ein kleines Abbiegen des nervösen Zeigefingers und die Salve würde für sie alles beenden. Von oben würden die Schüsse in sie hineinbohren. Wahllos ihre Organe zerfetzen und in Sekunden den Tod bringen.

Einer war so nahe, dass er auf den kleinen Finger der linken Hand von Josef trat. Es tat nicht einmal weh.

Der weiche Waldboden gab unter dem Gequetschten nach und verheimlichte so dem Treter einen Widerstand unter dem Stiefel.

Endlose Sekunden. Sekunden der Angst. Sekunden des tausendfachen Todes.

Der Geruch verbrannten Fleisches drang vom Waldrand her in ihre Nasen. Verbrennungsgeruch von Bruder und Schwester.

Die Soldaten suchten einen Feind. Keinen im Unterholz Verborgenen. Ihre Augen forschten im Dunkel der Bäume vor ihnen. Zunächst waren sie bemüht, sich an die dämmerige Szene zu gewöhnen, wo sie doch aus dem gleißenden Sonnenlicht eingedrungen waren.

Tretet auf uns. Haltet uns für tot. Überseht uns. Nehmt uns gar nicht wahr, uns, die wir keine Gefahr für euch sind. Wir wollen euch nur überleben.

Der Eine da, der direkt neben uns ist. Wohin wird er den nächsten Fuß setzen. Was, wenn der weitere Schritt auf Josefs Leib gerichtet ist?

Das Schicksal hat seine Pläne.

Der Kamerad sprach ihn an. Leise. Ängstlich. Zitternd vor einem Feind, den sie erwarteten. Aber er holte ihn zur Seite. Gerade den notwendigen Schritt, um seine Pirsch in eine andere Richtung zu lenken. Eine Fußbreite an Josef vorbei. Den Blick zwischen die Bäume geheftet.

So zogen sie neben ihnen weiter.

Wer konnte sagen, wann sie kehrt machen würden und zurückkämen? Wie weit würden sie dem vermeintlichen Feind in die Wälder folgen? Die Gefahr war vorübergegangen, aber sie war nicht vorbei. Das Zittern hatte noch kein Ende.

Die beiden Flüchtlinge blieben liegen.

Es war nicht viel Unterschied zwischen den Beiden. Fürchtet sich eine Elfjährige mehr als ein fast Dreißigjähriger? Wo gibt es einen Gradmesser für die Angst?

Wer vergleicht den Schrecken des Mädchens, das einfach die Zukunft fürchtet, weil es nicht weiß, wie es weitergehen sollte, weil von den nächsten ungewissen Minuten verunsichert ist, mit der Panik des Erwachsenen, der meint, die Einschüsse des Feindes schon an seinem Leib zu spüren? Man kann die Gefahr nicht beschönigen, nicht einfach wegwünschen. Die Wirklichkeit der Bedrohung kann brutal sein. Und die, welche vom Menschen ausgeht, ist die Grausamste. Nur der Mensch, der weiß, was Schrecken ist, kann ihn am fürchterlichsten erdenken. Keine Naturkatastrophe, kein natürlicher Feind kann den Menschen so quälen, wie der Mensch.

Josef haderte nicht mit seinem Schicksal. Er verfluchte nicht den Krieg, in den er geraten war. Er sah Krieg beinahe als etwas Natürliches, Logisches. Wo Menschen waren, war Krieg.

Er war ein mündiger Mann. Keiner hatte ihm befohlen, in den Kosovo zu kommen. Nicht zu dieser Zeit! Er war kein Opfer. Er war kein Teilnehmer in diesem Konflikt. Er konnte hier nichts gewinnen und nichts verlieren – außer seinem Leben.

Wenn sie von diesem Platz je lebend wegkämen – wie sollte es dann weitergehen? Es ging nicht nur darum, sich selbst in Sicherheit zu bringen. Er hatte das Mädchen. Er kannte es kaum.

Es war die Schwester von Viola. Einer Kollegin. Zugegeben einer guten Kollegin. Er hatte mit ihr ein gemeinsames Intimleben, aber das war schon alles. Er hatte ihr gegenüber keine Verpflichtung über den Tod hinaus.

Violas Tod. Daran durfte er gar nicht denken. Die schrecklichen letzten Stunden ihres Lebens!

Er würde das Mädchen retten. Vielleicht war es so vorgesehen. Der Sinn seines Lebens. Dieses unglückliche Häufchen Elend zu retten. Wer wusste, was in so einem Kind steckte?

Welche Zukunft es vor sich hatte. Eine Madame Curie? Eine Mutter Therese?

Josef wusste zwar nicht wie, aber er würde alles daran setzen, das Mädchen in Sicherheit zu bringen. Soweit es Sicherheit an einem Flecken der Erde gab.

Sie mussten weiter.

Aber sie hatten noch eine lange Wartezeit. Sie froren am Waldboden an diesem herrlichen heißen Sommertag. Um sie herum lebte die Natur. Schmetterlinge gaukelten vorbei, Mücken stachen sie in den Nacken, Käfer krabbelten über ihre Finger und Vögel zwitscherten unbekümmert im Geäst.

Nur ihr Leben war erstarrt.

Für einige Stunden. Bis zur Dunkelheit. Das dauert lange im Sommer.

Gnädig zog die Dämmerung herauf. Das Grauwerden der Bergwiese vor ihnen verschluckte das ausgebrannte Autowrack und den einsamen Hof der Familie. Leichen verschwanden im zunehmenden Dunkel und Bäume wurden zu unbekannten Schattenwesen.

Josef erhob sich vorsichtig. Er stand auf und das Mädchen tat es ihm gleich.

Sie blieben stehen. Horchten in die Nacht. Wagten noch keine weitere Bewegung und sahen sich auch nicht an. Wie ein Reh, das Witterung aufnahm, erstarrten sie in ihrer Position.

Nach einigen bangen Minuten sah Josef das Mädchen an. Gegen das letzte Licht, das am Waldrand der Nacht trotzte, zeichneten sich ihre schwachen Umrisse ab. Ein zartes, zerbrechliches Wesen.

Er nahm sie an der Hand. Dankbar erwiderte sie seinen Druck.

Zögernd drehten sie sich dem Waldesinneren zu und versuchten langsam, ohne viele Äste zu zertreten, von der Lichtung wegzugehen.

Genau wusste er nicht, wohin sie fliehen mussten.

Josef hatte einen guten Orientierungssinn. Er wusste noch ungefähr, aus welcher Richtung sie gestern gekommen waren.

Sie mussten durch diesen Baumbestand und dann über die Hochebene, vorbei am Ort.

Dann würden sie in die tieferreichende Waldregion eindringen können.

Die nächste Gefahr ging von der Ebene und der Siedlung aus. Er musste annehmen, dass das Dorf inzwischen wieder in serbischer Hand war. Zumindest vorübergehend.

Sie mussten diese Strecke in der Dunkelheit der Nacht überwinden. Tagsüber hatten sie keine Hoffnung, ungesehen am Ort vorbeizukommen.

Das Mädchen verhielt sich ganz ruhig und vorsichtig neben ihm. Sie schien zu wissen, wie nah der Tod lauerte.

Schritt für Schritt. Ängstliche Schritte. Jeder brechende Ast konnte sie verraten. Jeder knickende Zweig hatte vielleicht die Folgen einer Tretmine.

Es dauerte lange, bis sie die paar hundert Meter im Wald zurückgelegt hatten. Dann sahen sie das Dorf. Eine große Siedlung – das wusste Josef – und doch waren nur zwei Häuser beleuchtet. Waren dort die Soldaten? Oder hartnäckige Einwohner, die sich von Granaten nicht vertreiben ließen.

Das Gefährlichste ist Ungewissheit.

Sie konnten sich nicht über ihre Lage besprechen. Es war ihnen überhaupt nicht möglich ein Gespräch zu führen. Sprachen können trennen. Manchmal entscheiden sie über Schicksale. Das Mädchen vertraute ihm, obwohl sie ihn gar nicht kannte. Sie lieferte sich ihm aus. Sie hatte auch nichts zu verlieren und hatte keine Kraft mehr für eigene Entscheidungen.

Josef musste über die Hochebene.

Hastende Schatten fallen auf. Ein Schatten muss ruhen. Ein Schatten ist immer fremd. Aber er darf sich nicht bewegen. Aus einem bewegten Schatten macht das Gehirn des Beobachters eine Gestalt. Das sagt ihm die Erfahrung. Bäume laufen nicht. Laufende Schatten müssen Menschen sein.

Sie gingen ganz langsam. Die Zeit für Gefahr und Angst wurde dadurch länger, aber die Möglichkeit erkannt zu werden, wurde geringer.

Für einen Kilometer brauchten sie über drei Stunden. Sie hatten ihre Kleidung nach oben über das Gesicht gezogen, damit die helle Haut oder ihre leuchtenden Augen sie nicht verraten konnten.

Sie stießen an kleine Felsen, die im kargen Gras lagen, und kein Schmerzenston kam über ihre Lippen. Ein Stolpern in einen Graben oder in einen Granattrichter musste reaktionsschnell abgefangen werden.

Im Dorf war es totenstill.

Aber sie wussten nicht, was diese Ruhe bedeuten sollte.

Unheimlich war sie in jedem Fall. Lärm. Geräusche, sogar Schreie und Gestöhn waren einzuordnen. Sie waren bekannt, kalkulierbar. Stille kann der Anfang von Allem sein.

Der Anfang von dem Unbekannten. Und das war unvorstellbar und beängstigend.

Doch jeder Schrecken findet ein Ende. Wenn auch nur, um von neuem abgelöst zu werden.

Sie erreichten den Waldrand ohne entdeckt zu werden.

Neue völlige Dunkelheit umgab sie.

Wieder tasteten sie sich vorwärts. Von Baum zu Baum.

In der Angst werden Minuten zu Stunden.

Mit der Zeit fühlten sie sich etwas sicherer. Sie gaben einander die Hände und wagten es, rascher zu gehen. Keineswegs schnell, aber nicht mehr ganz so zögernd.

Es ging zunehmend bergab. Sie blieben sehr vorsichtig. Nicht nur die Soldaten waren der Feind. Auch das Gelände konnte ihnen zum Verhängnis werden. In der tintenschwarzen Nacht war ein übersehener Baum noch das geringste Problem. Der hinterließ höchstens eine blutige Nase. Wer konnte wissen, wann die nächste Schlucht oder ein Graben auf sie lauerte?

Aber trotz allem kamen sie voran.

Der Hang wurde immer steiler. Josef stützte das sichtlich schwächer werdende Mädchen und versuchte, sie vor Hindernissen zu warnen.

Eine verletzte Begleiterin wäre außerdem eine große Belastung für ihn gewesen. Und zurücklassen? Zurückgelassen hätte er sie nie. Er sah es als seine Aufgabe, dieses Mädchen aus dem Krieg herauszuholen. Er musste sie retten. Er hatte das Gefühl, für diese Aufgabe ausersehen zu sein. Das Schicksal sollte weiter über sie bestimmen.

Der Boden war felsig und zeitweise von dichtem Gestrüpp bewachsen. Erst ihre voraustastenden Füße konnten ihnen berichten, was auf sie zukam.

Aber diese Sensoren arbeiteten nur mit der Berührung.

Darum waren sie zu Tode erschrocken, als plötzlich ein Schatten vor ihnen aufsprang und sie zischend ansprach.

Das Mädchen verstand und blieb je stehen. Josef konnte die Sprache nicht einordnen, aber auch er bewegte sich nicht mehr.

Nicht jeder Schatten muss ein Feind sein.

„Austria. Journalist. Reporter." Josef versuchte es mit Deutsch.

Er war erfolgreich.

„Kommen", sagte der Schatten.

Das konnte freundlich oder gefährlich gewesen sein. Es machte keinen Unterschied. Sie mussten in jedem Fall folgen. Der Schatten hatte eine Waffe. Die fühlten sie. Ohne Berührung.

Man kennt einem Schatten an, ob er bewaffnet ist oder nicht.

Menschen mit Waffen bewegen sich anders.

Menschen mit Waffen sprechen anders.

Menschen mit Waffen haben eine andere Ausstrahlung.

Menschen mit Waffen sind Krieg.

Der Schatten schien hier zu Hause zu sein. Mit schnellen Schritten ging er ihnen voraus. An der Art, wie er sie nachlaufen ließ, erkannten sie, dass er ihnen nichts Böses antun wollte.

Leute, die man verhaftet, treibt man. Von hinten treibt man sie vor sich her.

Dort, wo er sie hinführte, war ein Lichtschein.

Feuer flackerte im Wald.

Mit einem Mal waren sie in einem Lager. Sie standen im Wald auf einem freien Platz. Ein großer Holzstoß loderte vor sich hin. Viele Zelte, die notdürftig aus Plastikplanen, Brettern und Baumzweigen errichtet worden waren, bildeten eine gespenstisch beleuchtete Siedlung im nachtschwarzen Wald. Sie dürften die letzten Minuten zwischen diesen Behausungen durchgelaufen sein, ohne diese bemerkt zu haben.

Der Schatten war nun kein Schatten mehr, sondern ein Soldat mit UCK-Armbinde.

Er setzte sich ans Feuer und rief mit gedämpfter Stimme ins nächste Zelt hinein.

Ein zweiter Soldat erschien und wurde kurz informiert. Auf Albanisch.

„Sie sind der Freund von Deme?" Josef war erleichtert. Wieder Deutsch.

„Ich war der Freund von Demes Schwester. Sie ist tot."

„Deme?"

„Er ist bei ihr."

„Ich bin Ekrem. Deme war mein Gefährte. Wir kämpfen seit einem Jahr gemeinsam.

Wie ist das passiert?"

„Eine serbische Spezialtruppe in schwarzer Uniform ist ins Dorf gekommen. Zuerst griffen sie mit Granaten an. Dann waren sie plötzlich bei Violas Elternhaus.

Sie haben Viola vergewaltigt und schließlich ermordet. Deme hat die Schwarzhemden mit seinen Leuten angegriffen. Bis auf den Scharfschützen sind alle umgekommen. Die Serben haben noch einmal mit Granaten angegriffen. Es war schrecklich."

„Es ist immer grauenhaft. Sie kämpfen wie Ungeheuer. Sie haben keine Gnade. Sie foltern, vergewaltigen und morden. Kinder, Frauen und alte Leute. Sie wollen die Albaner loswerden. Mit allen Mitteln."

„Ich verdanke dem Scharfschützen mein Leben. Ein Unteroffizier hatte mir seine Pistole an die Schläfe gedrückt."

„Dein Glück war, dass es der Unteroffizier war. Franz tötet immer die höheren Dienstgrade zuerst. Wir werden ihn nicht so schnell wieder sehen. Er arbeitet nur für Geld. Wir haben keines mehr. Das weiß er."

Langsam wurde es heller. Sie waren fast einen Tag in ihrem Versteck gelegen und dann die ganze Nacht geflohen. Ohne etwas zu essen oder zu trinken.

„Das Mädchen ist die einzige Überlebende außer mir. Ich möchte sie nach Prizren bringen. Ihr Schwestern sind dort."

„Erst müsst ihr etwas essen. Dann solltet ihr schlafen. Abends geht ihr weiter. Ich erkläre dir den Weg. Wir müssen hier bleiben. Die UCK bewacht dieses Lager. Von diesen Leuten hier wird keiner mit dir gehen. Keiner von denen verlässt diesen Wald, bis unsere Armee nicht die Region abgesichert hat. Und das wird nicht so leicht sein.

Die Menschen in diesem Lager haben Fürchterliches erlebt.

Ich bringe etwas zu essen."

Er holte aus seinem Zelt einen Teller und zwei Gläser.

Die Gläser füllte er aus einem Kanister mit Wasser und gab sie dem Mädchen und Josef.

Sie leerten diese in einem Zug.

Mit dem Teller ging er von Zelt zu Zelt. Oft musste er die Leute aufwecken.

Vor jedem Zelt gab er eine Erklärung ab. Überall wurde etwas auf den Teller gelegt:

Eine Scheibe Brot, ein Stück Käse, ein Brocken Fleisch, Obst.

Die Menschen hier hatten selbst um ihre Existenz zu kämpfen. Sie konnten fast nichts geben, ohne sich zu gefährden.

Josef wollte ihnen nichts nehmen, aber sie hatten einen beschwerlichen Weg vor sich.

Langsam aßen sie beide.

Die Reste schlug Josef in ein Taschentuch ein und versenkte sie in seiner Jackentasche.

Seine Ausweise! Er hatte seine Ausweise in der Brusttasche! Er hielt sie Ekrem vor die Nase.

„Werden mich die Serben weitergehen lassen, wenn wir auf sie stoßen?"

„Ich denke schon. Für das Mädchen wirst du eine Erklärung brauchen. Spricht sie serbisch?"

„Wie soll ich das wissen?"

Ekrem sprach sie an. Sie antwortete sofort.

„Gut. Sie hat ohnehin keine Papiere. Behaupte einfach, sie wäre eine Serbin.

Suche keinen Kontakt zu ihren Schwestern. Sie soll dir zeigen, wo sie ungefähr wohnen und dann lässt du sie einfach laufen."

Das Mädchen war im Sitzen eingeschlafen.

Die beiden Männer trugen sie in das nächste Zelt. Man rückte zu Seite und deckte sie zu.

Ekrem nahm Josef mit in sein Zelt.

„Ruh' dich ein wenig aus."

„Wo ist deine Familie?"

„Meine Eltern wurden vertrieben. Meine Frau ist mit ihnen gegangen. Sie ist nur bis zur ersten Straßensperre gekommen. Dort haben sie meine Frau aus der Kolonne geholt. Sie haben sie vor allen Leuten vergewaltigt. Sie hat einem Serben das Gesicht zerkratzt. Daraufhin haben sie ihr demonstrativ alle Fingernägel mit einer Elektrikerzange gezogen. Dann haben sie mit einem Prügel so lange auf sie eingeschlagen, bis sie tot war.

Der Hass ist ungeheuerlich."

„Warum?"

„Verschiedene Religionen. Verschiedene Völker. Wirtschaftliche Interessen. Machtinteressen. Alte offene Rechnungen. Rache."

„Aber das gibt es ja an tausenden Regionen in dieser Welt."

„Das hier ist nur ein Anfang. Bald wird es einen großen Krieg geben. Die vielen kleinen, grausamen Kriege und Konflikte werden zu einem großen, nie dagewesenen Krieg führen. Wir stehen vor einem großen Krieg auf dieser Welt."

Vor dem Krieg. Wo war denn je der Friede gewesen? Ist unter Menschen immer Krieg?

„Wo immer und wie immer der nächste große Krieg stattfindet – der Weiße Mann wird der Verlierer sein. Er hat die Weltherrschaft mit der Knute des Christentums und der vielseitigen Macht seiner Marktwirtschaft erlangt. Er hat beides inzwischen verloren. Seine einzige Chance ist diese Situation zu akzeptieren und das Andersartige anzunehmen."

Aus den Nachbarzelten hörten sie Schluchzen. Frauen weinten.

„Was ist da los?" Josef ahnte die Ursachen des Kummers.

„Die Leute hier haben Schlimmes hinter sich. Viele haben auch Kinder oder andere Familienangehörige verloren."

Ein grausamer, in hohem Maß die Zivilbevölkerung einbeziehender Krieg.

Ekrem schwieg.

Josef schlief mit schweren Gedanken ein.

Es war schon mitten im Nachmittag, als Josef aufwachte. Er holte das Mädchen aus dem Zelt.

„Ekrem. Frag' sie doch einmal, wie sie überhaupt heißt. Ich habe es vergessen."

Der sprach sie albanisch an.

„Loretta."

Er holte den Beiden noch ein Glas Wasser.
„Jetzt passt auf, dass ihr gut nach Prizren kommt. Ihr solltet heute noch bis vor Dragas kommen."
Zuletzt drückte er Josef noch einen Plastiksack und ein Seil in die Hand.
„Eine kleine Wegzerrung und eine vielleicht sinnvolle Hilfe."
Die Männer umarmten sich und dann liefen Josef und Loretta durchs Lager in die angegebene Richtung davon.
Weg vom Elend, aber auch in die Ungewissheit.
Zwei Stunden kamen sie zügig voran. Josef hatte keine Probleme die Orientierung zu behalten, weil sie immer wieder Lichtungen überquerten, die ihm erlaubten, allein am Sonnenstand die Himmelsrichtung zu bestimmen.
Sie vertrauten darauf, dass die UCK diese Gegend unter Kontrolle hatte, und gaben sich keine Mühe verborgen zu bleiben.
Dann wurde der Wald dichter. Kühl und feucht war die Luft. Angenehm der moosige Boden unter ihren Füßen.
Einmal glitt Loretta aus und rutschte in einen Graben.
Sofort brach sie im Unterholz ein und als Josef sie herausgezogen hatte, blutete sie aus zwei Wunden am linken Unterschenkel.
Notdürftig verband er sie mit einem Stoffstreifen, den er aus ihrem Kleidersaum riss.
Anfangs humpelte sie ein wenig, aber nach einigen Metern war sie wieder bereit tapfer weiterzugehen. Das Mädchen war gewillt, diese Strapazen zu überstehen. Sie hatte den festen Willen zu überleben.
Der Waldboden wurde schwieriger. Gräben und Felsbrocken stellten sich ihnen in den Weg und oft mussten sie dichtes Gestrüpp und gestürzte Bäume umgehen.
Es war ihnen, als hörten sie das Rauschen eines Wasserfalles.
Sie mussten weiter in dieser unwegsamen Gegend. Die Richtung musste stimmen.
Plötzlich blieb Josef, der stets einige Schritte vorausging, wie angewurzelt stehen. Zwischen starken Bäumen brach vor ihm der Boden in einen noch nicht zu ergründenden Abhang hinunter.
Sie standen vor einer Klamm.
Steil fiel der kaum mit Büschen bewachsene Boden vor ihnen in die Tiefe.

„Wir müssen da hinüber. Zuerst runter, dann irgendwie rüber und wieder hinauf. Es muss gehen", befahl er sich selber.

Jetzt wusste er, warum ihm Ekrem das Seil mitgegeben hatte.

Er band es Loretta um die Taille und sich selbst an den Gürtel. So waren sie wenigstens untereinander gesichert.

Mehr rutschend als kletternd, sich hoffnungsvoll an das vereinzelte Buschwerk klammernd, stiegen sie ab. Bisweilen gab ein Ast nach, dem sie eigentlich ihr Leben anvertrauen wollten, aber glücklicherweise bot sich wieder ein Ersatz an und verhinderte ihren Absturz.

Dabei hatte Josef weniger Angst vor dem Abhang, als vor dem Unbekannten, das sie unten erwartete, und vor allem vor dem Aufstieg an der gegenüberliegenden Seite.

Mit neuen Wunden, einigen Rissen in ihrem Gewand und schmutzig von der feuchten Erde, erreichten sie das schmale Schotterufer eines reißenden Sturzbaches.

Weit und breit war keine Brücke zu entdecken. Zirka hundert Meter flussabwärts schien das Gewässer in einer tosenden Flut in die Tiefe zu fallen. Eine nebelige Wolke über der Sturzkante wies auf einen donnernden Wasserfall hin.

Josef suchte das Ufer flussaufwärts ab.

Sie folgten dem Schotterband in diese Richtung, bis schroffe, nasse, bemooste Felsen ihren Forscherdrang beendeten. An dieser Stelle war das Wasser keine fünf Meter breit.

Ein gestürzter Baum hatte das Ende seines Falles an dem Felsen gefunden. Mit seiner breiteren, unteren Hälfte ragte er dem Himmel entgegen.

Josef überlegte und kletterte vorsichtig auf den Felsen, während das Mädchen sich geschickt gegen den Brocken stemmte, um ihren Begleiter im Moment eines Ausrutschens abfangen zu können.

Es musste gelingen.

Josef versuchte die obere Hälfte des Baumes nach oben zu ziehen, um sein Weiterstürzen auf die andere Flussseite zu ermöglichen. So sehr er sich auch anstrengte, es ging nicht.

Er befreite Loretta wieder von dem Seil und band es auch von seinem Gürtel los.

Fest verknotete er ein Ende kurz unterhalb des Wipfels, kletterte auf den Felsen und zog an. Erfolglos. Mit ganzer Kraft riss er ruckweise an seinem Ende, nachdem er dieses einige Male um sein Handgelenk gewickelt hatte.

Der Baum bewegte sich. Je gab er nach und stürzte mit seinem unteren Teil über den Graben. Gleichzeitig sprang der Wipfel in die Höhe, sodass Josef jeden Halt verlieren musste und er zunächst verzweifelt auf dem glatten Stein Halt suchte und schließlich ins Wasser stürzte.

Gottlob hatte er das Seil fest in der Hand und wurde so nicht abgetrieben. Das kalte Wasser zerrte an seiner Kleidung. Schnell sprang Loretta flussaufwärts des Baumes in dessen Geäst und erfasste den angebundenen Teil des Seiles. Beide zogen aus Leibeskräften und so gelang es Josef dem gestürzten Baum näher zu kommen, seine Äste zu erfassen und sich ans rettende Ufer zu ziehen.

Triefnass fand er das Schotterufer unter seinen Händen und kroch in die Sicherheit.

Das Wasser war eiskalt. Er musste seine Kleider ausziehen. Bis auf die Unterhose trennte er sich von seinem Gewand, drückte und drehte die Bündel mit Hilfe von Loretta und legte sie in die letzten Strahlen der Abendsonne, die spärlich durch die Baumwipfel in die Schlucht fanden. Schließlich verbarg er sich hinter den Baumästen, um das Mädchen nicht zu belästigen, und wand seine Unterhose aus. So gut es ging. Er wollte keinen nassen Umschlag um die Hüften haben.

Josef stolperte über den Plastiksack, den ihm Ekrem mitgegeben hatte. Bei ihrer Kletterei in die Klamm hatte er ihn hartnäckig festgehalten und erst bei der Arbeit mit dem Baumstamm abgelegt.

Sie setzten sich in den Schotter und erforschten hungrig den Inhalt ihres Lunchpaketes.

Zwei faustgroße Stück Brot, zwei Äpfel und zwei Würste. Genug um den Hunger zu stillen. Eine großzügige Spende von Menschen, die selbst zu wenig zum Essen hatten.

Josef war nie ein Freund von Würsten aus Schaffleisch gewesen, aber diese waren so wunderbar gewürzt und der Appetit so groß, dass er sie mit keiner Mahlzeit der Welt eingetauscht hätte.

Sie verzehrten die gesamten Vorräte. Sie hatten Hunger und wieder eine große Herausforderung vor sich. Zuletzt fand Josef noch in der Jackentasche zwei nasse Brote, die sie nicht übrigließen.

Inzwischen war die Kleidung von Josef nicht trocken. Aber mehr war von der untergehenden Sonne nicht zu erwarten. Er zog sein noch feuchtes Gewand an. Sie mussten sich beeilen. Der Fluss wollte überquert werden und dann wartete ein steiler Aufstieg auf sie. Danach konnte es nicht mehr weit bis Dragas sein. Was immer sie dort erwartete. Josef hatte keine bestimmte Vorstellung davon, wie es genau weitergehen sollte. Sie mussten es schaffen. Das Mädchen sollte eine Zukunft haben. Er, Josef, würde dann schon nach Hause kommen. Irgendwie.

Sie hängten sich wieder mit dem Seil zusammen. Josef kontrollierte seine Knoten noch einmal. So gab es wenigsten die Hoffnung, dass ein Gestürzter vom anderen gesichert werden konnte. Drei Meter Abstand konnten sie halten. Länger war das Seil nicht. Das hieß, dass sie gleichzeitig auf dem überbrückenden Baumstamm sein würden.

Josef ging als Erster. Zwischen den Ästen konnte man zwar immer Halt finden, aber andererseits war es nicht einfach, den Stamm im Geäst auszumachen.

Langsam und vorsichtig arbeitete er sich vor. Als er auf der Mitte war, folgte ihm Loretta.

Es ging ein paar zögerliche Schritte gut.

Dann war das Gewicht für den Baumwipfel zu groß.

Er bog sich durch, rutschte von dem Uferfelsen, an dem er verankert war, ab und wich in die Flussrichtung aus. Der ganze Stamm wurde frei und stürzte mit dem Wipfel voran in den Wildbach hinein.

Da der Baum sich in seiner Bewegung drehte, lud er seine menschliche Last ab. Das ließ ihn noch einmal aufspringen, bevor er sich freudig dem Sprudel des frischen Wassers hingab.

Josef und Loretta wurden nicht nur vom Stamm geschleudert, sondern auch von den peitschenden Ästen unter Wasser gedrückt.

Kalte Wassermassen rissen sie mit sich.

Das steinige und felsige Flussbett warf sie immer wieder nach oben, um sie in der nächsten Nische im Strudel in Empfang zu nehmen. Die folgende Wasserfontaine drückte sie gnadenlos nach unten, ohne darauf Rücksicht zu nehmen, ob sie ihrem Opfer genug Zeit zum Luftholen gelassen hatte.

Die Beiden rutschten über Felsen, versanken in der nächsten Tiefe und trieben mit wirbelnder Höllenfahrt dem Wasserfall zu. Mit dem Seil verbunden rissen sie sich gegenseitig immer weiter, sollte einer von ihnen auch nur kurz Halt gefunden haben. Inzwischen hatten die Strudel sie in der Mitte der größten Strömung gefangen und verhinderten jeden Versuch ans Ufer zu streben oder sich an einem Felsen festzukrallen.

„Josef!" schrie Loretta sobald sie auftauchte und sprach ihn damit das erste Mal an. Und:

„Josef!" Ein Hilfeschrei, der keine Rettung bringen konnte, weil Josef selbst darum kämpfte, im nächsten Moment einen Atemzug oberhalb der Wasserfläche zu erringen, was ihm schon mehrmals misslungen war und ihm so die Atemwege mit Wasser gefüllt hatte.

Aber zum Husten ergab sich keine Gelegenheit. Luftschnappen war die einzige Möglichkeit, doch noch Sauerstoff in die Lungen zu bekommen. Beim nächsten Felsen landete er hart und meinte zu spüren, wie ein paar Rippen geborsten waren.

Dann gab sie das Wasser für einen Moment frei. Der Fluss spie sie aus, um sie mit Schwung in die Luft zu senden, wo sie kopfüber taumelnd, vom Wasser überholt, nach unten stürzten. Der Wasserfall war mindestens zehn Meter hoch.

In bizarrer Haltung schlugen sie kurz hintereinander als mit dem vermeintlichen Rettungsseil verbundenes Paar im ausgeschwemmten Becken des schäumenden Neubeginnes des Flusses auf.

Sie kamen gar nicht dazu, ihre eigene Vollständigkeit zu überprüfen, weil der Fluss sie gleich wieder mitriss und das Ein- und Auftauchen je nach Laune der Sprudel von neuem begann.

·

Der serbische Soldat Milan Karaviz hatte mit seinem Kameraden das Lager seiner Einheit vor wenigen Minuten verlassen, um am Fluss die Feldflaschen mit Wasser aufzufüllen.

Milan war vor drei Tagen von Nis mit seiner Einheit in dieses Bergland des Kosovo versetzt worden, weil die UCK-Soldaten die Oberhand in dieser Region übernommen hatten.

Die UCK war schwer zu fassen. Das Bergland mit seinen zahlreichen Schluchten bot ihnen überall Schutz und die Zivilbevölkerung verweigerte auch unter Androhung von Folter und Exekution jede Auskunft.

Milan hatte von schweren Übergriffen seiner Landsleute bei der Verfolgung von albanischen Kosovobürgern gehört. Besonders die schwarzuniformierten Spezialtruppen sollten Grausamkeiten auch an Kindern und Frauen zu verantworten haben. Milan war Soldat. Er tat, was ihm befohlen war. Aber er würde kämpfen, nicht morden.

Seine Familie war gottlob weit weg. Das war eine Beruhigung für ihn. Wenn es schon Krieg geben musste, dann sollte die Zivilbevölkerung so gut wie möglich verschont bleiben.

Er füllte gerade seine Flasche, da sah er im Oberlauf des Sturzbaches eine menschliche Gestalt. Sie tauchte auf und war wieder weg.

Vielleicht eine Leiche?

Dann entdeckte er noch einen Menschen.

Beide trieben rasch auf ihn zu.

Jetzt erkannte er, dass die Unglücklichen mit den Händen in der Luft herumruderten und verzweifelt versuchten, sich an vorbeijagenden Felsen anhalten zu können.

Er rief seinem Freund etwas zu und machte ihn eilig auf seine Entdeckung aufmerksam.

Dann handelten sie schnell.

Es gab viele abgebrochene Äste in der Ufernähe. Rasch war ein passender gefunden und Milan hängte sich mit seiner Koppel an einer starken Astgabel an.

Er sprang ins Wasser und tastete sich, von seinem Kamerad mit dem langen Stamm gehalten, zur Flussmitte vor.

Keine Minute zu früh.

Gerade trieb das um sich schlagende Mädchen auf ihn zu und er konnte es an seinem Haarschopf fassen und zu sich ziehen.

Mit dem nächsten Griff nahm er es um die Taille und drückte es zum Ufer.

In diesem Augenblick warf ein Strudel den mit dem Mädchen verbundenen Josef zur Seite und direkt auf den rettenden Ast zu.

Milans Kamerad hatte die zusätzliche Last kommen sehen und stemmte sich mit ganzer Kraft gegen die Naturgewalt, die ihm Milan mit den beiden auf Rettung Hoffenden wieder entreißen wollte.

Aber Milan hatte einen guten Halt mit seinen Füssen gefunden und so gelang es den beiden Soldaten zwei Menschen den strömenden Wassermassen zu entreißen.

Hustend und Wasser erbrechend lagen die zwei Verunglückten nebeneinander am Ufer.

Luft! Endlich wieder Luft in die Lungen.

Milan versuchte, die nassen Kleider zu öffnen und sein Kamerad lief sofort, um weitere Helfer zu holen.

Decken kamen und drei andere Soldaten. Grüne Militäruniformen, so wie ihre Retter. Keine Schwarzhemden. Einer davon war als Sanitäter gekennzeichnet.

Man löste das Seil von ihnen, wickelte sie in Trockenes und Warmes, brachte sie mehr tragend als stützend in ein Lager und flößte ihnen dort heißen Tee ein.

Auf einer Lichtung standen fünf getarnte Zelte. Einige Militärfahrzeuge, ein kleiner Panzer und ein Granatwerfer waren unter den Bäumen erst beim zweiten Hinsehen zu entdecken. Fast wirkte die Szene friedlich. Abwartend. Oder lauernd?

Ging von diesen Leuten für die Beiden Gefahr aus? Wieder bei Feinden?

Man sprach Josef an. Das Mädchen verstand sie zwar, aber es schwieg.

Josef suchte nach seiner nassen Jacke. In der Innentasche fand er seinen aufgeweichten Ausweis.

„Reporter. Journalist. Austria."

Milan sprach ein paar Brocken Englisch.

„Where you from? Why in water?"

Josef erklärte ihm, dass er auf der Suche nach UCK-Soldaten war. Zur Reportage.

Das Mädchen hatte er gefunden. Im Wald. Sie hatten sich beide verlaufen. Das Mädchen wollte er wieder zu seiner Familie bringen. Serben. Natürlich Serben.

Sie sprachen mit dem Mädchen. Sie antwortete serbisch. Nicht viel. Und das war gut so. Die Soldaten waren sehr behutsam und freundlich zu ihr.

„This night you stay. With us. We help you. You write good about us. In your country. At home."

Zu Hause. Josef wollte gar nichts schreiben. Nur endlich nach Hause. Weg vom Krieg. Weg von den Gefahren und Grausamkeiten. Weg von der Wirklichkeit.

Sie brachten sie zu einem Zelt. Ein Feuer war davor.

Es war trocken und warm im Zelt.

„Here you are save. We are here. It is save."

Hoffentlich fühlten sie sich nicht zu sicher. Die UCK würde sie bestimmt bald angreifen.

Sie würden die Gegend fest in die Hand bekommen wollen. Zu viele Flüchtlinge waren hier in den Wäldern.

Josef wollte sich nicht mehr mit Kampfgeschehen und Politik beschäftigen. Nur Ruhe. Ausruhen. Schlaf. Dem Schicksal danken, für diese letzte Rettung.

Milan kontrollierte noch einmal, ob alles in Ordnung war.

„Thank you." Josef reichte ihm die Hand. Der drückte sie.

„It`s okay. We are good people."

Was war schon Gut und Böse.

Sie schliefen schnell ein. Das Mädchen hatte seinen Kopf auf Josefs Schulter gebettet.

Menschen rücken zusammen in der Not.

Sie waren in Sicherheit. In einem Lager der serbischen Armee. Vor einigen Stunden hatten ihnen die Serben nach dem Leben getrachtet.

Menschen ändern sich mit dem Befehl.

Am nächsten Morgen brachte man ihnen ein Frühstück ins Zelt. Es war reichlich: Warmer Tee, Brot mit Butter. Marmelade!! Eine Dose deutsches Frühstücksfleisch.

„We have a car for Prizren. A big car. You can go with them. It is dangerous. Do you want?"

Die ganze Welt war „dangerous". Vor allem derzeit im Kosovo.

Sie wollten mitfahren.

Es war ein Lastwagen mit neun Soldaten auf der Ladefläche. Sie nahmen die Beiden in die Mitte.

„Thank you Milan!!"

Auch Loretta bedankte sich. Auf Serbisch.

Dann wurde nicht mehr viel gesprochen. Mit hohem Tempo raste der Lastwagen über die schlechte Straße.

Die hatten Angst. Sie wollten rasch aus den Bergen heraus.

Sie hatten ganz in der Nähe von Dragas übernachtet. Kurvenreich ging es nach Westen. Nach etwa zehn oder fünfzehn Kilometer bogen sie auf eine bessere Straße nach Norden ab. Josef war diese Strecke mit Viola gefahren, aber er konnte sich auf der Ladefläche nicht orientieren. Die Plane war fest verschlossen.

Der Wagen hielt und sie blinzelten in die Mittagssonne, als ihnen von den Soldaten beim Absteigen geholfen wurde.

Loretta bedankte sich.

Dann brausten die Serben davon.

Josef sah Loretta fragend an. Sie verstand ihn. Sie waren am Stadtrand. Für das Mädchen schien die Gegend nicht unbekannt zu sein. Sie nahm Josef an der Hand und übernahm die Führung.

Sie waren noch keine zwei Gassen entlanggelaufen, da hörten sie Schüsse. Dann regelrechten Gefechtslärm. Explosionen.

Sie liefen noch schneller.

Dann führte Loretta ihren Begleiter zu einem kleinen Haus mit Vorgarten. Alles wirkte sehr friedlich.

Sie läutete und zwei ältere Mädchen öffneten und umarmten freudstrahlend ihre Schwester.

Gut so.

Josef ging durch den Vorgarten zurück zur Straße. Am Gartentor drehte er sich um.

Loretta sah ihm nach. Sie versuchte nicht, ihn zu halten. Tränen rannen über ihre Wangen. Sie hob die Hand und winkte ihm. Er nickte.

Mach's gut kleines Mädchen. Deine Schwestern mögen dich beschützen. Auch die tote.

Loretta. Hoffentlich wirst du den Krieg mit seinen Grausamkeiten je vergessen können.

Du wirst schreckliche Dinge erzählen müssen. Du hast viel Leid gesehen und Schrecken erlebt.

Ich wünsche dir Frieden, Loretta.

Josef wusste nicht, wohin er gehen sollte. Er wollte nach Hause. Er konnte sich nicht vorstellen, wie das geschehen sollte.

Er kam in das Stadtzentrum. Eigentlich hatte er es durch Zufall gefunden. Er war nur vor dem Gefechtslärm geflohen.

In seiner Jackentasche hatte er sein Geld gefunden. Sonderbar, dass es all diese Wirren bei ihm überstanden hatte.

Das Zentrum war nicht menschenleer. Das wunderte ihn. Einige Straßen weiter wurde geschossen!

Die Menschen hatten sich daran gewöhnt. An den Krieg gewöhnt! Ans Sterben. An die Verwundungen. Das Leben herrschte weiter im Krieg.

Plötzlich stand ein Taxi vor ihm.

„Are you free?"

„Of course. Where do you want to go?"

„To Belgrad."

Er war verblüfft. Er telefonierte mit seinem Handy!

„Okay."

Einfach „Okay". Er war bereit, ihn aus dem Krieg hinauszufahren. Ein paar Scheine.

Dollar ---- Okay.

Sie fuhren an Truppentransporten vorbei. Der Militärverkehr strömte ihnen entgegen.

Zweimal wurden sie von Patrouillen kontrolliert.

„Journalist. Reporter. Austria."

„Schreiben sie gut über die Serben. Gute Heimfahrt."

In Nis kamen sie auf die Autoput. Sie war noch schlechter geworden. Sabotagen und Granateinschläge hatten der Straße stark zugesetzt.

Sie sprachen auf der ganzen Fahrt kein Wort. Josef erfuhr nie, wie gut der Taxifahrer Englisch beherrschte.

In Belgrad brachte er ihn zum Flughafen.

„Thank you. Have a good trip home."

Aber Josef hatte kein Glück. Kein Flug nach Wien. Die wenigen Flüge waren ausgebucht.

Vielleicht morgen oder übermorgen.

Er nahm das nächste Taxi zum Bahnhof.

Ja, ja. Der Hellasexpress fährt gleich durch. Keine Platzkarten. Wo denken sie hin?!

Josef stieg ein. Der Zug war überfüllt. Der Schaffner schob von außen an der Türe, um sie schließen zu können.

Josef schlief im Stehen. Dann einmal einfach am Boden liegend.

Grenze.

Kärnten. Bad Gastein.

Österreichische Zugbegleiter.

„Wo kommen denn sie her? Wer sind sie? Von ihnen habe ich schon einen Artikel gelesen. Sie kommen aus dem Kosovo? Um Gottes Willen."

„Sie sind ja ganz fertig!"

Josef wurde in das Abteil der Zugbegleiter gebracht.

„Da können sie ein bisschen schlafen."

In Salzburg stieg er aus.

Ein Telefon.

„Klaus. Hier ist Josef. Ich bin am Bahnhof. Ja. In Salzburg. Kannst du mich abholen? Fein. Danke. Ich habe viel zu erzählen. Viel Schreckliches. Ich muss dich sprechen, bevor ich zu meinen Eltern fahre ..."

5

Er fror. Einen Moment brauchte er, um sich zurecht zu finden. Das Erste, das in sein Blickfeld kam, war eine stattliche Möwe. Sie hatte auf einem großen Stein neben Josefs Kopf Platz gefunden und studierte ihn neugierig. So seltsame Gäste waren ihr beim morgendlichen Rundflug noch nicht untergekommen. Meistens suchte sie an dieser Stelle in der ersten Dämmerung nach Krabben, die sich vorzüglich zum Frühstück eigneten.

Als Josef aber seinen Kopf ein wenig bewegte, hob sie mit einem kräftigen Flügelschlag ab und er spürte den Luftwirbel, den ihre mächtigen Schwingen erzeugten.

Das schwarze Mädchen neben ihm hatte sich nicht bewegt. Es atmete ruhig aber flach.

Josef setzte sich auf und zog seine Badehose an. Wenigstens ein kleines Stück Bekleidung hatte er. Wenn er nicht mehr so ruhig da lag, wurde ihm etwas wärmer. Er betrachtete das Mädchen von der Seite. Sie konnte nicht alt sein. Achtzehn oder neunzehn. Ihr Gesicht war verschwollen und mit Salzkrusten bedeckt. Die Lippen zeigten vereinzelt Risse und Blasen. Josef deckte sie ab. Weiße Ornamente aus Salz stachen von ihrem schwarzen Körper ab. Die Haut war an manchen Stellen in Fetzen losgelöst. Es sah aus, als wären viele Blasen aufgerissen worden. Unter ihren mädchenhaften, festen Brüsten hatte sie handflächengroße, gelblich belegte Schürfwunden.

An den Handgelenken erzählten tiefe, fingerbreite Rinnen von den Leinen, die sie an der Rettungsplattform festgehalten hatten. Die Beine waren grau von der Salzschicht, die sich angelegt hatte.

Josef fasste nach ihrem Kopf und griff in ihr verfilztes, lockiges, schwarzes Haar.

Er hob sie vorsichtig an. Sie erwachte. Aus trüben Augen sah sie ihn erschrocken an. Sie wollte sich wegdrehen, aber sie war zu schwach und stöhnte nur.

Josef schob die rechte Hand unter ihr Gesäß und als er sie aufdrehen wollte, half sie merkbar mit.

Der Rücken war mit Blasen übersäht. Das Hinterteil und die Beine schienen unversehrt zu sein.

Sonne und Meer hatten nach langer Zeit des Einwirkens Spuren an ihr hinterlassen.

Josef hatte keine Vorstellung davon, wo das Mädchen hergekommen sein mochte. Eine Schiffbrüchige? Der Sturm musste sie zwischen die Inseln getrieben haben. Sie war bestimmt schon lange auf dieser Rettungsinsel. Vielleicht tagelang!

Eines war Josef klar: Das Mädchen war in einem schlimmen Zustand. Er konnte sie nicht zurücklassen. Aber zunächst musste er sich selbst retten.

Er konnte zurückpaddeln. Das Meer war jetzt völlig ruhig. Kein Windhauch wehte. Die Küste tauchte langsam im Tageslicht auf. Es musste noch sehr früh sein.

Das Mädchen sollte nicht auf der Insel bleiben.

Das war seine Schiffbrüchige. Er hatte sie gerettet. Er würde sie nicht anderen anvertrauen.

Seine Schiffbrüchige. Er würde sie am Leben erhalten.

Josef deckte das Mädchen wieder zu.

Sie sah ihn unsicher an.

„Ich komme gleich wieder."

Er war überzeugt, dass sie ihn nicht verstand, aber das war ihm gleichgültig. Er sprach mit ihr und sie wusste das. Mehr wollte er nicht.

Josef kehrte zu seinem Boot zurück.

Der Weg war ihm mittlerweile wohlbekannt. Die Steine, die er als Brücken durch das Gestrüpp verwendete, erkannte er immer wieder.

Es kostete ihn keine zehn Minuten bis zum Boot zu kommen. Vorsichtig war er der Stelle ausgewichen, an der ihn gestern die Schlange überrascht hatte.

Das Boot war schwer. Von allen Seiten war gestern das Wasser hineingeflutet. Josef hob den Bug auf einen glatten Stein und drehte das Schiff mit dem Kiel nach oben. Dann schwenkte und hob und senkte er es, bis das Wasser herausgeflossen war. Jetzt war der Kajak deutlich leichter. Josef konnte kein zusätzliches Gewicht gebrauchen. Seine Fracht würde schwer genug sein. Die Tonne mit dem unnützen Handy und den Schlüsseln verstaute er im Heck und hob das Boot auf Hüfthöhe. So ließ er es ins Wasser gleiten.

Mit dem Paddel in der Rechten setzte er sich ins Kajak und stieß sich ab.

Der erste Teil war geschafft.

Was gestern beim Sturm unmöglich war, kostete ihn jetzt ein paar Paddelschläge. Im Nu war er um die Inselspitze und steuerte die kleine Bucht an, welche in der letzten Nacht als Quartier gedient hatte.

Er hatte den Gedanken, das Rettungsfloss mit dem Mädchen anzuhängen und nachzuziehen, fallen gelassen. Die einsinkende Rettungsinsel würde einen zu großen Widerstand im Wasser darstellen, um abgeschleppt zu werden.

Vorsichtig suchte er einen Weg durch die überspülten Steine zu einer kleinen Schotterfläche am Ufer.

Als er wieder zu dem Mädchen kam, versuchte sie sich aufzurichten.

Josef riss vom Handtuch zwei schmale Stofflappen ab und band sie dem Mädchen um die zerschundenen Handgelenke. Die Wasserflasche rollte von der Rettungsinsel.

Er hielt sie dem Mädchen an die Lippen. Gierig sog es Schluck um Schluck in sich hinein, bis es zu Husten begann. Den Rest trank Josef aus.

Mühsam trennte er an einer scharfen Felskante drei Handbreit von der

Bugleine ab. Damit fesselte er das Mädchen, indem er die geschützten Handgelenke zusammenband. Sie versuchte sich zu wehren, war aber nicht stark genug und gab schnell auf.

Dann wickelte Josef das restliche Handtuch um ihre Taille und den Oberkörper.

Als er sie aufrichtete, half sie tapfer mit.

Er stellte sich vor sie hin und zog ihre Arme über seinen Kopf. Dann band er das Mädchen mit der Bugleine an seinen eigenen Körper. Durch das polsternde Handtuch konnte das Mädchen keinen Schaden und keine Schmerzen erleiden. Und das war notwendig. Jetzt hob er sie nämlich an.

Josef war verblüfft, wie leicht sie war. Es musste gehen. Er drehte sich um und stellte sich zunächst links neben das Boot. Jetzt schwenkte er den rechten Fuß des Mädchens über das Schiff und setzte sich.

Er saß im Boot. Das Mädchen, die Beine links und rechts ins Wasser hängen lassend, hinter ihm am Heck. Sie konnte nicht abrutschen, weil sie fest mit Josef durch die Leine und ihre um seinen Hals geschlungenen Arme verbunden war.

Josef griff nach dem Paddel und stieß sich ab.

Die Last drückte den Kajak mit dem Heck tiefer ins Wasser, aber das Mädchen war so leicht, dass es das Heckende nicht unter das Niveau senkte.

Nach einigen Paddelschlägen wusste Josef, dass er es schaffen würde.

Mehr als vier Kilometer trennten ihn vom Festland des Peloponnes.

Die Sonne war über der Hügelkette östlich von Finikounda aufgegangen.

Josef wollte nicht mehr weiter nachdenken und setzte das Paddel in kurzer Folge ein. Kräftig tauchte er mit der oberen Hand bei gestrecktem Arm das in den Himmel weisende Ende nach vorne und trieb das Boot so Schlag um Schlag in die Zielrichtung.

„Wir werden es schaffen, Mädchen. Wo immer du her bist, ich werde dir ein neues Leben geben. Weiß der Teufel, warum es mich gestern auf diese verlassene Insel verschlagen hat. Warum mein Handy leer war. Alles hat zusammengeholfen, damit ich dich entdecke.

Das Schicksal hat uns zusammengeführt, Mädchen. Wir werden die Herausforderung annehmen.“

Ohne Pause, ohne eine Änderung des Schlagtempos verfolgte Josef sein

Ziel. Er wusste natürlich, dass sein Passagier kein Wort von dem verstand, was er vor sich hinredete, aber er sprach auch mehr mit sich und dem Meer. Das Mädchen würde schon wissen, dass er um sie bemüht war.

„Ich bin bis jetzt nicht vom Glück verfolgt worden, Mädchen. Vielleicht bist du meine Aufgabe. Vielleicht bist du der Sinn in meinem Leben. Ich werde nicht versagen, Mädchen.

Es macht mir gar nichts aus, dass du schwarz bist. Du kannst nichts dafür. Du bist so auf die Welt gekommen. Außerdem gibt es welche, die sind noch schwärzer als du. Ich werde dich waschen. Ich werde deine Wunden heilen, Mädchen.

Aber zuerst musst du trinken und essen. Wir werden ganz vorsichtig sein. Du musst alles unten behalten. Du darfst nicht brechen. Und schön schlucken. Nicht husten. Du musst mir versprechen, dass du nicht brichst, Mädchen.

Ich habe einen guten Freund. Eigentlich war er der Freund meines Vaters. Aber der ist tot. Ich habe dir gesagt, Mädchen, dass ich Pech gehabt habe. Meine Eltern sind gleichzeitig gestorben. Das musst du dir vorstellen, Mädchen. Beide Eltern auf einmal. Eine Nachricht – und mit einem Schock – weg. Du hast niemanden mehr. Ich habe nur meine Eltern gehabt. Und vorher meine Kollegin. Aber die haben sie mir auch umgebracht. Als wäre das Schicksal darauf aus, mich alleine in die Welt zu stellen.

Aber jetzt bist du da, Mädchen. Eigentlich bist du nur halb da. Halb tot warst du zumindest gestern.

Mein Freund. Also der Freund meines verstorbenen Vaters. Klaus. Das ist sein Name. Früher habe ich ihn „Onkel Klaus" genannt. Aber wo jetzt mein Vater nicht mehr lebt, sage ich kaum mehr „Onkel" zu ihm. Ich habe ihn sozusagen als Freund geerbt. Ein Freund in der Erbmasse.

Klaus ist Arzt. Ein guter Arzt. Ich werde ihn anrufen, sobald wir zu Hause sind. Das Haus gehört auch ihm. Aber er lässt mich dort wohnen. Es ist ihm sogar lieber, als wenn es leer steht. Der wird es gar nicht glauben können, dass ich ein Mädchen im Haus habe.

Hoffentlich lebst du, wenn er kommt. Sonst war meine ganze Plackerei umsonst. Versprich mir, Mädchen, dass du gesund wirst. Das kannst du mir nicht antun, dass du mir stirbst. Ich habe dich gerettet. Fürs Leben verstehst du? Nicht einfach fürs Dahinsterben. Werde gefälligst gesund, Mädchen.

Jetzt willst du wissen, warum ich die ganze Zeit von diesem Klaus rede. Also Klaus – ehemals Onkel Klaus – wird mir am Telefon sagen, was ich machen muss, damit du überlebst. Wir brauchen ihn beide, diesen Klaus. Verstehst du das, Mädchen?

Du wirst es verstehen. Du wirst nicht dumm sein. Du bist schwarz, aber du bist bestimmt nicht dumm. Wärst du dumm, wärst du wahrscheinlich schon längst abgesoffen.

Und du wüsstest auch nicht, dass du jetzt schön stillsitzen und dich an mir halten musst. Drücke dich nur an mich, Mädchen. Du hast feste Brüste. Ich spüre sie an meinem Rücken. Feste Brüste. Das mag ich, Mädchen. Auch wenn du schwarz bist.

Ich werde also Klaus anrufen. Zuerst muss ich das Handy aufladen. Mit einem leeren Akku kann niemand telefonieren. Das ist das Erste, was ich tun muss, wenn ich beim Haus bin: Handy aufladen.

Nun. Wenn ich telefonieren kann, rufe ich Klaus an. Er wird mir sagen, wie ich dich behandeln muss. Er wird eine Diagnose stellen. Ich werde alles genau schildern, damit er ein Bild von dir hat.

Ich bin kein Arzt. Vielleicht wäre es besser gewesen, wenn dich ein Arzt gefunden hätte. Aber man kann es sich eben nicht aussuchen.

Ich bin Journalist, Mädchen. Und Dichter.

Aber ich bin kein guter Journalist. Glaube ich. Manche sagen, meine Artikel wären einzigartig. Andere meinen, ich spinne.

Ich bin gerne Journalist. Ich schreibe gerne. Menschen interessieren mich. Menschen sind das Wichtigste in der Welt. Und ihre Schicksal. Was ist wichtiger als ein menschliches Schicksal? Vielleicht schreibe ich über dich, Mädchen.

Dazu musst du gesund werden. Ich möchte eine schöne Geschichte schreiben über dich, Mädchen.

Klaus wird mir sagen, was du brauchst. Ich bin nicht blöd. Wenn er mir erklärt, was zu tun ist, dann werde ich das hinbringen.

So schwierig ist die Medizin nicht. Die Ärzte tun nur so geheimnisvoll. Du musst nur gut hinschauen und nachdenken, dann machst du schon das Richtige. Ich werde dich in Ordnung bringen, Mädchen."

Unermüdlich paddelte Josef dahin. Er wunderte sich selbst, warum er nicht müde wurde. Er hatte gestern seit mittags nichts gegessen und auch heute nur ein paar Schluck Wasser getrunken. Die Aufgabe ließ ihn über sich hinauswachsen.

„Die Hälfte haben wir schon, Mädchen. Wenn du wieder bei Kräften bist, musst du mir sagen, wie du heißt. Ein Name ist etwas sehr Wichtiges. Namenlose kann man nicht rufen, nicht suchen und nicht erklären. Man kann sie nicht verfolgen und ihnen nicht einmal nachtrauern. Ein Namenloser ist schnell vergessen. Weißt du noch? Wie hat der geheißen? Vorbei. Weg.

Ich bin auf deinen Namen schon gespannt. Wahrscheinlich irgendein afrikanischer Name. Aber ich werde ihn mir merken. Ich muss überhaupt viel von dir erfahren, Mädchen. Wo wir doch jetzt zusammen gehören. Besser du gehörst mir. Ich bin dein Retter. Eigentlich wärst du vielleicht schon tot? Ich habe noch nicht viel für dich getan. Ich habe dich aus dem Wasser geholt. Trinken. Zu trinken habe ich dir auch gegeben. Nicht viel. Aber mehr hättest du gar nicht vertragen. Und ohne dies würdest du nicht mehr leben, Mädchen."

Ein wenig langsamer wurde Josef, aber die Küste kam immer näher.

„Ich werde dich einfach in meinen Liegestuhl legen. Zudecken. Sonnensegel darüber. Kein Mensch sieht dich. Aber um die Zeit ist ohnehin keiner am Strand. Die Camper sind alle faule Typen. Vor neun Uhr lässt sich da Keiner blicken. Wir haben Zeit. Dann hole ich dich zum Haus.

Tragen kann ich dich nicht. Auch wenn du höchstens fünfzig Kilo hast. Wie ein Zementsack. Ich könnte nie einen Zementsack vom Strand zum Haus tragen. Ich würde ihn zehn Mal fallen lassen. Willst du, dass ich dich zehn Mal fallen lasse, Mädchen? Nein, willst du nicht. Also werde ich eine Schubkarre holen und dich hinauffahren. Das wird gehen. Müsste ich einen Zementsack zum Haus bringen, würde ich auch die Schubkarre holen. Wir müssen zum Haus. Dann haben wir es geschafft, Mädchen.

Mein Vater, der war stark wie ein Bär. Der hätte dich auf den Arm genommen und hinaufgetragen, ohne einmal absetzen zu müssen. Aber die Stärke meines Vater habe ich nie gehabt. Ich werde dich hinaufbringen. Ich will es, Mädchen."

Weit war es nicht mehr. Mittlerweile konnte er schon seinen Liegeplatz am Strand erkennen.

Er hatte mindestens zwei Stunden lang alles aus sich herausgeholt, was er an Kraft zu bieten hatte.

Der Strand war menschenleer.

Eine Viertelstunde wird Josef schon noch gebraucht haben, dann fuhr der Kajak am Sand auf.

Josef stand mühsam mit seiner Last auf und fiel seitlich ins Wasser.

Im Wasser kniend öffnete er die Verknotung der Bugleine und band das Mädchen los. Dann tauchte er unter ihren Armen durch und fing sie auf, bevor sie nach hinten ins Meer plumpste.

Wackelig versuchte sie zu stehen, aber es gelang nicht. Josef nahm sie wieder unter den Armen und schleifte sie die paar Meter bis zu seinem Liegestuhl. Völlig erschöpft lag das Mädchen dann auf der Liege. Er löste die Handfesseln und rannte los, um das Boot zu fangen, das sich inzwischen vom Ufer gelöst hatte.

Nachdem er es an Land gezogen und das Paddel verstaut hatte, nahm er Handy und Schlüssel aus der Tonne und eilte zum Liegeplatz zurück. Da war noch sein Leibchen. Es war nicht leicht, es dem Mädchen überzuziehen. Es reichte über ihre Hüften, wie ein kurzes Strandkleid. Das Handtuch legte er über ihre Beine und den Sonnenschirm, der an der Liege befestigt war, zog er tief herunter, sodass ihr Gesicht geschützt war.

Sie lag unbeweglich im Schatten.

Josef meinte, er könne sie für die nächsten zwanzig Minuten alleine lassen. So lange würde er brauchen, bis er wieder hier sein konnte.

Er rannte durch den Campingplatz, traf keinen Menschen an und gönnte sich keine Minute zur Erholung.

Raus aus dem Campingplatz, über die Küstenstraße auf die Landstraße nach Camaria und nach zirka zweihundert Meter rechts ab in die Weingärten. Bergauf neben dem Grundstück von Klaus musste er langsamer werden.

Dann war er beim Haus. Die Schubkarre hatte Heinz vergessen. Sie stand hinter der Garage. Natürlich hatte sie niemand ordentlich geputzt, aber damit hielt sich Josef jetzt nicht auf. Er schnappte ein paar Badetücher von der Leine und warf sie in die Karre. Jetzt musste er noch ins Haus und das Handy anstecken. Er hatte alles geplant und so liefen seine Handlungen wie automatisch ab.

Den nächsten Aufenthalt hatte er beim Kühlschrank. Er holte eine Wasserflasche heraus, trank selbst zunächst die Hälfte, nahm die nächste mit und stopfte sich drei Blätter Wurst in den Mund.

Er hatte im Haus nur wenige Minuten verbracht.

Schon rannte er mit der Schubkarre wieder den Hügel hinunter.

Diesmal durchquerte er aber nicht den Campingplatz, sondern ging über die Dünen direkt zum Strand.

Als er seinen Liegeplatz von oben erblickte, war er entsetzt. Die Sonnenliege war umgekippt. Das Mädchen war weg.

Er hastete nach vorne.

Zunächst konnte er sie nicht finden.

Dann sah er sie.

Unter einem Liegestuhl des Nachbarplatzes lag sie.

Über und über mit Sand verklebt, war sie zusammengebrochen.

Als er sie anhob und umdrehte, sah sie ihn an. Er hatte den Eindruck, sie lächelte ein wenig.

„Mädchen, du machst Stress. Warum bist du so unruhig? Du musst doch gewusst haben, dass ich wiederkomme. Du bist zu schwach für solche Erlebnisse. Wo wolltest du hin?"

Er erwartete natürlich keine Antwort.

Mit Schwung richtete er das Mädchen auf und fasste schnell zwischen ihren Beinen hindurch nach ihrer Hand.

Ihre rechte Taille lag in seinem Nacken. Seine rechte Hand hielt ihre Rechte unter Zug und ihr rechtes Bein lag unter seinem rechten Unterarm.

Durch Strecken seiner Kniegelenke kam er mit seiner Last aus der Hocke.

„Tragen nach Feuermannsart" nannte man diese Methode. Josef hatte sie einmal von Klaus gelernt.

So gelang es ihm, schwer stapfend mit dem Mädchen die Düne zu erklimmen. Dort stellte er sie kurz ab, um sie dann in die mit Handtüchern gepolsterte Schubkarre gleiten zu lassen. Er unterlegte ihren Nacken. Die Beine hingen vorne herunter.

So musste es gehen.

Die ersten Meter durch den Sand waren schwierig zu überwinden. Obwohl der Boden durch den Wind festgepresst war.

Josef schob seine Schiffbrüchige mit möglichst viel Schwung durch die Dünen. Bald kam er auf einen mehr benützten Weg und sank mit dem Reifen nicht mehr so tief ein.

Zehn Minuten später war er an der Straße.

Es war kein Verkehr. Nach wenigen Metern bog er auf die Landstraße ab und kurz darauf war er zwischen den Olivenbäumen und Weingärten.

Jetzt machte er die erste Rast.

Die Zeit drängte nicht mehr. Hier würden ihm keine Menschen begegnen. Unter dem Mädchen holte er die Mineralwasserflasche hervor.

Zuerst das Mädchen.

Sie trank gierig. Diesmal musste sie nicht mehr husten.

Anschließend musste Josef seinen Durst löschen. Er war so starke körperliche Belastung, wie in den letzten zwanzig Stunden, nicht gewöhnt.

Josef war ein „Schreiberling". Er arbeitete mit dem Kopf. Körperliche Anstrengung war für ihn Sport. Freizeitgestaltung. Aber keine Notwendigkeit.

Eigentlich bewunderte er sich selbst. In den letzten Stunden hatte er Unmenschliches geleistet. Josef war stolz auf sich. Und auf seine Beute. Nie hätte er gestern gedacht, dass er mit so etwas nach Hause kommen würde. Ein Mädchen, das er gefunden und gerettet hatte! Josef, der Held des Tages.

Aber den Hügel musste er mit ihr noch hinauf.

Er nahm noch einmal einen großen Schluck, ließ auch das Mädchen noch einmal trinken und fasste ein bisschen angriffslustig die Griffe der Schubkarre.

„Das werden wir schon sehen, ob wir dich da hochbringen, Mädchen."

Der erste Abschnitt war am steilsten. Eine ansteigende Kurve. Er wusste, dass er nur in einem Schwung weiterkommen konnte und es gelang ihm auch. Mit Stöhnen und Fluchen. Aber er schaffte es. Dann folgte eine ständig nach oben führende Gerade. Die Sonne stand inzwischen höher. Der Schweiß schoss aus seinen Poren, aber er ließ nicht nach. Schritt um Schritt kämpfte er sich nach oben und stemmte sein ganzes Gewicht verbissen gegen die Griffe der Schubkarre.

Fleiß und Einsatz wurden mit dem Triumph, gegen den Hügel gesiegt zu haben, belohnt.

Mit Schwung stieß er das Gartentor auf und schob das Mädchen auf das Grundstück.

„Deine neue Heimat, Mädchen."

Er brachte sie noch bis vor die Treppe, hob sie aus der Karre und legte sie auf das Pflaster der Terrasse.

Das Wasser aus der Schlauchleitung war warm und er spritzte sie einfach mit dem Gartenschlauch ab. Vorsichtig wusch er ihre Beine, zog dann das Leibchen über ihren Kopf und wusch den Körper. Lange richtete er den Wasserstrahl auf ihre Salzkrusten und das Mädchen rekelte sich unter dem Nass. Mühsam löste er die salzigen Knötchen in ihren Haaren und freute sich, wie die Lebensgeister in das Mädchen zurückkehrten.

Sie öffnete den Mund unter dem Wasserschwall, um möglichst viel von dem lange Entbehrten in sich hineinzuleiten.

„Sachte, Mädchen. Sachte. Lass dir Zeit. Wir wollen dich noch nicht überfordern."

Als er der Meinung war, seine Patientin salzfrei bekommen zu haben, holte er ein frisches Handtuch.

Vorsichtig trocknete er sie. Die meiste Zeit tupfte er sie geradezu ab.

Und trotzdem zeigte das Handtuch bald einige blutige Stellen.

„So. Auf! Ich helfe dir."

Mehr schleppte als stützte er sie auf dem Weg ins Haus und in sein Schlafzimmer.

Josef war zufrieden. Das schwarze Mädchen lag in seinem weißen, sauberen Bett.

„So. Jetzt rufe ich Klaus an."

Das Handy war inzwischen wieder aufgeladen.

„Ja? Hier Brunner! Grüß Gott."

„Klaus ich bin's, Josef."

„Josef. Wie geht es dir? Hast du dich vom Ouzo erholt? Gibt es etwas Neues?"

„Ich habe mich erholt. Und es gibt etwas Neues. Setzt dich hin. Es ist besser so. Ich brauche deinen Rat."

„Du machst es spannend. Schieß los."

„Gestern bin ich mit dem Boot hinausgefahren. Eigentlich wollte ich zur Insel Sapiendza und zurück. Normal kein Problem. Aber ich bin in einen Sturm geraten. Ein Gewitter. Es hat mich nach Shiza verschlagen und ich konnte nicht mehr zurück. Und mein Handy war leer. Wir haben einfach zu lange telefoniert gestern Früh. Also musste ich auf der Insel bleiben und auf das morgendliche ruhige Meer warten.

Dann habe ich gestern Abend noch sie gesehen."

„Wen?"

„Na die Schiffbrüchige. Eine Schwarze. Ein junges Mädchen. Keine Ahnung von wo sie ist. Sie war halbtot. Sie muss tagelang auf einer Rettungsinsel getrieben sein. Ich habe sie heute Früh mitgenommen. Sie liegt in meinem Bett. Sie kann nur liegen. Sie hat am ganzen Körper Blasen. Die Lippen sind geschwollen. Ich will nicht, dass sie stirbt. Du musst mir helfen. Eigentlich ihr. Sag mir, was ich tun kann."

„Ruf die Rettung."

„Kommt nicht in Frage. Sie gehört mir. Ich habe sie gefunden."

„Du bist verrückt. Sie ist nicht dein Besitz. Wenn sie nicht ins Krankenhaus kommt, stirbt sie vielleicht. Sie wird völlig ausgetrocknet sein."

„Wenn sie ins Spital kommt, stirbt sie vielleicht auch. Wenn nicht, werden sie mein Mädchen in ein Lager stecken. Dann stirbt sie dort. Nur du kannst ihr helfen."

„Du spinnst! Ich bin in Österreich!"

„Klaus. Sie ist – wir sind auf deinen Rat angewiesen."

„Josef. Sie ist illegal bei dir. In meinem Haus! Wenn sie stirbt – was machst du mit der Toten? Mit einer Leiche in meinem Haus?"

„Sie darf eben nicht sterben. Sie muss leben! Ich brauche das. Ich brauche sie. Für mich."

„Josef. Die gehört dir nicht. Du kannst nicht einfach einen Menschen aus dem Meer ziehen und behaupten, dass er dir gehört."

„Klaus! Hilf mir!"

Einen tiefen Seufzer hörte Josef übers Telefon.

„Sie hat Verbrennungen und ist ausgetrocknet. Im Schlafzimmerschrank ist ein Erste-Hilfe-Koffer. Dort findest du zwei Goldfolien. Ich habe sie dort für unterkühlte Surfer, die ich zeitweilig aus dem Meer hole. Lege sie auf eine. Wenn du sie wechselst, musst du die Gebrauchte gründlich mit Desinfektionslösung reinigen. Es ist genügend im Arzneischrank. Lasse sie in der Sonne trocknen. UV-Licht desinfiziert. In dem Notfallkoffer findest du zwei

Kochsalzinfusionen. Im Arzneischrank stehen auch noch welche. Öffne den großen Verschluss und stecke das spitze Ende des Infusionsschlauches hinein. Schläuche sind ebenfalls bei den Infusionen mit einem Gummiband befestigt. Greife die Enden nicht an. Sie sind steril. Stelle im Schlafzimmer den Sonnenschirmständer mit einem Sonnenschirmunterteil auf. Dann hast du einen Infusionsständer. Zuerst muss die Luft aus dem Infusionsschlauch. Wenn sie weg ist – du merkst es, weil die Flüssigkeit unten heraustropft, dann drücke die Tropfkammer im oberen Teil des Schlauches ein wenig, sodass ein Spiegel entsteht. Hast du das soweit begriffen?"

„Wenn du ein bisschen langsamer reden könntest, wäre es gut. So schnell kann kein Mensch mitschreiben."

Klaus schwieg eine Minute.

„Im Notfallkoffer findest du Butterfly-Nadeln. Das sind kleine Nadeln mit Plastikflügeln und einem Schlauch. Such sie."

Josef kramte im Schlafzimmerschrank herum. Klaus hörte ein paar Dinge zu Boden fallen und im Hintergrund einen Menschen stöhnen.

„Du brauchst gar nicht zu stöhnen. Du hast dir das selbst so ausgesucht."

„Ich stöhne nicht. Das war das Mädchen. Ich habe die Nadeln."

„Sei vorsichtig beim Auspacken. Mache die Nadel nicht unsteril. Du musst dann am Oberschenkel des Mädchens zwischen deinem Daumen und Zeigefinger eine Hautfalte bilden, desinfizieren und schräg hineinstechen. Die ganze Nadel hinein. Wenn Blut kommt, ziehst du sie sofort heraus und drückst mit einem sterilen Tupfer auf die Stelle. Aber das wird nicht passieren. Wenn ein bisschen Luft unter die Haut kommt, ist es nicht so schlimm. Klebe die Flügel mit Leukoplast an der Haut fest und hänge die Infusion an. Wenn du alles richtig gemacht hast, müsste es in der Kammer im Schlauch langsam tropfen. Wenn es aufhört, bewege die Nadel ein bisschen. Hänge heute zwei Flaschen an. Den Rest über Nacht und morgen. Übrigens auf die offenen Stellen an der Haut bringe Baneocin-Salbe auf. Etwas anderes habe ich nicht im Haus. Aber es ist genug da und es wird helfen. Viel Glück."

„Danke Klaus. Du bist mein Retter."

„Rutsch mir den Buckel runter." Nach einer Pause: "Ruf mich bald wieder an. Mach's gut."

Josef hatte ein Arbeitsprogramm vor sich, das für ihn Neuland war.

Mit seinen Aufzeichnungen in der Hand führte er eine Anweisung nach der anderen Schritt für Schritt aus.

Es war schon nicht so leicht, das Mädchen auf die Folie zu legen. Aber vorsichtig gelang es ihm, ohne Schmerzen zuzufügen. Jedenfalls jammerte es nicht. Behutsam trug er die Salbe auf.

Der Sonnenschirmständer musste mit Wasser gefüllt werden und bald hatte er, wie ihm angewiesen worden war, einen geeigneten Infusionsständer im Schlafzimmer.

Dann bereitete er die Infusion vor und schließlich nahm er allen Mut zusammen und legte die Nadel unter die Haut. Es klappte. Regelmäßig fielen die Tropfen in das kleine Tropfgefäß im Infusionsschlauch und die aufsteigenden Luftperlen in der Flasche bewiesen das Schwinden der Flüssigkeit.

Jetzt würde es mit seiner Patientin bergauf gehen. Josef war vom Erfolg seiner Maßnahme überzeugt.

Aus dem Bad holte er einen Tiegel Hautsalbe. Irgendein weiblicher Hausbewohner musste ihn zurückgelassen haben. Wahrscheinlich Klaus Frau Inge.

Josef setzte sich an den Bettrand und salbte die unverletzten Hautregionen des Mädchens ein.

Zentimeter für Zentimeter. Zärtlich strich er mit fettigen Fingern über ihre dunkle, sonnengepeinigte Haut. Ein zarter, schlanker Körper. Er betrachtete ihr Gesicht. Sie war eingeschlafen. So eine gerade, kleine Nase war seines Wissens selten bei schwarzen Mädchen. Volle sinnliche Lippen, lange Wimpern und gezupfte Augenbrauen fielen ihm auf. Sie musste einmal einen sehr gepflegten Eindruck gemacht haben. Jetzt waren die Lippen an einigen Stellen aufgerissen und die Augen ein wenig verschwollen.

Vorsichtig fettete er ihre Lippen und die gerade Stirne. Morgen würde er ihre Haare ausbürsten.

Es war im Zimmer warm. Daher musste er sie nicht zudecken, was für die Blasen an ihrem Bauch von Vorteil war. Jetzt erst empfand Josef ihre Weiblichkeit: die festen halbkugeligen Brüste, die zarten Flocken auf ihrer Scham.

„Du bist ein hübsches Mädchen. Wenn ich dich gesund gepflegt habe, wirst du eine Schönheit sein."

Lange blieb Josef am Bettrand sitzen und betrachtete sie im Schlaf.

Dann ging er in die Küche und dachte an seine eigene Versorgung. Aus dem Kühlschrank holte er Käse und Wurst hervor. Brot war von vorgestern noch da, aber er hatte Hunger. Da schmeckt alles. Eine Flasche Bier wurde geöffnet und so setzte er sich mit seiner Verpflegung auf die Terrasse und gab seinem Körper einiges von der Energie, die er in den letzten Stunden verarbeitet hatte, wieder zurück.

Im Halbschatten überraschte ihn dann ein Schläfchen und als er wieder seine Augen aufschlug, lag er in der prallen Nachmittagssonne.

Er sprang auf und hastete ins Schlafzimmer.

Sie hatte die Augen offen und als er eintrat lächelte sie ihn an.

„Es scheint dir besser zu gehen. Wenn ich dich nur fragen könnte.

Ich wäre ja schon froh, wenn ich wüsste, wie du heißt." Josef war es mittlerweile gewöhnt, mit sich selbst zu sprechen.

„Anna."

Josef zuckte zusammen. Er hatte das Mädchen gar nicht angesehen, als er vor sich hingeredet hatte.

„Wie?"

„Anna."

Sie sprach mit ihm. Sie hatte ihn verstanden. Eine Schwarze. Eine Schwarze, die er aus dem Meer gefischt hatte. Die er in Griechenland aus dem Meer gefischt hatte! Sie verstand Deutsch und antwortete ihm!

„Du sprichst Deutsch?"

Es kam keine Antwort. Das Mädchen war wieder eingeschlafen. Vielleicht hatte er es sich eingebildet. Sie wird irgendeinen Laut ausgestoßen haben und er hatte es für „Anna" gehalten.

Josef hatte ein weiteres Problem. Er musste einkaufen. Er hatte fast nichts mehr zum Essen im Haus. Er war sicher, dass seine Patientin bald mit einem Bärenhunger aufwachen würde. Auch wenn sie nicht alles vertragen würde, er musste frische Lebensmittel kaufen.

Josef zog seine Jean an und streifte ein Hemd über. Was tat er mit dem Mädchen? Das letzte Mal, als er sie alleine gelassen hatte, war sie aufgestanden und zusammengebrochen. Er nahm zwei Mullbinden und band ihre Füße an die Bettbeine. Sie wachte nicht auf. So lag sie flach am Rücken auf der Folie. Die Infusion tropfte noch langsam. Die Flasche war fast leer. Josef wechselte zur nächsten, indem er einfach den Schlauch umsteckte.

Mehr konnte er jetzt nicht für sie tun.

Er steckte sein Geld ein und ließ die Haustüre hinter sich ins Schloss fallen.

Sein Fahrrad stand noch beim Restaurant „Helena" am Parkplatz. Also ging er zu Fuß.

Auf der Küstenstraße war er nach einer Viertelstunde im Ort.

Hinter der Kirche war der Supermarkt.

Käse – Ziege und Kuh –, Tomaten, Joghurt – für das Mädchen – drei Bierflaschen, Oliven, Gurken, Trauben, Milch – für das Mädchen – Salzgebäck – für das Mädchen – und zwölf Spießchen Souvlaki. Als er den Supermarkt verließ, hatte er drei große Plastiksäcke zu schleppen und Bedenken, dass sie reißen könnten. Er ging nicht auf der Dorfstraße, sondern entschied sich für die hintere Nebenstraße, die parallel dazu auch in Richtung Restaurant „Helena" führte.

Auf den letzten Metern zum Restaurant stieg die Straße an und brachte ihn ins Schwitzen. Er stellte die Säcke neben sein Fahrrad und setzte sich an einen der vorderen Tische auf der Terrasse des Restaurants.

„Hallo Josef."

Elias kam zum Tisch.

„Bist du gestern ausgefallen? Ich habe gehört, dass du mit Baneotti eine längere Diskussion hattest. Er ist gestern den ganzen Tag nicht aus dem Bett gekommen."

„Keine Spur. Ich habe eine längere Paddeltour unternommen."

Mehr wollte er davon nicht erzählen.

„Es ist spät geworden, vorletzte Nacht. Baneotti hat viel verloren."

„Wer nicht? Es ist die Spitze eines Eisberges. In Griechenland haben wir vielleicht wirklich besonders übertrieben. Da haben Beamte noch Pensionen bekommen, die schon zwei Jahre tot waren."

„Ist nicht in Ordnung. Dass bei uns in Österreich aber Beamte mit 50 Jahren in Pension geschickt werden, ist genauso wahnsinnig und kostet den Staat auch Unsummen."

„Unsere Gesellschaft lebt nur mehr vom und für den Konsum. Wir werden eines Tages die Rechnung bezahlen. Die großen Verlierer sind alle jene, die ehrlich versteuertes Geld korrekt angelegt haben. Mit der Hoffnung auf Pensionsaufbesserung und ein vernünftiges Erbe für ihre Nachkommen. Es kann ja kein Vergehen sein, für sich und die Kinder zu sparen. Letztlich wird der Kaufkraftverlust, die schleichende Inflation, diese braven Anstrengungen zunichte machen. Glück hat, wer – wie unsere Staaten – Schulden hat. Die werden von der Inflation gefressen. Darum wird sich auch keine Regierung bemühen, die Inflation niedrig zu halten. Ein gutes Beispiel ist der Benzinpreis. Der Euro steht am Geldmarkt gut. Das Öl müsste billiger sein. Aber die Mineralölsteuer hilft dem Staat bei seinen Einnahmen.

Die ganze Politik wird von Wirtschaftslobbys dirigiert. Geld regiert uns und ist der einzige Gradmesser der Regierungsleistung.

Menschen wollen einen anderen Sinn fürs Leben, als Geld zu machen.

Die Konsumgesellschaft hat die Menschen verändert."

„Du hast völlig Recht. Geld und Karrieresucht haben die Frauen in die Wirtschaft getrieben. Die Triebfeder für die Emanzipation war es sicher nicht, dass die Frauen endlich alleine den Mantel anziehen, sich selbst die Türe aufmachen und im Restaurant bezahlen wollen. Geld ist der Kernpunkt.

Und Geld bringt Unzufriedenheit und Neid.

Der Mensch braucht nicht viel. Er braucht nur mehr als sein Nachbar. Das ist ein Urprinzip. Das ist das Röhren des Menschen. Sag einmal. Bekomme ich bei dir auch etwas zu trinken? Nur weil wir bei den Urbedürfnissen sind."

„Selbstverständlich. Entschuldige. Gleich."

Lachend ging Elias zur Kühltruhe und kam mit einem kalten Bier zurück.

„Ouzo wirst du ja ein paar Tage keinen wollen", grinste er.

„Morgen vielleicht."

„Okay. Schönen Abend noch. Ich habe zu tun."

Josef ließ das Panorama von Finikounda auf sich einwirken. Die Abendsonne spiegelte sich zwischen den Booten im Hafen. Ein Fischer hatte sein Schiff mit einem Traktor über den Sand an Land gezogen und erneuerte die Farbe und den Unteranstrich am Kiel.

Noch waren die Urlauber am Strand und der Ort lag geduldig und erwartungsvoll da, um den nächtlichen Ansturm der Touristen zu ertragen. Ein paar Kinder badeten quietschend und kreischend vor dem Restaurant „Tulla".

Ein riesiger Katamaran strich an der Hafeneinfahrt seine Segel und entschloss sich außerhalb des Hafens an der Mole anzulegen. Ein geübter Skipper ließ weit genug vor der Kaimauer den Anker fallen, um das Schiff kontrolliert bis zur Mauer weiterzufahren, damit er gerade in Gangway-Länge die Leinen legen konnte.

Josef trank sein Bier aus und dachte an seine Patientin. Zu lange wollte er sie nicht alleine lassen.

Er verstaute die Plastiksäcke in den Fahrradkörben und konnte die ersten Meter vom Restaurant bis zur Dorfstraße hinunterrollen.

Langsam trafen die Urlauber ein. Der Appetit auf eine griechische Mahlzeit trieb sie zu den Restaurants. Mädchen in superkurzen Röcken und knappen Oberteilen waren so zahlreich, dass sie nicht mehr auffielen. Viele junge Männer schoben ihre Bier – und Pommes frites – Bäuche vor sich her und Kinder machten die Straße mit wilden Fahrradjagden zwischen den Menschen unsicher.

Am Ende der Hauptstraße hielt Josef kurz an und besorgte eine Kronenzeitung von gestern. Die Heutige würde erst morgen Früh kommen.

„Ab neun Uhr!", wiederholte der Händler zornig mehrmals, wenn man wagte, ungeduldig auf die Neuigkeiten wartend, schon um halb neun nach der Zeitung zu fragen.

Dann radelte er nach Hause. Bis zum Camping „Amos" war die Straße fast eben. Nach dem Rechtsabbiegen auf die Camaria-Landstraße folgten einige Schlaglöcher. Klaus hatte sich vor drei Jahren dort blutige Knie geholt, als er einige Ouzo im Blut nach Hause strampelte.

Dann hieß es wieder den Hügel hinaufschieben. Mit dem reichlichen Einkauf auf dem Fahrrad artete das in Anstrengung aus.

Aber die Spannung wuchs mit jedem Schritt.

In welchem Zustand würde er das Mädchen antreffen?

Es war noch hell, als er vor dem Haus stand und die Türe aufsperrte.

Sie lag in gleicher Position auf dem Bett. Ihre Augen waren offen und sie schien den letzten Tropfen der Infusion beim Fall im Tropfgerät zuzusehen.

Als er eintrat wendete sie den Blick und sah ihn an. Kein Ton.

Josef löste ihre Fesseln. Sie waren locker und sie dürfte diese Freiheitsberaubung gar nicht bemerkt haben.

Er ließ die Nadel liegen und wechselte die Flasche noch einmal.

Sie sah ein bisschen frischer aus.

Josef holte aus der Küche einen Jogurtbecher und setzte sich neben sie. Einen halbvollen Löffel führte er zaghaft an ihre Lippen. Zunächst leckte sie vorsichtig. Dann öffnete sie den Mund und schluckte. Sie hatte damit offenbar keine Probleme. Löffel um Löffel fütterte er seine schwarze Patientin. Zu hastig war ihr Essen. Es zeigte sich durch ein lautes Rülpsen, das sie selbst erschreckte. Josef lachte schallend. Sie sah ihn unsicher an. Aus seinem Einkauf brachte er noch das Salzgebäck zum Vorschein.

Das hatte er in einem Erste-Hilfe-Kurs gelernt. Wasserverlust geht meist mit Salzverlust Hand in Hand.

Sie war auch bereit, einige kleine Salzstangen zu knabbern. Zuletzt versuchte er die Milch.

Er setzte sich an das Kopfende des Bettes und unterstützte behutsam ihren Nacken. Ein paar Schlucke nahm sie zu sich, dann schüttelte sie den Kopf.

Sie war müde geworden. Das Essen hatte sie sichtlich angestrengt.

Josef trug die Reste in die Küche, packte die Plastiksäcke aus und füllte den Kühlschrank.

Anschließend gönnte er sich ein Glas Mineralwasser. Er hatte keinen Hunger.

Als er ins Schlafzimmer zurückkam, erwartete sie ihn wieder mit offenen Augen. Sie beobachtete jede seiner Bewegungen.

Josef setzte sich wieder neben sie und begann sie einzusalben. Langsam verwöhnte er jeden Zentimeter ihrer Oberfläche. Er hatte das Gefühl, dass die Haut wieder mehr Spannung bekam und die Blasen zurückgingen. Dort, wo sie aufgeplatzt waren, trug er die Heilsalbe auf.

Dann schob er sie mitsamt der Folie etwas zur Seite und legte sich neben sie. Es war die zweite Nacht, die sie miteinander verbrachten.

„Es geht aufwärts, Mädchen", brummte er.

Es musste mitten in der Nacht gewesen sein, als er plötzlich aufwachte. Etwas hatte ihn geweckt.

Das Mädchen war sehr unruhig. Sie stieß ihn an und drängte ihn, als wollte sie ihn auf etwas aufmerksam machen. Dann richtete sie sich schwach auf.

Sie wollte aufstehen.

Dann verstand er. Sie musste auf die Toilette.

Er hätte eine Schüssel bringen können. Es war eine Waschschüssel da.

Aber als er aufgestanden war, wollte sie ebenfalls auf. Rasch drehte er die Infusion zu und zog die Nadel aus ihr heraus. Es blutete so gut wie gar nicht.

Vorsichtig half er ihr. Er führte sie von vorne unter ihre Arme greifend. Sie kamen nur bis zur Badezimmertüre, obwohl die schon gegenüber des Schlafzimmers war.

Dann war es zu spät. Alles rann aus ihr heraus. Sie schrie kurz auf, dann stützte sie sich auf ihn.

Josef war nicht so schnell aus der Ruhe zu bringen. Er griff nach hinten und holte mit einer Hand einen Klappsessel aus dem Schlafzimmer, der dort immer um die Ecke stand, und ließ sie dort festhalten.

Er schob sich neben ihr ins Bad und wusch sie von hinten mit einem Schwamm. Nach einigen Minuten war der Schaden behoben.

„Nicht so schlimm, Mädchen. Du kannst ja nichts dafür. Jetzt wissen wir wenigstens, dass bei dir alles funktioniert. Den Durchfall werden wir auch noch in den Griff bekommen."

Im Rückwärtsgang suchten sie wieder das Bett auf.

Die Patientin war von ihrem Ausflug sichtlich erschöpft. Sie war auch beunruhigt. Seit ihrer Kindheit hatte sie wahrscheinlich kein Mensch mehr putzen müssen.

„Beruhige dich. Das hat mir nichts ausgemacht. Ich werde dir eine Zeit lang helfen müssen. An das musst du dich gewöhnen. Wie immer du heißt."

„Anna."

Wieder dieses „Anna". Ob sie ihn wirklich verstand. War das ihr Name?

Es war heiß im Schlafzimmer. Josef hatte absichtlich die Türe geschlossen gehalten. Aber sie zitterte. Das war keine Kälte. Das waren die Nerven.

Der Boden musste noch gewischt werden. Es war ihm selbstverständlich.

Josef legte sich neben sie und streichelte die dunkle Haut. Sie beruhigte sich und wer konnte sagen, welcher von den Beiden als Erster einschlief.

Josef erwachte schweißgebadet.

Das Mädchen schlief noch. Er stand auf und öffnete die Terrassentüre. Frische Morgenluft zog in den Raum.

Josef holte eine frische Nadel, desinfizierte den anderen Oberschenkel und schloss die Infusion wieder an.

Sie schlief weiter.

Er zog sich an und bevor er sich anschickte das Haus zu verlassen, band er sie wieder am Bett an. Er wollte keine Überraschungen erleben.

Leise schlich er zur Tür hinaus und schwang sich auf sein Fahrrad.

Es war nicht weit bis zum Geschäft vor den Dünen. Er kaufte frisches Gebäck und schon radelte er wieder zurück.

Als er wieder ins Schlafzimmer kam, hatte er das Gefühl, dass etwas anders war. Das Mädchen lag mit geschlossenen Augen auf dem Bett. Angebunden, wie er sie verlassen hatte. Die Infusion tropfte. Die Badezimmertür war offen!! Er hatte sie sicher verschlossen, damit kein Luftzug entstehen konnte.

Sie war am WC gewesen. Sie musste die Fesseln abgestreift und die Infusion mitgenommen haben. Er löste die Knoten, ging in die Küche und bereitete ein kleines Frühstück vor, das er auf einem Teewagen in das Schlafzimmer schob. Sie hatte ihn täuschen wollen. Sie wollte ihren Ausflug ins Bad verheimlichen. Vielleicht dachte sie, er wollte nicht, dass sie aufstand.

Durch das Klappern und Scheppern des Geschirrs wurde sie neugierig und öffnete die Augen.

„Na und wie geht es uns heute?", fragte Josef mehr sich als seine Patientin.

„Danke gut."

Also doch. Sie verstand ihn und sie sprach Deutsch.

„Du verstehst mich?"

„Ja."

„Du sprichst Deutsch?"

„Ein wenig."

„Warum?"

„Meine Oma war Deutsche. Und ich habe es in der Schule gelernt."

„Heißt du Anna?"

„Ja."

„Du warst auf?"

Sie wurde verlegen.

„Ja. Bist du böse? Ich wollte nicht schlimm sein. Du wolltest nicht, dass ich aufstehe."

„Ich bin nicht böse. Aber du sollst dich noch schonen. Ich bin glücklich, dass es dir so gut geht."

Er stellte den Teewagen neben ihr Bett und zog einen Sessel hinzu. So konnte er bei ihr frühstücken und auch für sie etwas vorbereiten.

Weißbrot ohne Kruste mit Margarine konnte ihr nicht schaden. Ein Glas Milch und einen Becher Jogurt hatte er mitgebracht.

Sie aß mit Appetit. In kleinen Mengen fütterte er sie. Er hatte noch gar nicht damit angefangen, selbst etwas zu essen, da schlief sie schon wieder ein. Sie war doch noch sehr schwach.

Josef beendete sein Frühstück und räumte alles wieder in die Küche. Nachdem er mit seiner Hausarbeit fertig war, widmete er sich seiner Patientin.

Die Blasen waren im Abheilen. Ihre Haut wurde immer glatter. Die Lippen waren verheilt. Josef machte sich mit der Salbe an die Arbeit.

Anna wachte nicht auf und als er fertig war, setzte er sich vor der Schlafzimmertüre auf den Liegestuhl und sog die morgendliche Ruhe in sich hinein.

Also Anna. Wie bekommt man als schwarzes Mädchen eine deutsche Oma? Wo kam sie her? Warum war sie als Schiffbrüchige angetrieben worden?

Viele Fragen rankten sich um das Mädchen. Geheimnisvolle Schwarze. Schöne Schwarze. Wie alt mochte sie sein?

Josef musste Geduld haben. Jetzt hatte er die Gewissheit, bald alles zu erfahren. Sie sprach Deutsch. Das war das Absurdeste und Unerwartete schlechthin.

Er döste vor sich hin und war nicht sicher, ob er selbst eingeschlafen war, als er sie hörte.

„Hallo."

Sie rief ihn. Sie wachte auf und rief ihn auf Deutsch.

„Ich komme."

„Bitte trinken."

Die Infusion war leer und er zog die Nadel aus ihrem Oberschenkel. Sie trank in langen Zügen ein Glas Wasser.

„Dreh dich um." Er wollte ihren Rücken sehen.

Die offenen Stellen klebten an der Goldfolie nicht fest. Er zog die Folie unter ihr weg und half ihr dabei sich ganz umzudrehen.

Nun salbte er ihren Rücken vorsichtig ein. Mit den Schultern begann er und mit dem Hinterteil beendete er sein Werk. Mit den Pobacken beschäftigte er sich ein bisschen länger, als notwendig gewesen wäre.

Schließlich ertappte er sich dabei, dass er mehr tat, als sie zu behandeln. Er streichelte sie. Zärtlich zeichnete er die Konturen ihres Körpers mit den Fingerspitzen nach. Sie ließ es geschehen und nach einigen Minuten drehte sie ihr Gesicht auf seine Seite und lächelte ihn an.

„Geht es dir so gut, Anna?"

„Du bist so gut zu mir."

Er holte eine neue Goldfolie und breitete sie neben ihr aus, sodass er diese bei der Köperwende unter ihr durchziehen konnte.

„Liegst du angenehm? Hast du Schmerzen? Willst du eine Decke?"

„Danke. Es ist in Ordnung. Es ist sehr warm."

Er tastete anfangs zaghaft, dann zielstrebiger ihren nackten Körper ab. Seine kühle Hand lag auf ihren heißen Wangen. Seine Fingerspitzen schlossen ihre Augenlider. Leicht tanzten seine Zeigefinger auf ihren Brüsten herum und spielten mit ihren Brustwarzen. Welch einen festen, muskulösen Bauch fanden sie! Mit dem Handrücken reizte er ihre Oberschenkel und schließlich blieb seine Rechte auf ihrer Scham liegen.

So blieb er lange neben ihr. Sie sah ihn mit ruhigem Blick ins Gesicht und forschte in seinen Augen. Er hielt ihr Stand, weil keine Hintergedanken und Falschheiten in seinem Kopf waren. Nur Sorge und Anteilnahme für dieses junge, frische Geschöpf. Vielleicht gepaart mit einer prickelnden Faszination für diese erblühende Weiblichkeit. Die natürliche Exotik die mit der Selbstverständlichkeit, in der sie nackt vor ihm lag, vereint war, zeigte ihm eine junge Frau von einer neuen Art.

Hatte er bis jetzt das Bewusstsein gehabt, dass dieses Mädchen, das er geborgen hatte, zu einem bestimmten Maße sein Besitz war, so hatte er nun das Gefühl, dass dieses Kleinod zu wertvoll für ihn war.

Sie würde gesund werden. Nicht nur das. Sie würde neu erblühen und zumindest eine Zeit bei ihm sein. Dankbarkeit und Glück übermannten ihn.

Und als er sich aufsetzte und seine Hände wieder unter Kontrolle hatte, waren seine Augen feucht.

„Es wird alles wieder gut, Anna."

Bevor er aufstand, küsste er sie wie väterlich auf die Lippen und wand sich daraufhin ab. Sie sollte seine innere Bewegung nicht merken.

„Hallo."

Als er sich umdrehte, hielt sie ihm die rechte Hand hin. Er ergriff sie und sie zog ihn zu sich.

„Ich heiße Josef."

„Josef." Sie wiederholte seinen Namen langsam.

„Josef. Mein Retter. Bin ich eine Belastung für dich?"

„Du bist für mich eine Aufgabe, über die ich glücklich bin. Ich bin froh, dass du da bist. Das Schicksal hat dich zu mir gebracht. Mit einer großen Welle.

Du kannst hier bleiben. So lange du willst. Wo bist du her?"

„Ich bin aus Libyen. Ich bin mit meinem Bruder in einer großen Sportjacht geflohen."

„Vor wem?"

„Vor allen. Vor den Rebellen. Vor Gaddafi. Und vor der NATO. Vor allem vor der NATO."

„Warum. Wenn du stark genug bist, musst du mir deine Geschichte erzählen."

„Meine Oma war Deutsche. Sie war Krankenschwester in dem deutschen Afrikakorps unter Rommel. Sie lernte durch Zufall meinen Großvater kennen und lieben. Einen Tuareg. Sie flohen gemeinsam. Vor den Deutschen und vor den Engländern. Sie lebten in der Wüste. Nach dem Krieg führte er meine Oma öfter nach Tripolis. Sie wollte unter Menschen sein und Opa verstand das. Aber immer wieder zog es sie in die Wüste hinaus. Sie liebten die unendliche Freiheit. Als Gaddafi 1969 begann, die Macht an sich zu reißen und Libyen moderner wurde, zog es Oma in die Nähe der Stadt. Es sprach sich herum, dass da eine Deutsche war, die in Libyen verwurzelt war. Man beschäftigte sie oft als Dolmetscherin. Da war meine Mutter schon vier Jahre alt und sie wurde immer mitgenommen. Sie wuchs in der Stadt auf und hatte häufigen Kontakt zu den führenden Familien. Meine Mutter lernte fließend

Englisch und als sie mit achtzehn meinen Vater heiratete, wunderte sich niemand, dass sie sich einen amerikanischen Schwarzen ausgesucht hatte, der in Gaddafis Armee diente. Da war sie zu meinem Bruder schon

schwanger und ich folgte ein Jahr später. 1992. Meine Eltern kamen bei einem Verkehrsunfall ums Leben, als wir noch sehr klein waren. So blieben wir bei unserer Oma. Sie lebte zu dieser Zeit in der Innenstadt von Tripolis in der Nähe des Palastes und dort waren wir gerne gesehen. Gaddafi wollte, dass seine Kinder und Enkelkinder Fremdsprachen beherrschten und wir hatten Englisch von den Eltern und Deutsch von unserer Oma gelernt. Opa besuchte uns oft und bald blieb er immer in der Stadt, weil er für die Wüste zu alt wurde.

Dann kam die Revolution. Die Amerikaner waren plötzlich gegen uns. Gaddafi war ihnen zu mächtig geworden. Wir hatten von krassen Fehlern seiner Regierung gehört. Er hatte Menschen foltern und verurteilen lassen, selbst wenn sie nicht offen gegen ihn waren. Er ließ alle bespitzeln. Solange er aber für die Amerikaner von Nutzen war, sahen sie weg. Als in Tunesien und Ägypten das Volk nach mehr Demokratie schrie, nützten sie die Gelegenheit und schleusten Agenten in die Reihen der Revolutionsbereiten ein. Ehemalige Verbündete und Partner waren mit einem Mal Feinde Gaddafis. Vielleicht wollten die Amerikaner einen sanften Islam in einer Demokratie unterstützen und damit die Radikalisierung der islamischen Revolution unterlaufen.

Wie immer. Es gab Bürgerkrieg. Gaddafi glaubte nicht an die Einbuße seiner Macht. Es war uns auch als Spielgefährten und später als Besucher im Palast, die wir mit Politik nichts zu tun hatten, aufgefallen, dass er immer verrückter wurde. Wegen Kleinigkeiten schrie er und drehte völlig durch. Nach einigen Wochen war er meiner Meinung nach sogar bereit zu verhandeln. Natürlich nach seiner Art. Das hieß, dass er mit fürchterlichen Drohgebärden Muskeln zeigte.

Aber da schlugen die Amerikaner zu. Und die NATO. Vor der Welt wollte er nicht klein beigeben. Er wurde immer brutaler und steigerte sich in einen absurden Siegesrausch."

„Aber was war mit dir? Warum bist du hier?"

„Mein Bruder und ich entschlossen uns zu fliehen. Er durfte oft ein Boot des Klans benützen. Es war ganz einfach. Damit wir nicht auffielen, nahmen wir fast kein Gepäck mit. Ein wenig Kleidung, Geld und unsere Ausweise. Wir gingen vor bis zur Sharia Omar al-Mukhtar und suchten uns ein Taxi bis zum Hafen. In der Sharia al Fatih stiegen wir aus und bummelten zur Jacht. Ein Schiff mit fünfzehn Meter Länge. Wir kannten es gut. Es war sehr schnell. Die Hafenwache grüßte uns freundlich.

Wir legten ab und verließen die Marina, ohne dass jemand Verdacht schöpfte. Dann gab Jusef, mein Bruder, Vollgas.

Wir jagten, so schnell es ging, nicht weit von der Küste entfernt nach Misrata, einem Küstenort an der großen Syrte. Die Armee hatte diese Gegend unter Kontrolle. Das wussten wir.

Das Meer war ganz ruhig. Nach drei Stunden waren wir dort.

Mein Bruder kannte die Leute am Hafen. Wir kauften Diesel, soviel wir bekommen konnten. Die ganze Kabine füllten wir mit Benzinkanistern voll.

Dann hielten wir uns nicht lange auf und brausten davon. Die Leute wunderten sich. Aber wir sagten, wir würden über das offene Meer zurück nach Tripolis fahren und dass wir den Feind nicht fürchteten.

Eigentlich wollten wir nach Kreta. Dort wohnten Freunde von uns. Der Seeweg war zirka siebenhundert Kilometer lang. Wir rechneten mit höchstens vierzehn Stunden. Das Boot war gut und schnell. Der Diesel war unser einziger Ballast. Wir hatten sonst keine Mannschaft. Das sparte Gewicht.

Wir machten wahrscheinlich einen dummen Fehler: Unser Boot lief unter der weithin sichtbaren Libyschen Fahne.

Wir waren schneller als geplant und sahen uns in einer friedlichen Zukunft.

In den Abendstunden geschah es.

Alles ging fürchterlich schnell.

Mein Bruder schrie:

„Ein NATO-Jäger."

Dann hörte ich auch das Orgeln des Düsenjägers.

Aber wir konnten nichts tun. Wir konnten uns hinlegen oder verstecken. Es war sinnlos. Genauso hätten wir winken können.

Bevor wir irgendetwas hätten tun können, hatte er die Rakete schon abgeschossen. Vielleicht tat es ihm im letzten Moment sogar leid. Er mag gesehen haben, dass wir nur zwei junge Leute ohne Waffen an Bord waren, wie er über uns hinweggepfiffen ist. Aber die Rakete steuerte uns an.

Mein Bruder griff mit einer Hand nach einer Rettungsinsel und mit der anderen warf er mich über Bord.

Dann gab es eine fürchterliche Explosion.

Wir waren in einem Feuerball. Die Wucht des Luftdruckes schleuderte uns viele Meter übers Meer und tauchte uns dann unter Wasser.

Mir wurde dunkel vor Augen.

Als ich wieder zu mir kam, hielt mein Bruder meinen Kopf über Wasser und drückte mich gegen eine Rettungsinsel.

Er half mir, auf das Floss zu klettern und schob mich dann schwimmend vor sich her.

Von unserem Boot trieben einige Trümmer neben uns her.

Ich schrie und schrie. Ich hatte fürchterliche Todesangst. Gemeinsam saßen wir dann auf dem Floss und mein Bruder rechnete sich gute Überlebenschancen aus, weil wir bereits auf der Höhe von Kreta waren und der aufkommende Westwind uns in diese Richtung schickte.

Außerdem hatte die Rettungsinsel einen Notruffunk und Leuchtraketen. Er war sicher, dass ein Boot ankommen würde.

Wir hatten kein Boot, kein Geld und keine Papiere mehr. Nur mehr das nackte Leben."

„Aber – wo ist dein Bruder hingekommen?"

„Das war erst der Anfang. Es sollte ja noch viel schlimmer kommen.

Wir trieben die ganze Nacht dahin. Das Meer war ruhig und wir hatten auf der Rettungsinsel auch Wasser und Schokolade. Aber es war kalt. Bevor uns die Rakete traf, waren wir an Deck in der Abendsonne gelegen. Wir hatten beide nicht viel an. Mein Bruder war in der Badehose und ich im Bikini. Wir zitterten die ganze Nacht.

Die Morgensonne wärmte uns wieder und wir waren überzeugt davon, dass ein Schiff vorbeikommen würde.

Am Nachmittag kam Wind auf. Die Wellen wurden stärker. Aber nicht bedrohlich. Langgezogene, ungefährliche Dünung.

Dann sahen wir das Schiff. Es musste ein Fischerboot gewesen sein. Ich schätze, dass es einen Kilometer weit weg war. Mein Bruder schoss die

Leuchtrakete ab. Der Wind trieb sie zwar in eine andere Richtung, aber sie musste gut zu sehen gewesen sein. Wir warteten und beobachteten gespannt das Boot. Es änderte den Kurs nicht. Mein Bruder war verzweifelt. Er meinte, dass es unmöglich wäre, uns zu übersehen. Aber ich denke, die Wellen haben uns immer wieder verdeckt. Jusef brach die Antenne des Funkgerätes ab und verlangte meinen Bikini. Er war knallrot. Folgsam zog ich mich aus. Er knöpfte mein Höschen und das Oberteil an die Antenne und schwang sie wie eine Fahne. Sinnloserweise schrie er und sprang herum. Dabei sprang er unglücklich auf und stürzte. Er fiel neben dem Floss ins Wasser und schlug mit dem Nacken am Rand der Rettungsinsel auf. Er versank ohne ein Wort. Ich sprang sofort nach und versuchte ihn zu fassen. Im Dunkel der Tiefe konnte ich ihn versinken sehen.

Als ich auftauchte, war das Floss mindestens zehn Meter abgetrieben. In Panik schwamm ich ihm nach. Zug um Zug kämpfte ich mich näher. Endlich konnte ich die Leine fassen. Ich hätte keinen Meter mehr schwimmen können.

Mein Bruder war ertrunken. Ich habe ihn so geliebt. Wir waren immer beisammen gewesen. Mit ihm hätte ich mir eine Zukunft im Ausland vorstellen können. Jetzt war ich allein. Das Fischerboot war weg. Ich war nackt. Das Funkgerät war unbrauchbar.

Was mir geblieben war, bestand aus einer halben Tafel Schokolade und einer Flasche Wasser. Ich war verzweifelt. Und ich war restlos entkräftet.

Wahrscheinlich war es klug von mir, dass ich die Schokolade sofort aufgegessen habe. Auch dem Wasser konnte ich nicht widerstehen. Dann ging es mir wenigstens körperlich besser.

Ich saß auf dem Floss und weinte. Um mich herum war nur Meer und ich hatte nicht einmal eine Ahnung, wie weit ich von der nächsten Küste entfernt war, oder in welcher Richtung die lag.

Es wurde Nacht und ich fror noch mehr. Meine Nerven waren angespannt und ich war völlig nackt.

Dann brach der Sturm los. Ich lief Gefahr, von der Rettungsinsel gespült zu werden. Die Wellen schlugen manchmal über mich hinweg. Ich fesselte mich mit der Rettungsleine ans Floss.

Das Meer war überall. Über, unter und in mir. Irgendwann verlor ich das Bewusstsein."

„Du musst lange von Wind und Wellen über das Meer getrieben worden sein, bevor ich dich gefunden habe."

Anna weinte. Der Bericht hatte alle Erinnerungen wieder wachgerufen. Teilweise hatte sie stockend erzählt.

Josef war froh, das Meiste von ihr zu wissen, aber er machte sich Sorgen:

Hoffentlich war das lange Sprechen nicht zu anstrengend für sie. Eine Belastung für Körper und Seele.

„Jetzt bist du in Sicherheit. Du bist bei mir. Alles beginnt von Neuem."

Sie hatte die Augen geschlossen. Aber immer noch hielt sie seine Hand ganz fest.

Anna, Anna was musstest du erleben. Du wurdest zum Spielball von Krieg und Elementen.

Eine Träne quoll aus ihrem rechten Auge. Josef beugte sich vor und küsste sie weg.

Immer mehr nahm er an ihrem Leben Anteil. Es wurde zum Wichtigsten für ihn.

Er würde für sie da sein. Sie war neunzehn Jahre alt. Sie konnte seine Tochter sein. Aber mit einem Mal waren ihre Schicksale auf einer Ebene.

Sie legte seine Hand auf ihre rechte Brust und umfasste ihn mit ihrer Rechten um seine Taille.

„Bleib hier bei mir."

Josef sagte nichts. Er würde immer bei ihr bleiben, wenn es ihr Wunsch war.

So vergingen einige Tage. Er salbte sie täglich zweimal ein. Man konnte einen Menschen nicht näher kennen, als er Anna erlebte. Ruhig widmete er sich jedem Zentimeter ihrer Haut und freute sich über den laufenden Fortschritt der Heilung.

Nach einer Woche wäre es gar nicht mehr notwendig gewesen, sie von Kopf bis Fuß einzuschmieren, aber er liebte diese Prozedur mittlerweile und Anna freute sich seine Berührung zu erleben. Er war ihr so vertraut, dass sie nicht die geringste Scheu oder Hemmung vor ihm hatte. Massierte er die Innenseite ihrer Oberschenkel, so spreizte sie diese so weit wie möglich und war erst zufrieden, wenn er auch bis zu ihren sonst so gehüteten Geheimnissen vorgedrungen war. So konnte es ihm auch nicht verborgen bleiben, ihre Jungfräulichkeit festzustellen und die Verlockung ihres rosigen Innenlebens als Offenbarung zwischen ihren schwarzen Schenkeln zu empfinden.

Sie ist ein Mädchen, gerade kein Kind mehr. Josef – beherrsche dich!

Er bemerkte sehr wohl, wie sie auf seine Berührungen reagierte. Sie wollte seine Nähe. Sie bot sich unmerklich seinen Händen dar. Ihre Brüste wollten seine Aufmerksamkeit und ein leises Zittern, das bis zwischen ihre Beine lief, war die Antwort auf jede seiner Zuwendungen.

Während er sie alleine ließ, um den Einkauf zu erledigen, machte sie sich in der Küche nützlich und deckte den Tisch, um bei seinem Eintreffen wieder auf dem Bett oder einer Sonnenliege fast lockend auf ihn zu warten.

Er hatte sie nackt geborgen und ihre Verletzungen und die griechische Hitze vertrieben jeden Gedanken, diesen Zustand zu verändern. Auch Josef hatte sich angewöhnt in ihrer Nähe keine Scham zu zeigen. Es war ihm ganz natürlich nackt neben ihr zu liegen und auch die übrige Zeit im Haus unverhüllt zu verbringen.

Es war ihre in den Vordergrund tretende Weiblichkeit, ihre Gesundung und ihr gesamtes von einer Patientin zur Partnerin wechselndes Erscheinungsbild, was Josef eines Morgens dazu verleitete, sie bei ihrem Erwachen mit einer korrekten Badehose zu überraschen. Hatte er erwartet, dass sie es nicht bemerken oder wortlos hinnehmen würde, so war er falsch gelegen.

„Was soll denn das? Schämst du dich auf einmal vor mir?"

Lachend hakte sie ihren Mittelfinger in seinen Badehosenbund ein und war nicht gewillt diese Beute wieder freizugeben, bevor sie nicht inhaltslos von ihr durchs Zimmer geschleudert werden konnte.

Josef war verlegen. Fast kam er sich ertappt vor. Prüderie ging eben Hand in Hand mit heimlich zu Verbergendem. Was er zu verstecken hatte, blühte in der rasch gewonnenen Freiheit freudig auf. Sollte ihm seine Natur vor dem Mädchen peinlich sein?

Aber sie erstickte solche Gedanken im Keime. Wie ein übermütiger Junge zog sie ihn zu sich ins Bett und lachend begann sie ihn zu kitzeln und zu necken. Sie forderte seine Gegenwehr heraus und das Schlafzimmer war bald von Stöhnen, Ächzen und Gekicher erfüllt. Wie zwei balgende junge Hunde warfen sie sich umeinander und erst als sie Josef zwischen ihren

Oberschenkeln in den Schwitzkasten nahm, gab er sich geschlagen. Keine Spur von Peinlichkeit, Scham oder Scheu war mehr zwischen ihnen.

Einmal gefangen, gab sie ihn nicht mehr so schnell frei. Sie streichelte sein Haar und zeichnete mit feinfühligen Fingern seine Lippen nach.

Plötzlich warf sie sich herum und legte ihren Mund auf den seinen.

Zunächst wusste er nicht, wie ihm geschah, und verharrte bewegungslos in Erwartung. Als sie aber nicht nachgeben wollte und ihre Zunge beharrlich die seine suchte, hatte sie jeden Widerstand gebrochen und sie trafen sich in einem langen, innigen Kuss.

Nachdem sie gemeinsam unter der Dusche gestanden waren und ein ausgiebiges Frühstück genossen hatten, war ihnen klar, dass sich ihr Verhältnis geändert hatte. Er war nicht mehr der Retter. Sie nicht mehr die Patientin.

Sie waren im Begriff ein Liebespaar zu werden.

Josef war bestrebt, nie einen ersten Schritt zu tun, nie die Initiative zu ergreifen. Er fühlte sich nicht dazu berechtigt. So sehr es ihn drängte, ihr seine Liebe zu zeigen. Umso dankbarer war er für jeden Beweis ihrer Zuneigung und darauf hatte er nie zu warten.

Anna suchte seinen Kontakt. Es war das erste Mal in ihrem Leben, dass sie sich zu einem Mann hingezogen fühlte und sie war sich sicher, dass Josef vom Schicksal nicht nur für ihre Rettung vorgesehen war.

Sie hatte alle Wunden, die ihr die Flucht geschlagen hatte, überwunden. Nur der Verlust ihres Bruders bremste immer wieder ihre ausgelassene Stimmung und die Erinnerung an seinen Tod zeigte sich in heimlichen Tränen, die sie nicht verbarg, weil Josef um ihre Bedeutung wusste.

Bei den Telefonaten mit Klaus konnte er von ihrer Genesung berichten und seine Dankbarkeit für den – wenn auch unwilligen – medizinischen Rat war für den Arzt das schönste Honorar.

Auf die Fragen von Klaus, wie Josef sich die Zukunft des Mädchens vorstellte, wo sie doch ohne Papiere und illegal in Griechenland war, wich er aus. Insgeheim hoffte er auf die Hilfe von Klaus, eine unbürokratische Lösung zu finden.

Seine Liebe zu dem schwarzen Mädchen wuchs von Tag zu Tag. Es war kein körperliches Verlangen, das im Vordergrund stand, sondern tiefe Anteilnahme an ihrem Leben und der große Wunsch, das eigene unter das ihre zu stellen. Ihre natürliche und ehrliche Art machte es ihm einfach, seinen Gefühlen freien Lauf zu lassen und jede ihrer Berührungen mit gleichem Feuer zu beantworten. Es genügte ihnen, sich lange in die Augen zu sehen und die Tiefe ihrer Seelen gegenseitig zu ergründen.

In seinen Träumen war sie ihm noch näher als im Wachen, obwohl sie eng umschlungen die Nächte verbrachten, soweit sie es sich bewusst sein konnten.

In dieser Welt des Schlafens lebte er nur mehr in ihr und schlüpfte in ihre Person und ihr Leben.

So war es für ihn ein nahtloser Übergang vom Traum in den Tag, als er eines Morgens am Rücken liegend erwachte und nicht nur ihren Kopf auf seinem Bauch, sondern auch sein Geschlecht in ihrem Mund fühlte. Er wollte sein Erwachen nicht zeigen. So blieb er regungslos und ohne Bewegung und gab sich ganz der Wonne hin, die ihre streichelnde Zunge an seinem schwellenden Organ erzeugte.

Sie musste um seine Empfindung wissen, weil sie alsbald den Erfolg ihrer Liebkosung genoss. Aber auch danach veränderte sie ihre Position nicht und nach einiger Zeit hatte Josef den Eindruck, sie wäre zufrieden wieder eingeschlafen. So phantastisch war für Josef das Erlebte, dass es ihm schwer fiel, Traumwelt und Wirklichkeit nicht verschwimmen zu lassen.

Erst Stunden später nahmen sie ein Erwachen hin und begrüßten den Tag mit neuen Zärtlichkeiten.

Für Josef war diese Nacht aber von großer Bedeutung. Hatte sie ihm doch die bedingungslose und schrankenlose Liebe Annas gezeigt.

Am diesem Morgen begnügten sie sich mit einem kleinen Frühstück und begannen bald einige Arbeiten um das Haus zu erledigen. Blumen wollten gegossen und Zweige zurückgeschnitten werden.

Oft wanderten die Blicke von Josef zu Anna hinüber, um sie zu bewundern. Garzellenartig war ihre Figur und doch von betörender Weiblichkeit. Lachend wischte sie den Schweiß aus der Stirne und es kam vor, dass sie Josef übermütig mit der flachen Hand auf sein nacktes Hinterteil klatschte.

Schließlich holte Josef für beide ein kaltes Rumcocktailgetränk aus der Bar und sie duschten gemeinsam im Freien, seiften sich gegenseitig ein, um sich anschließend auf der Terrasse liegend die Erfrischung zu gönnen.

So ruhten sie auf einer Doppelluftmatratze und spürten den Wettstreit der Wärme der Vormittagssonne mit jener des Alkohols.

„Anna. Meine geliebte Anna."

Schon lange wollte er diese Worte sagen. Sie lächelte ihn aber nur an und rekelte sich neben ihm in der Sonne, als wollte sie ihn herausfordern und fragen: „Wie sehr liebst du mich?" Aber sie schwieg. In ihren Augen aber war jede Antwort.

Er erhob sich neben ihr auf die Knie und beugte sich vor, um sie zu küssen. Ihre Lippen verlangten zunächst Zärtlichkeit und bald Leidenschaft. Er lenkte seine Zunge aber aus ihrem Mund über ihren Hals zwischen ihre Brüste und als er das Erwachen ihrer Brustspitzen bemerkte, verwöhnte er auch sie mit seinem Mund. Seine streichelnde Hand suchte von ihrem Nabel hinab zwischen ihren gespreizten Beinen die Weichheit ihrer Intimität. Dort fand er eine weitere Bejahung in der Feuchtigkeit der sich öffnenden Lippen.

„Ja, Josef, komm zu mir."

Die Harmonie, mit der er ihre Jungfräulichkeit beendete, war nur ein Weiterklingen der Melodie der Liebe, die sie verband. Da war keine Lust, die gestillt werden musste, und keine Eroberung, die siegen wollte.

Sie waren eins.

Und so verbanden sie sich. Josef kam es vor, wie ein heiliger Akt, wie eine künstlerische Vollendung, als sie gleichzeitig in einer Flut der Liebe hinweggespült wurden. Ein ihm antwortendes Zittern, das ihren jungen Körper schließlich erbeben ließ und sich bei Anna in einem erstaunten Stöhnen entlud, zeigte ihm den Gleichklang ihrer Begierde. Sie bleiben lange miteinander verbunden und sahen sich gegenseitig an. Nicht mehr herausfordernd oder forschend. Sondern ernst und fast feierlich. Er hatte sich in ihr Innerstes vorgewagt und sie hatte ihn begierig in sich eingesogen. Die Harmonie zweier Menschen hatte ihren Höhepunkt erreicht.

An diesem Mittag brauchten sie kein Essen und kein anderes Tun. Dieser Tag war etwas Besonderes. Dieser Tag war nur ihrer Vereinigung gewidmet.

Nach vielen Stunden der Innigkeit zog es sie nochmals unter die Dusche und ohne darüber zu sprechen, waren sie einig, dass Josef nicht alleine in den Ort gehen würde, um die Besorgungen zu erledigen.

Sie waren ein Paar. Sie wollten sich als solches der Welt zeigen.

„Wir essen heute in einem Restaurant."

„Aber ich kann nicht nackt gehen. Ich habe nichts anzuziehen."

Josef musste lachen. Tausende Frauen sagen das jeden Abend. Aber auf keine würde es so wahrheitsgemäß passen, wie auf seine Anna. Er konnte ihr nichts anbieten und hielt es auch für unmöglich, für sie etwas alleine einzukaufen.

„Du nimmst eines meiner Hemden."

Er gab ihr ein weißes, neues Hemd. Sie schlüpfte hinein und sah bezaubernd aus. Ihre schwarze Haut stand im krassen Kontrast zum Weiß des Leinens. Das obere Drittel ihrer Oberschenkel war bedeckt. Es gab kürzere Miniröcke.

Anna war zufrieden.

Sie verschloss die mittleren Knöpfe und fand den entstandenen Ausschnitt und vorderen Mittelschlitz nur aufregend.

Selbst die Sandalen von Josef waren viel zu groß.

„Kannst du Fahrradfahren?"

„Selbstverständlich."

Kurz darauf flitzten die Beiden auf den Rädern den Hügel herunter und kurvten dann auf die Küstenstraße.

Sie stellten die Fahrräder bei der Kirche ab und versperrten sie.

Anna hatte den Ort noch nie gesehen, obwohl sie jetzt schon über zwei Wochen in Finikounda lebte. Nach der langen Zeit der Abgeschiedenheit des Sommerhauses erfüllte sie der Trubel der Touristen mit neuem Temperament.

Obwohl sie nur mit einem Herrenhemd bekleidet war und dieses offenherzig trug, fiel sie nicht wegen ihrer Garderobe, sondern wegen ihrer faszinierenden Erscheinung auf. Erhobenen Hauptes stolzierte sie barfüßig über die Dorfstraße und lächelte jedem freundlich entgegen.

Das erste Geschäft, in das sie Josef zog, war aber nicht geeignet ihre Garderobe zu vervollständigen, sondern ihren Körper zu schmücken. Kunstvoll gefertigte modische Halsbänder und Armreifen erinnerten sie an bessere Zeiten und als sie den Laden wieder verließen, waren ihre Handgelenke und Oberarme geschmückt und eine funkelnde Kette baumelte zwischen ihren Brüsten.

Wer sie aber dann in das einzige Bekleidungsgeschäft von Finikounda hinein- und wieder herauskommen sah, konnte eine deutliche Veränderung an Annas Garderobe bemerken.

Das Herrenhemd war in einem Einkaufssack verschwunden und die schwarze Haut von Anna schimmerte in ihrer Gesamtheit durch ein weißes Spitzenkleid, dem sie Beide nicht widerstehen konnten. Feine Stickereien legten sich im Dekolleté an ihre Brüste und die bis an die Knöchel reichende Länge wurde von zwei seitlichen Schlitzen begleitet, die bis an die Hüften heraufreichten. Das Kleid und die Haltung der Trägerin wurden aber vor allem durch die hochhackigen Sommerschuhe betont, die zeigten, dass Anna es gelernt hatte, auch mit modischem Schuhwerk durch die Straßen zu tänzeln.

Nun war Josef stolz auf seine Partnerin. Im großen Einkaufkorb hatte auch noch eine kurze Hose und ein Leibchen Platz gefunden. Unterwäsche wurde hier nicht verkauft. Dafür gab es andere Ortschaften. Aber Anna meinte, diese sei ohnehin entbehrlich und im Übrigen würde man sie durch den Spitzenstoff hindurchsehen.

Der Schatten ihrer Haut war tatsächlich aufsehenerregender.

So schlenderten sie durch den Ort und fanden sich bald auf der Terrasse des Restaurants „Helena" wieder.

Anna war von dem Ausblick in den Hafen und über die Dächer des alten Fischerdorfes begeistert. Ihre Augen leuchteten und ihre Zähne blitzten, wenn sie gestenreich Vergleiche mit ihrer Heimat zog und Josef mit ihrer Begeisterung mitriss.

„Hier könnte ich mir ein neues Leben vorstellen."

„Mit dir", fügte sie dann leise hinzu und griff über den Tisch nach Josefs Hand.

„Ich könnte dein Vater sein. Meinst du nicht, ich wäre zu alt für dich? Für ein Leben zu zweit? Für eine Zukunft?"

Damit hatte er etwas ausgesprochen, das ihn schon lange drückte.

„Du hast junge Augen. Du hast einen jungen Geist. Das ist es, was zählt. Nicht die Jahre."

Für Josef war diese Sichtweise beruhigend und er war Anna dankbar dafür.

Sie bestellten zuerst zwei Ouzo. Dann Rindfleisch und Griechischen Salat.

Dazu tranken sie den ersten Halbliter Rose'. Als sich Elias zu ihnen setzte, brachte er den zweiten.

„Du hast eine Begleiterin?"

„Elias. Das ist meine Freundin. Eine sehr gute Freundin."

„Vielleicht sogar einmal mehr als eine Freundin", ergänzte Anna und erhielt von Elias ein erstauntes Lächeln.

„Von wo ist sie?"

„Aus dem Meer."

Elias lachte und da er verstand, dass man darüber nicht sprechen wollte, wechselte er das Thema.

„Sie haben ein wunderschönes Kleid. Es passt vor allem Ihnen ausgezeichnet."

„Sie heißt Anna."

Und Josef fiel auf, dass er sie nie nach ihrem Familiennamen gefragt hatte. Aber wahrscheinlich würde er ihn nicht aussprechen können.

Da sagte Elias etwas Sonderbares.

„Hast du gehört, dass sich die NATO in den Libyen-Konflikt massiv einmischt? Was wollen die dort. Wieder einmal spielen die USA Weltpolizei und verletzen die Souveränität eines Staates. Sie sollten sich aus inneren Angelegenheiten heraushalten und sich mit den eigenen Problemen beschäftigen."

Wie kam er nun auf diese Dinge zu sprechen? Sah er Anna die Herkunft an? Unmöglich. Außerdem war sie keine reine Rasse-Libyerin. Ihre Oma war Deutsche.

Josef wunderte sich, verbarg aber seine Gedanken.

„In den letzten Jahrzehnten hat es fast keinen Konflikt in der Welt gegeben, in dem nicht die Amerikaner direkt oder indirekt an den Fäden gezogen haben. Ihre Politik richtet sich nach ihren geschäftlichen Interessen."

So politisierten sie noch lange und sprachen dabei dem Wein zu. Wenn aber die Männer gedacht hatten, Anna würde ihnen nur mehr oder weniger interessiert zuhören, so hatten sie sich getäuscht. Das Mädchen hatte sehr wohl eine Meinung zu vertreten und verschwieg sie auch nicht.

Josef war immer mehr von ihrer überragenden Intelligenz beeindruckt.

Der Mond stand schon sehr hoch, als sie das Lokal verließen.

Sie schlenderten auf der Dorfstraße durch die letzten Gäste, die auf dem

Heimweg waren, und als sie die Fahrräder erreicht hatten, sagte Anna: „Gib mir den Plastiksack. Ich fahre nicht in dem schönen Kleid."

Sie stellte sich kurz in den Schatten eines Baumes, sodass sie vor dem Licht der Straßenlaternen geschützt war, und zog das neue Kleid aus. Nur für Sekunden konnte Josef sie nackt sehen, dann war sie wieder in das Herrenhemd geschlüpft und hatte die hohen Schuhe in der Hand.

„So. Jetzt fahre ich besser."

Josef grinste. Ihre Natürlichkeit und Unkompliziertheit waren unvergleichlich.

Eine Viertelstunde strampelten sie auf ihren Fahrrädern bis in die Weingärten. Dann ging es den Hügel hinauf.

Ein erster gemeinsamer Abend unter den Augen anderer Menschen war vorüber. Sie hatten sich gezeigt. Sie waren aus ihrem Nest in die Öffentlichkeit geschlüpft.

„Danke für mein neues Leben."

Anna schmiegte sich vor dem Haus an ihn.

Er wollte nicht warten, bis sie wieder in ihrem Schlafzimmer waren. Ungestüm umarmte er sie und presste sie wie ein Junge vor Freude jubelnd an sich.

„Mein Gott. Machst du mich glücklich. Mein Leben hat einen Sinn bekommen."

Ein Sinn im Leben. Ein Lebensinhalt.

Das Meer hatte ihm, Josef, zunächst eine Aufgabe gestellt. Er hatte das Gefühl, dass daraus eine Sinngebung für sein weiteres Leben geworden war.

„Anna. Ich liebe dich. Ich liebe dich mehr als mein Leben. Du bist für mich das Wichtigste."

„Josef. Nimm mich und lass mich nie mehr los. Ich gehöre dir."

Hat Josef je noch daran gedacht, dass sie eine Schwarze war? Aus einer anderen Kultur? Hat ihn ihre Sprachkenntnis alles vergessen lassen?

Die Liebe schlägt Brücken.

Es ist die Liebe, und nur die Liebe, welche die Welt vereinen und bewahren kann ...

Das Herrenhemd blieb vor dem Haus liegen. Josef trug sie auf Armen über die Schwelle und in dieser Nacht löste sich Anna nie mehr von ihm.

6

Eigentlich wollte sich der Gecko den Nachtfalter holen, der vom Licht der Terrassenbeleuchtung angelockt auf der weißen Hauswand neben der Eingangstür zum Gästetrakt saß, aber die zwei Menschen, die auf den Liegestühlen vor dem Haus lagen, waren ihm zu gefährlich.

Die Geckos waren nicht mehr sehr menschenscheu. Sie kamen oft aus den Mauerspalten oder hinter den Kästen hervor, auch wenn die Luft nicht ganz rein war. Sie hatten nichts zu befürchten. Die eidechsenähnlichen Kletterer waren beliebt. Sie sorgten im Haus dafür, dass die Zahl der Spinnen und Käfer reduziert wurde. Durch die Saugnäpfe an ihren Zehen war ihnen keine Wand zu steil oder zu glatt. Aber jetzt saßen die Menschen zu nah an seiner Beute und sie bewegten sich auch öfter, wenn sie zu den Gläsern griffen, die bei ihren Sonnenliegen standen. Normalerweise lungerten sie dort am Tag, wenn die Sonne schien, nicht mitten in der Nacht. Sollte der Falter eben weiterleben. Vielleicht war er so dumm und stürzte in eines ihrer Getränke. Der Gecko wünschte den Beiden dieses Missgeschick. Warum gingen sie nicht zu Bett und ließen ihn in Ruhe Futter sammeln?!

Die Nacht war seine Jagdzeit. Da sollten die Menschen schlafen.

Aber Anna und Josef dachten noch gar nicht daran, sich ins Schlafzimmer zurückzuziehen. Die Nacht war mild. So warm war es üblicherweise im Spätsommer nicht einmal in Griechenland.

Sie hatten vor einer Viertelstunde die Fahrräder den Hügel heraufgeschoben. Den ganzen Sommer waren sie wenigstens jeden zweiten Abend in einem der Restaurants von Finikounda eingekehrt und die Dorfbewohner und die vom Sehen bekannten Touristen hatten sich längst an den als wortkarg bekannten Österreicher mit seiner schwarzen Begleiterin gewöhnt. Anna war zumindest der männlichen Bevölkerung ausnahmslos bekannt. Sie fiel nicht nur durch ihre meist spärlich verhüllte schlanke Figur, sondern auch durch die selbstsichere und grazile Art ihrer Bewegung auf. Jedem begegnete sie freundlich und entgegenkommend und so war Anna gern gesehen, wo immer sie mit ihrem Josef angetroffen wurde.

Sie hatten sich ausgezogen, den Schweiß der Heimfahrt unter der Dusche abgespült und sich in Badetücher eingewickelt nebeneinander auf die Liegestühle vor das Haus gesetzt. Sie genossen die kühlende Nachtluft und den Blick über die weniger werden Lichter in der Bucht.

Viele der Ferienhäuser auf der gegenüberliegenden Hügelkette verbanden sich unbeleuchtet mit der dunklen Silhouette des vom Nachthimmel gerade noch abzugrenzenden Horizonts. Manche waren bis zur nächsten Saison verlassen und andere standen als Folge der Wirtschaftskrise seit einiger Zeit zum Verkauf. Der Straßenverkehr war zu dieser Stunde zum Erliegen gekommen. Einige Hunde unterhielten sich heulend und bellend zum Leidwesen der sich schlaflos im Bett Wälzenden. Ihre Nachrichten hallten durch das ganze Tal. Vereinzelt hörte man ein Käuzchen rufen.

Das Überwältigende für den auf der Liege Ausgestreckten und in die Nacht Spähenden war aber der einerseits tiefschwarze, nicht von Scheinwerfern oder Stadtlichtern verwaschene und andererseits eine Unzahl von Gestirnen darbietende Nachthimmel Griechenlands.

Josef hatte den Eindruck, wesentlich mehr Sterne am Firmament über sich zu finden, als er das von Österreich gewöhnt war. Die Zahl der Sternschnuppen brachte sie beide in Verlegenheit, weil sie dem Glauben gemäß, man müsse einen Wunsch festhalten, sobald man eines sterbenden Sternes ansichtig geworden war, nach neuen Wichtigkeiten für ihre Zukunft in sich gehen mussten. Die verschlossenen Lippen des Gegenübers ließen vermuten, dass dieser wieder eine Sternschnuppe entdeckt hatte und nun nach rascher Entscheidung über einen Schwerpunkt des zu erwartenden Glücks unauffällig darüber schwieg. Das Ausplappern einer Fortuna würde ja bedeuten, dass diese sofort ihre Begünstigung entziehen würde.

„Du solltest einmal den Nachthimmel über der Wüste sehen." Anna floh mit ihren Gedanken weit in den Süden und das erste Mal, seitdem er sie vor vielen Wochen aus dem Meer gezogen hatte, meinte Josef so etwas wie Heimweh aus dem Gesagten herauszuhören.

„Mein Opa war ein Sohn der Wüste und meine Oma hat sie durch ihn lieben gelernt. Nirgends ist die Welt so frei und das Denken so klar, wie im Sandmeer. Es gibt nur den heißen Tag und die kalte Nacht. Keine anderen Eindrücke beschäftigen den Geist. Sonne und Sand umgeben den Menschen, der die gewohnten Dimensionen verliert. Darum verstehe ich, dass die großen Religionen dieser Erde ihren Ursprung in der Wüste genommen haben."

„Vielleicht meint man, dem Himmel näher zu sein, wenn die Nacht nur Mond und Sterne als einziges Licht hat. Wie ist deine deutsche Oma zur Frau eines Wüstensohnes geworden?"

„Das ist eine lange Geschichte Josef.

Meine Oma war aus Köln und Krankenschwester im deutschen Afrikakorps unter dem Kommando von Feldmarschall Rommel. Sie waren bis an die Ägyptische Grenze vorgerückt. Bei El-Alamein hatten die Allierten alle Kräfte zusammengezogen und eine Gegenoffensive gestartet."

„Der Geschichtsverlauf ist mir bekannt, aber wie ist deine Oma zu einem Nomaden gekommen?"

„Das war nicht so ungewöhnlich. Die Tuaregs haben auf der Seite der Deutschen gekämpft. Sie waren Mehari."

„Sie waren was?"

„Mehari war eine Spezialtruppe von Dromedar-Kriegern, die mit den Deutschen kämpften. Es waren nicht nur Tuareg. Auch Marokkaner, Italiener und irakische Veteranen kämpften für Hitler."

„Iraker? Was hatten die mit Hitler zu tun?"

„Die Iraker hatten mit den Arabern an der Seite der Engländer gegen die

Osmanen gekämpft. Als die Türken aber zurückgedrängt waren, haben die Engländer die Versprechen des Sir Lawrence nicht gehalten und Nordafrika und den Orient mit den Franzosen geteilt. Die Iraker wollten frei sein. So, wie die Tuareg die Franzosen los werden wollten, die sogar versucht hatten, sie sesshaft zu machen.

Die Iraker verbündeten sich mit den Deutschen gegen die Engländer. Der Aufstand wäre sogar erfolgreich gewesen, hätten sie nicht zu früh losgeschlagen. Bis die deutsche Unterstützung kam, war schon alles verloren. Die Revolutionäre kamen unter den Schutz Deutschlands und so kämpften sie auch für Hitler.

Die Tuareg-Kämpfer wurden aber nicht auf Hitler vereidigt, sondern auf den Koran. Sie kämpften für ihre Freiheit und ihr Sold waren Dromedare. Sie waren harte und gefürchtete Krieger. Die Wüste war ihr Verbündeter."

„Was geschah aber mit deiner Oma?"

„Es war bei einem Gefecht bei El-Alamein. Die Kompanie, bei der meine Oma als Krankenschwester eingeteilt war, zog sich in ein enges Tal zurück. Ein Wadi. Ein wasserloser Flusslauf, der von schroffen, nackten Felsen eingegrenzt wurde. Es war ein Hinterhalt. Die Engländer schlossen sie ein und eröffneten von beiden Seiten das Feuer. Die meisten fielen im Kugelhagel. Meine Oma kam mit einigen verletzten Deutschen in Gefangenschaft. Die Versorgung war schlecht und bald hatte sie alle Patienten verloren."

„Aber da war deine Oma bei den Engländern und nicht bei den Nomaden."

„Hör' mir zu. Die Geschichte war dramatisch.

Meine Oma war die einzige Frau in diesem Engländer-Camp. Üblicherweise haben sich die Briten Frauen gegenüber sehr korrekt verhalten. Aber eben nicht alle.

Eines Abends lag Oma nach einem längeren Tagesmarsch erschöpft in ihrem kleinen Zelt. Plötzlich kniete ein Soldat an Omas Seite und hielt ihr auch schon den Mund zu.

Während sie einen Pistolenlauf an ihrer Schläfe spürte, knöpfte er ihre Bluse auf. Sie erkannte ihn sofort. Es war ein Unteroffizier, der schon seit einigen Tagen ein Auge auf sie geworfen hatte. Oma erstarrte vor Angst.

Der Soldat zog meine Oma immer mehr aus, aber als er sich auf sie legen wollte, zeigte die Pistole für einen Moment weg von ihr. In diesem Augenblick warf sich Oma zur Seite und flüchtete.

Sie sprang aus dem Zelt und hastete halbnackt durch das schlafende Lager. Der Soldat war immer hinter ihr. Oma erreichte den Lagerrand und hetzte eine Düne hinauf. Als sie die Anhöhe erreicht hatte, sprang der Soldat los und fasste sie am Knöchel. Oma stürzte und der Unteroffizier war schon über ihr.

Kurz schrie sie auf, aber er riss ihr die letzten Kleider vom Leib und sie war ihm ausgeliefert. Als er sich anschickte in sie einzudringen, brach er über ihr zusammen. Das Blut schoss aus seinem Mund und Sekunden später rollte sein Kopf zur Seite.

Oma wurde blutüberströmt hochgerissen und auf ein Kamel gehoben.

Dann begann eine wilde Jagd.

Meine Oma wusste nicht, was mit ihr geschah. War sie jetzt Räubern in die Hände gefallen? Waren es Retter oder Feinde?

Einige Zeit hing sie vor einem Sattel mit dem Kopf nach unten, von starken Armen gehalten, mit dem nackten Hinterteil nach oben, auf einem durch die nächtliche Wüste hetzenden Kamel.

Dann kamen sie in ein Nomadenlager.

Das Tier blieb stehen und der Reiter hüllte Oma zunächst in einen Umhang, bevor er ihr herunterhalf.

Es war ein Lager der Tuaregs. Sie sprachen ein wenig Französisch und Oma erfuhr, dass sie die Engländer in einigem Abstand verfolgten und ihren Nachschub störten. Sie bewunderten die Deutschen und ihren Kampfgeist.

Jetzt hatten sie sich verraten. Der Späher, der Oma zur Hilfe gekommen war, hatte einen Unteroffizier geköpft. Die Engländer würden eine Trupp losschicken, um sie aufzuspüren. Darum brachen die Nomaden sofort auf und teilten sich. Oma bekam ein Dromedar und weil sie nicht reiten konnte, wurde sie am Sattel angebunden.

Die Flucht führte sie tief in die Wüste hinein, aber als am Morgen der Tuareg mit Oma einen Hügel erklomm, um Ausschau zu halten, sahen sie den Verfolgertrupp. Ihr Fährtenleser muss an der Gangart von Omas Kamel erkannt haben, dass dieses ohne Führung mittrottete.

Der Tuareg band in einem Versteck ihren Kamelen die Füße zusammen und kletterte mit Oma in eine Felsenhöhle. Die Engländer folgten ihrer Spur. Es waren acht Reiter. Als sie näher kamen, schoss der Tuareg einen aus dem Sattel und bis sie sich in Deckung gebracht hatten, erlegte er zwei Pferde.

Ein Mann in der Wüste ohne Reittier ist ein toter Mann.

Die Engländer belagerten die Beiden. Wahrscheinlich waren ihnen die Kamele wichtiger als Oma und ihre Rache. Vor allem nachdem der Tuareg noch zwei weitere Pferde erschossen hatte.

Die Engländer waren auf ihre Expedition vorbereitet worden und hatten Wassersäcke mit. Die Flüchtlinge hatten nur ein paar Früchte. Der Tuareg kletterte aus der Höhle und ließ sich sehen. Bevor sie ihn treffen konnten, war er wieder in Deckung, aber er hatte einen Wasserschlauch angeschossen. Als er den Trick wiederholte, durchlöcherte er nicht nur den zweiten Wasserschlauch, sondern auch einen Engländer.

Dann wurden die Verfolger klüger. Sie verteilten sich und hielten den Höhlenausgang von mehreren Seiten in Schach.

Der Tuareg drängte Oma nach hinten und gab ihr die Früchte. Er setzte sich in den ersten Schatten der Höhle und starrte in das Wüstental. Ohne Bewegung. Stundenlang. Wie aus Stein.

Er bewegte sich nur, sobald die Engländer aus der Deckung kamen. Er erschoss noch ein Pferd.

Sie konnten ihn nicht sehen. Aber er war da und strafte jede Unvorsichtigkeit der Gegner. Oma kauerte im Hintergrund und war sicher, dass sie sterben würden. Sie waren in der Falle. Eine kalte Nacht kam. Die Engländer zogen sich etwas zurück und entzündeten ein Feuer. Der Tuareg wickelte Oma in seinen Umhang und saß nur in seiner Unterkleidung im Höhleneingang.

Am nächsten Morgen hatte er nicht geschlafen und nichts gegessen oder getrunken. Und so blieb es bis zum Nachmittag.

Dann zogen die Engländer ab.

Die zwei Flüchtlinge warteten die Nacht ab und dann band der Tuareg Oma auf ein Kamel und ritt mit ihr in die schwarze Wüste.

Der nächste Tag kam und gegen Mittag schien Oma das Bewusstsein zu verlieren. Der Tuareg bemerkte, dass es ihr schlecht ging, legte sie in den Schatten seines Dromedars und schlachtete ihr Kamel. Er gab ihr das Blut zum Trinken und hängte Fleischstücke an seinen Sattel.

Dann ritten sie zu Zweit auf seinem Tier weiter. Die nächste Nacht verbrachten sie in einem Wadi und der Tuareg gab ihr Fleisch zu essen, das er kurz an einem kleinen Feuer gebraten hatte. Er selbst aß nur einen Bissen, dann legten sie sich beide zum Kamel.

Als sie tags darauf in ein Lager der Tuaregs kamen, war Oma am Ende ihrer Kräfte.

Sie wurde in ein Zelt gebracht und die nächste Zeit von einer Frau gepflegt. Sie war Gast der Tuareg. Das Gastrecht ist ihnen heilig. Es ist ein Gesetz der Wüste. Sie würden alles opfern, bevor sie einen Gast im Stich ließen.

Oma zog mit den Tuaregs weiter. Sie sprengten Eisenbahngeleise und überfielen Waffentransporte. Wenn sie nach einem Überfall Verletzte ins Lager brachten, wurden diese von meiner Oma gepflegt.

Langsam lernte sie sogar ihre Sprache.

Der Tuareg, der sie gerettet hatte, sorgte für sie. Er brachte Lebensmittel und Stoffe, die sie zu Kleidern nähte, wie sie es von den Frauen der Tuareg lernte, und er machte ihr Geschenke. Herrliche Goldreife und Halsketten mit Edelsteinen. Wahrscheinlich Beute aus ihren Überfällen.

Sie kämpften aber nicht um der Diebsgüter willen, sondern um die Freiheit ihres Landes. Sie wollten die Kolonialherren loswerden. Sie wollten freie Krieger sein. Herrscher der Wüste. Sie lebten von Kamelzucht und Handel.

Oma fühlte sich zu ihrem Retter nicht nur hingezogen, weil sie ihm ihr Leben verdankte, sondern weil er sie als Mann faszinierte.

Eines Nachts ging sie zu seinem Zelt, huschte hinein und legte sich zu ihm.

Sie heirateten.

So wurde Oma die Frau eines Tuareg.

Sie konnte nie sagen, wann der Krieg vorbei war, weil der Kampf der Wüstenvölker um ihre Freiheit nie richtig aufgehört hatte.

Nach einiger Zeit kamen keine Truppen mehr in ihr sandiges Reich.

Sie trieben wieder mehr Handel quer durch die Wüste und verkauften ihre Kamele auf den Märkten der großen Städte.

Die Jungen des Stammes berichteten immer öfter von den Neuigkeiten, die es in den Metropolen gab und welche modernen Errungenschaften das Leben in der Zivilisation veränderten.

Oma zog es in die Stadt. Aber sie war nicht mehr dieselbe. Sie war ein Teil der Wüste geworden. Und sie war eine Muslim."

„Ist sie getauft worden?"

„Die Gläubigen des Islam werden nicht getauft. Man ist in den Islam geboren oder man bekennt sich dazu. Es ist auch kein Austritt vorgesehen. Sie hat den Glauben angenommen. Sie lebte danach. Nach den fünf Säulen des Islam."

„Welche Säulen?"

„Das Glaubensbekenntnis. Es bezieht sich auf Allah, als einzigen Gott. Das Gebet. Das sind täglich fünf Gebete in Richtung Mekka. Das Fasten. Das ist dir klar. Es dient der Reinigung von Geist und Seele. Die Barmherzigkeit. Den Armen und Schwachen soll geholfen werden. Unnützer eigener Luxus ist unverzeihlich. Die fünfte Säule ist die Wallfahrt. Jeder Muslim sollte einmal in Mekka gewesen sein.

Meine Oma hatte keine Probleme sich in diese Welt einzufinden. Sie hat den Islam von seiner reinsten Seite kennengelernt."

„Was meinst du damit?"

„Sie hat das harte Wüstenleben am eigenen Leib gespürt. Sie hat gelernt nach den strengen Regeln der Wüste zu leben. Die verzeiht keine Fehler. Sie führt den Menschen an seine Grenzen. Das Gesetz, die Scharia, ist in der Wüste entstanden. Der Prophet hat lange in der Einsamkeit der sandigen Weite gelebt.

Und sie hat die Solidarität kennengelernt. Die kompromisslose Gastfreundschaft und die Zusammengehörigkeit der Sippe. Die Bande der Verwandtschaft sind bei den Wüstenvölkern über alle Grenzen hinweg eine heilige Verbindung.

Das ist wahrscheinlich die große Kraft dieser Völker.

Anliegen der Sippe sind Aufgaben für alle Mitglieder. Der Sippenschutz gilt für jeden. Ist eine Familie an der Macht, so sind alle Verwandten mit einbezogen. Diese Regel gilt bis in die obersten Regierungsämter und über alle Zeiten des Islam bis zum heutigen Tag."

„Kommt dir die Religion und die Lebensform des Islam nicht von der modernen Zeit längst überholt vor?"

„Der Islam hat eine Geschichte, die mit der des Christentums vergleichbar ist. Er hat übrigens dieselbe Wurzel. Auch der Islam leitet seinen Eingottglauben von der Botschaft des Vaters Abraham ab.

Ich meine, dass die Geschichte des Alten Testamentes zu gleichnishaft ist, um jemanden darüber nachdenken zu lassen, ob so etwas wahr ist. Die Vorstellung, dass der Mensch aus Sand geformt wurde, ist eigentlich wissenschaftlich, ja modern."

„Du scherzt."

„Gar nicht. Der Mensch ist aus Materie, wie Sand. Und ohne Form, zufällig entstanden. Geformt durch Evolution. Das Bessere blieb bestehen. Es überlebte. Nicht in Stein gemeißelt. Wandelbar, wie Sand. Abraham. Der Name bedeutet: Wahrheitssucher. Kein Wissender. Ein Suchender.

Und es gibt die große Gemeinsamkeit. Das Umdenken vor zweitausend Jahren: Es gibt nur einen Gott.

Glaubst du an einen Gott, Josef?"

„Ja. Aber nicht an einen Gott, wie ihn die meisten Religionen darstellen."

„Wie sieht der aus?"

„So wie du und ich.

Ich fühle das Unerklärbare, das alle Lebewesen bewegt.

Es ist das, was sich durch materielle Begriffe, durch Erkennbares und Greifbares nicht beschreiben lässt. Es ist die Liebe, der Hass, die Sehnsucht, kurz alles, was uns in unerklärbarer Weise bewegt.

Es zieht wie ein Strom durch alle Lebewesen. Es ist da und wird in uns stärker. Es verlässt uns wieder und bleibt doch in unserem Umfeld. Es gibt eine Aura. Eine Aura der Liebe oder des Hasses oder der Sehnsucht oder des Unerklärlichen. Aber es wächst in uns und es bleibt. Wie eine Strahlung, die kein Ende findet. Es übersteigt die vierte Dimension der Zeit.

Aber das ist Gott. Und er ist in uns."

„Weißt du, dass diese Botschaft nicht neu ist?"

„Ich kenne keine solche Religion."

„Religion ist etwas, das in unserem Innersten empfunden wird. Darum ist sie auch nicht für jeden ganz gleich. Ein Gedanke, der die Allgemeinheit von Kirchen in Frage stellt.

Al-Hallaj, ein Sufist, wurde 922 wegen Gotteslästerung hingerichtet, weil er eine Aussage gemacht hat, die deiner Religion nahekommt. Er hat gesagt:

Ich bin der geworden, den ich liebe. Der den ich liebe, ist ich geworden.

Irgendwo steckt auch hier die Veränderung des Göttlichen von einem ER zu einem WIR drinnen."

„Die Denker des Islam waren ohnehin vor vielen Jahrhunderten der Starrheit des Christentums überlegen. Dort, wo sie Europa betreten haben, wie in Spanien, sind sie als Befreier empfangen worden und haben Wohlstand und Fortschritt gebracht. Das Rechnen haben wir von ihnen gelernt."

„Nicht nur das. Das philosophische Denken hat die Gesetze oft verlassen. Die Regelung durch Gott im Kismet, also in der Vorherbestimmung, wurde so wie in der heutigen Zeit in Frage gestellt. Wie soll man jemanden verurteilen, wenn seine Missetat von Gott geplant war? Warum einen loben, der für seine Leistungen nur ein Werkzeug war?"

„Keine Fehler im Islam?"

„Viele Fehler. Wie im Christentum und in anderen Kulturen. Die Judenverfolgung war nicht nur erst ein Thema, nachdem die Welt den Staat Israel in den nahen Osten gedrückt hat. Um das Jahr 1000 ließ der Sultan al-Hakim in Ägypten allen Juden eine Glocke um den Hals hängen, damit man sie schon kommen hörte.

Die Führung im Islam unterschied sich immer von der abendländischen Welt durch die Einheit von religiöser und weltlicher Führung. Erst Kemal Atatürk hat in der Türkei vor hundert Jahren Staat und Religion getrennt.

Weltliche Diktatoren, auch wenn sie durch starke Sippen gestützt sind – wie Gaddafi – wurden zwar von den Amerikanern als kalkulierbare und bestechliche Partner gerne unterstützt, haben aber keine Zukunft mehr in den islamischen Ländern. Eine Demokratie mit Islam? Das wäre wünschenswert, verlangt aber eine Demokratiereife und Grundbildung eines Volkes."

„Ich glaube, dass eine totale Demokratie nicht denkbar ist. Einzelne Menschen oder Gruppen werden immer hervorstechen und dadurch Macht gewinnen. Es wird stets Faule und Fleißige, Dumme und Kluge geben. Es wäre eine widernatürliche Auswahl, sollte man eine Nivellierung anstreben. Totale Demokratie ist gleichbedeutend mit völligem Stillstand einer Gesellschaft. Entscheidungen würden nie getroffen, weil das Wesen einer solchen eben eine Zielgebung ist und nicht die Streuung."

Annas Gedanken führten sie noch einmal in abstrakte Richtungen.

„Glaubst du an ein Weiterleben nach dem Tod?"

„Ich halte das einfach für unlogisch. Alles, was wir kennen, hat einen Anfang und ein Ende. Es mir unvorstellbar, in meiner Gestalt wieder irgendwo zu erscheinen und vielleicht sogar jemanden von früher wiederzutreffen.

Eine materielle Wiedergeburt erscheint mir abstrakt.

Aber ich glaube, dass wir in dem göttlichen Strom weiterleben. In der Aura des Guten und des Bösen. Lass uns Gutes spenden. In den durchströmenden Gott. In ihm leben wir damit weiter."

„Das hast du schön formuliert.

Da ist ein Punkt, mit dem ich bei allen Religionen nicht klar komme. Mohammed und Jesus. Sie sprechen beide für uns beim Jüngsten Gericht. Ich glaube, dass dieses Jüngste Gericht sich täglich in uns abspielt. Es ist ganz einfach unser Gewissen."

„Was empfindest du dann bei den Taten der Fundamentalisten?"

„Selbstmordattentäter hat es schon im elften Jahrhundert im Islam gegeben. Assassinen führten den Heiligen Krieg.

Der Djihad, der heilige Krieg, steht im Koran. Aber ich glaube, der Krieg in uns ist gemeint. Der Kampf in uns selbst um unser Gewissen. Der Kampf, den Glauben zu finden. Der Kampf, über das Böse in uns zu siegen."

„Du erklärst diesen Krieg, den die Fanatiker gegen den Westen führen, ein bisschen zu locker."

„Zunächst muss dir klar sein, wer ihre tatsächlichen Gegner sind. Amerikaner? Amerikaner und Europäer? Der American Way of Life? Kampf gegen Ungläubige?

Wer ist ein Ungläubiger?

Nicht glauben kann ich nur etwas, was ich kenne. Aussenstehende, also Menschen, die vom Islam kaum etwas gehört haben und ihn im Detail nicht kennen, sind Unwissende, aber keine Ungläubigen.

Ich meine die Fundamentalisten wehren sich gegen die Oberflächlichkeit der Konsumgesellschaft einerseits und gegen die weltweite Einflussnahme in Macht, Gesellschaft und Politik durch die USA. Wahrscheinlich stehen die Amerikaner aber stellvertretend für die Globalisierung."

„Ein Schlagwort. Alles ist weltweit. Spätestens seit der Ausweitung der

Kommunikationsmöglichkeiten rund um den Globus, ist es gar nicht mehr möglich, der Welt etwas zu verheimlichen."

„Ich verstehe unter Globalisierung die weltweite Einflussnahme in allen Bereichen des Lebens. Von Wirtschaft über Wissenschaft bis zur Lebensweise.

Die ersten bleibenden Weltveränderungen sind eigentlich nicht strategisch durch Eroberungen geschehen, sondern durch Unterwerfungen im Geiste der Religionen. Eine Religion mit Flamme und Schwert zu verbreiten, wird vorrangig dem Islam zugeschrieben. Dabei vergisst du aber die gewaltigen Unterwerfungen durch das Christentum. Mit beispielloser Grausamkeit haben die Christen Völker und Kulturen ausgerottet. Das Christentum musste dafür herhalten, europäische Herrscher mit Gold und vielen überseeischen Schätzen zu versorgen. Viele religiöse Kompromisse haben die Missionare in Übersee gemacht und haben regionale Bräuche und Riten übernommen. Im Prinzip ist es um Macht und Einflusssphäre ihrer Herrscherhäuser gegangen.

Im Schlepptau der Christen ist das Judentum um die Welt gezogen. Da die christliche Sittenlehre Probleme mit Geldgeschäften und Zinsenvorschreibung hatte, eröffnete sich den Juden nicht nur ein weltweiter Geldmarkt, sondern in Verbindung mit dem Sippenzusammenhalt, wie er den Wüstenvölkern eigen ist, auch ein Netz für Medien und Handel.

Die Weltherrschaft in Macht und Geld verlangt eine ständige strategische Absicherung.

Wer Geld hat, muss auch Waffen haben.

Wen wundert ein Aufbegehren gegen diese weltweite Regierung durch Geldinteressen?"

„Du bist sehr verständnisvoll für Menschen, die Verkehrsmaschinen in Wolkenkratzer steuern, von ihren Bürgern mittelalterliches Gesellschaftsleben fordern und eine strategische Gefahr für die zivilisierte Welt darstellen."

„Ich verabscheue jede Form von Gewalt. Ich verabscheue auch jede Form von Extremismus. Menschen müssen aufeinander zugehen. Ein gläubiger Muslim, der seinen neu erstandenen Fernseher einschaltet und über Satellit in eine neue, fremde Welt schaut, was erfährt er? Sittlichen Verfall, Dekadenz, Verschwendertum und andere nur pointierte Extreme der so anstrebenswerten zivilisierten Welt. Medien berichten Besonderheiten. Der Außenstehende vergleicht es mit seiner Normalität.

Für Einpeitscher und Extremisten ist das ein guter Nährboden für eine gewalttätige Saat."

„Die Lebensform der westlichen Welt schlechthin ist ein Gegensatz zu den Richtlinien der großen Religionen.

Die USA meinen, sie können mit ein paar Bomben von oben der Welt ihre Lebensform aufzwingen. Sie unterschätzen die Zahl der Menschen, die anders leben wollen. Wie viele Staaten gibt es weltweit, die nur durch eine hauchdünne amerikafreundliche Regierungsschichte geführt werden, die durch Geschäfte, militärische Unterstützung oder Bestechungen bei Laune gehalten wird. Die wirtschaftliche und ideologische Macht der USA nimmt aber beständig ab.

Der Weiße Mann hat die Weltherrschaft verloren. Er weiß es nur noch nicht. Je schneller er das begreift und akzeptiert, um so größer ist seine Chance zu überleben.

Das wird der erste Grund von dreien sein, die zum nächsten großen Krieg auf dieser Welt führen.

Die USA bilden sich ein, die Polizei der Welt sein zu müssen. Sie mischen sich in viele politische Entscheidungen ein, die gar nicht in ihrer Kompetenz liegen. Wo sie keinen militärischen Druck machen können, reguliert das Geld und wo auch das nicht greift, drohen sie mit diplomatischer Exkommunikation. So wie im österreichischen Präsidentschaftswahlkampf um Kurt Waldheim oder bei Entscheidungen der EU bezüglich der Rettungsmaßnahmen für die Euro-Zone. Hier zeigt sich der enorme Einfluss des Weltjudentums. Diese Lobby mischt nicht nur in Konflikten um den Nahen Osten mit.

Man kann sich oft wirklich die Frage stellen, was für ein Volk problematischer ist. Die Regierung durch eine Wirtschaftsmafia oder eine nationale Diktatur. Die Amerikaner paktieren mit Beidem.

Das sind die Konflikte, in denen Extremismus wächst. Ob rechtsradikal oder fundamentalistisch islamisch. Die Wurzeln liegen in einem politischen Vakuum, das durch politisierte Geschäftemacherei entsteht.

Politik ist Interessenvertretung geworden. Das Bestreben um sachlich ehrliche Lösungen ist verloren gegangen.

Emotionen werden wahltaktisch geschürt.

Ein Beispiel ist der hochgespielte Fremdenhass.

Religionen, die nebeneinander gelebt werden, sind eigentlich kein Problem. Entscheidend ist das Erscheinungsbild. Das Auftreten der Gläubigen in der andersartigen Öffentlichkeit kann bisweilen aufdringlich und fremdartig sein.

Mehrere durch Wiens Gassen huschende Burkaverhüllte irritieren die Einheimischen in ähnlicher Weise, wie tausend Maturanten, die halbnackt in islamischem Umfeld dem Alkohol frönen.

Eingewanderte sollten bei aller angebotenen Freiheit sich dem selbst ausgesuchten Kulturkreis anpassen. Oben-Ohne-Schöne brauchen ein wenig Distanz zu verschleierten Damen und Muezzins mögen in Alpentälern Zurückhaltung üben.

Dabei sind Einwanderungen gerade in Europa notwendig. Eine globale Durchmischung der Generationen erleichtert in Verbindung mit einem vernünftigen Sozialsystem die Altersversorgung.

Aber Blut, Blut fließt dort, wo Interessen zusammenstoßen. Da ist es unerheblich, ob diese national oder religiös sind – oder von wirtschaftlichen Motivationen kommen.

Da hast du Recht, Anna. Wer als der Böse bezeichnet wird, der ist in diese Ecke gestellt, ohne den Weg für Lösungen offen zu lassen."

„Kann sein, dass deine Befürchtung richtig ist. Vielleicht ist dieser Konflikt der Welt mit der uneingeschränkten Einflussnahme der amerikanischen Gesellschaft ein Zündfunke für den nächsten weltweiten Krieg."

Josef war aufgerührt von dieser Diskussion, die mit dem Leben Annas Oma in der Wüste begonnen hatte.

„Gib mir nur noch auf eine Frage die Antwort, Anna.

Warum bist du so gescheit? Woher kommt dein breites Wissen?"

„Josef. Ich war in Tripolis in einem Gymnasium und ich bin in einer politischen Familie aufgewachsen. Ich habe die Auswüchse amerikanischer Politik in Libyen erlebt und schließlich in Form einer Rakete auf den Kopf bekommen."

Nun war es doch kühl geworden und sie ließen die Liegestühle allein zurück und besannen sich auf ihr warmes Bett.

Morgen konnte ein neuer Tag für zwei Menschen aus verschiedenen Kulturen sein. Zwei, die alle Barrieren überschritten haben, um ihre Welt neu zu erdenken.

Was für ein Mädchen war das?

Eine Mohammedanerin? Es gab keine äußeren Regeln des Islam, an die sie sich hielt.

Und doch religiös in ihrer Art. Sie war nicht oberflächlich. Sie machte sich Gedanken über die Dinge und Geschehnisse, die ihr begegneten.

Sie war emotional. Lebensfroh. Und doch so tiefschürfend in ihren Gedanken. Sie hatte Schicksalsschläge ertragen müssen und hatte doch nicht mit ihrem Leben gehadert, sondern sich neu orientiert.

Das war keine Fremde, die im Hintergrund stand. Sie zeigte selbstbewusst den neuen Weg.

Hier bin ich, Anna. Seht mich an. So ist das Leben.

Ihre Natürlichkeit und ihre klare Einstellung zu allen Problemen machten sie zum Mittelpunkt, wo immer sie auftrat.

Sie brauchte keine Fragestunde, um ihre Meinung zu sagen. Ihre Stellungnahmen und Ideen quollen aus ihr heraus, wie die Perlen an einer Schnur.

Josef, der Journalist, war aus den Angeln gehoben. Dieses Mädchen hatte ein festes Weltbild. In ihrer Ordnung war alles und jeder eingeordnet. Dabei schien sie nicht unkorrigierbar sondern lernbereit.

Am meisten hatten sie sich fast in ihrer Vorstellung des Göttlichen getroffen.

Josef. Was hast du in den letzten Jahren nicht an Folgen der Weltgeschichte am eigenen Leib zu spüren bekommen.

Deine Eltern sind in einer unnötigen Demonstration gestorben.

Deine Freundin ist von aufgepeitschten Fanatikern, wie sie es immer wieder gegeben hat und geben wird, grausam zu Tode gefoltert worden.

Deine Geliebte, die aus einer anderen Kultur entwachsen ist, kam zwischen die Mühlsteine zweier Welten.

Eine Schwarze, eine Andere, wurde für dich eine Lebensaufgabe, ein fremdes Mädchen eine Sinngebung.

Wie konfliktreich ist ein Leben in sogenannten Friedenszeiten.

Es war schwer Ruhe im Kopf zu finden nach so vielen Gedanken.

Aber die liebende Nähe eines zärtlichen Menschen lässt dich spüren, dass du für ihn das Wichtigste auf der Welt bist, und stuft alle Probleme nachrangig ein. Diese Wärme bringt den Stellenwert der Liebe in dein Bewusstsein.

Er fühlte Anna in ihrer ganzen Jugend und Anschmiegsamkeit und er hatte das Gefühl ihr die Geborgenheit geben zu können, die sie suchte. Bei aller Klugheit und Selbstsicherheit.

Ein Nest der Liebe und der Zweisamkeit, das fanden sie aneinander.

Aber ein Abschluss war notwendig nach all diesen Klugheiten.

Eine Unsinnigkeit sollten sie sich erlauben, um zum Menschlichen zurückzufinden.

Also stand Josef noch einmal auf und holte aus dem Wohnzimmer eine Flasche Ouzo und zwei Gläser.

Nicht um sich zu betrinken. Nur um dieses sinnlose, angenehme Gefühl zu haben, wenn der Ouzo sich seinen Weg durch den Schlund bis in den Magen sucht.

„Jamas"

Da war die Anna nicht mehr die altkluge Philosophin, sondern sie begann zu kichern und Josef zu zunächst zu kitzeln und zu necken. Um bald sinnlicher zu werden und schließlich das Denken in seinem Gehirn auszuschalten und tiefer in ihn einzudringen. Dorthin, wo sie schon längst einen unauslöschbaren ewigen Platz hatte.

Am nächsten Morgen stand die Sonne schon hoch, als Josef aus der Schlafzimmertüre auf die Terrasse trat. Die nächtliche Diskussion hatte so lange gedauert, dass sie den Schlaf in den Vormittagsstunden nachholen mussten. Die spätsommerliche Feuchtigkeit der Nacht war von der immer noch starken Sonne rasch aufgetrocknet worden.

„Anna! Du verschläfst den ganzen Tag! Die Sonne wartet auf dich."

Ein Gähnen und Ächzen war die Antwort aus dem Schlafzimmer. Er ging noch einmal zurück und zog ihr die Decke weg. Es half nichts. Sie drehte sich um und zeigte ihm ihren jungen, schwarzen Rücken.

Josef seufzte. Es blieb ihm keine Wahl. Er schlich an ihr Bett, nahm sie in die Arme und trug sie hinaus. Noch ahnte sie nichts Schlimmes und kuschelte sich an ihn.

Als sie begriff, was auf sie zukam, war es schon zu spät.

Er stand mit ihr unter der Gartendusche und ein Schwall kalten Wassers ließ sie jäh hellwach werden und protestierend aufschreien.

Er stellte sie lachend nieder und erlöste sie von der kalten Flut. Um seine Schandtat wieder gut zu machen, wickelte er sie in ein Frotteebandetuch und rieb sie trocken.

Für ein Frühstück war es zu spät, für ein Mittagessen zu früh.

„Wir fahren ins Kaffeehaus", entschied Josef und erntete Zustimmung.

Er musste nur noch sein Fahrrad etwas nachpumpen und dann war er abfahrtsbereit. Nicht so Anna.

Die Haare mussten geföhnt und gebürstet werden. Dann wurden Zehen- und Fingernägel lackiert und schließlich ein buntes Seidentuch um die Stirne gebunden. Ein ähnliches, aber andersfarbiges band sie anstelle eines Bikinioberteils um ihre Brüste und ein Großes statt eines Rockes um ihre Hüften. Sie war ein exotisches und farbenfrohes Gemälde, wie aus den Werken Gauguins.

Eigentlich hätte ein Esel oder eine Droschke als Transportmittel zu ihr gepasst und nicht ein Fahrrad.

Josef betrachtete sie nicht ohne Besitzerstolz. Doch als er augenzwinkernd den Gedanken formulierte, dass es auf der Terrasse heute recht erotisch werden könnte, wurde ihm ein strafender Blick zugesandt.

„Später, mein Freund. Alles zu seiner Zeit. Ich habe Hunger!!", rief sie und da flatterte ihr Seidenschurz schon im Wind der stürmischen Bergabfahrt.

Sie radelten zwischen den Weingärten auf der alten Landstraße nach Finikounda.

Die Obstgärten und Gemüsefelder waren inzwischen an vielen Stellen verwildert und

ungepflegt. Man fand fast keine jungen Menschen, die sich der Landwirtschaft widmeten.

Alte Männer mit ihren Frauen arbeiteten vereinzelt zwischen den Pflanzen.

Ebenso aus früheren Zeiten waren ihre Gerätschaften. Immer wieder traf man auf dreirädrige, mit großem Getöse und starken Auspuffqualm die Gegend verpestende Kleintraktoren, die oft mit einer Pritsche für Obstkisten, Ziegen oder Ehefrauen zum Kleintransporter ausgebaut waren.

Aus den Weingärten kläffte hier und da ein Kettenhund, dessen Auslauf auf wenige Meter begrenzt war.

Aber große Flächen lagen brach. Schilder, die diese zum Kauf anpriesen, berichteten von deren baldigem Schicksal. Manche dieser Aushänge zeigten aber bereits ihre Hoffnungslosigkeit. Diese waren schon von der Sonne ausgebleicht oder, sobald sie auf Metalltafeln angebracht waren, von Rost umrahmt. Diese Grundbesitzer dürften den Traum vom schnellen Geld bald aufgeben müssen. Zu viele Grundstücke standen zum Verkauf. Selbst fertige und halbfertige Ferienhäuser, die von Spekulanten zum Verkauf aufgebaut worden waren, sollten in die Reihen der Unverkäuflichen eingeordnet werden. Das Geld für Ferienluxus war knapp geworden.

Das blühende Gartenland Messinien hatte durch den Tourismus und die Bautätigkeit, die leicht verdientes Geld durch Grundverkauf in die Landbevölkerung brachte, einen argen Kahlschlag erlitten.

Das Geschäft im Tourismus war sauberer, als das am Feld.

Die Zahl der Neubauten hatte in den letzten Jahren abgenommen. Die Griechen würden sich wieder auf ihre Wurzeln besinnen müssen, um Ruhe und Zufriedenheit zurückzugewinnen.

Nach einigem kurzen Auf und Ab der Straße kamen sie im hinteren Bereich des Ortes an.

Sie flitzten zwischen den Häusern hindurch und waren schnell an der Pier.

Wenige Fischerboote hatten angelegt und die Ernte der vergangenen Nacht war von den Fischern vom Boot weg schon verkauft worden. Viel war nicht mehr herauszuholen aus den nahen Küstengewässern. Die modernen Fangtechniken und die Sonargeräte, die das Aufspüren der Fischschwärme erleichterten, hatten zum Leerfischen der früher so ertragreichen Fischgründe geführt. Nun wurden die Netze gereinigt und versorgt.

Sie wählten einen Tisch im Kafenion an der vordersten Reihe zum Wasser hin.

Josef bestellte für sie ein kleines Frühstück und bald stand vor ihnen alles, was ein internationaler Geschmack erwartet hätte. Da war wieder nicht mehr viel Griechisches dabei – außer der Sonne.

Und weil er den gestrigen Abend beschlossen hatte und es angeblich gut wäre, damit auch den nächsten Tag zu beginnen, bestellte Josef zwei Ouzo und als der Wirt sich erst ein paar Schritte vom Tisch entfernt hatte, um das Gewünschte zu bringen, erhöhte er die Zahl nachrufend um das Doppelte. So konnte er ihm unnötige Wege ersparen.

Anna hielt tapfer mit und zögerte auch nicht, den zweiten Ouzo vor dem Warmwerden zu erretten.

Wohlig lehnte sie sich schließlich im Sessel zurück und ließ, dem Meer zugewandt, die Sonne ihre schlanken, aus der Seide gestreckten Beine aufheizen.

Wieder beobachtete Josef sie von der Seite. Welch schwarze Schönheit!

Sie genossen die Ruhe des vom Tourismus verlassenen Spätsommertages.

Josef meinte schon, Anna wäre eingeschlafen, da stand sie auf und nahm ihn an der Hand.

„Lass uns ein bisschen am Strand spazieren."

So wanderten sie händehaltend, barfuß am Meer entlang in Richtung der Ostseite von Finikounda. Die Seidentücher, die ihre Kleidung bildeten, wehten leicht im linden Wind und der dünne Stoff wurde sanft an die Silhouette ihres Körpers gedrückt. Sie erschien Josef wie ein Wesen aus einer anderen Welt. Und doch Fleisch und Blut. Und an seiner Hand. Und sie gehörte zu ihm. Längst wusste Josef, dass er ihr verfallen war. Sie war der Inhalt seines Denkens, der Motor seines Tuns geworden. Ihr Profil hob sich vom Tiefblau des Meeres ab. Welches Selbstbewusstsein, welche Hoheit strahlten diese ebenmäßigen Gesichtszüge aus.

Sie riss ihn aus seinen Träumereien.

„Glaubst du, die Menschen hier sind glücklicher als vor einigen Jahrzehnten?"

„Wie kommst du jetzt darauf, Anna?"

„Ich denke nur. Jahrtausende waren diese Menschen Bauern und Fischer. Jetzt sind die meisten von ihnen Restaurant – oder Hotelbesitzer oder Geschäftsleute."

„In den letzten Jahrzehnten hat sich diese Gesellschaft sehr verändert. Die Zufriedenheit war verbunden gewesen mit der Erfüllung erreichbarer Wünsche. Deren Liste war nicht so groß und an die Möglichkeiten, die ihnen ihre

Region bieten konnte, gebunden. Die Kommunikation war nicht so weitreichend, um Werte vorzuspiegeln, welche in die Welt der nicht zu erlangenden Träume einzureihen waren. Erst die globalen Medien mit Berichten aus anderen Wirtschafts- und Gesellschaftskulturen und einer umfassenden Werbung, die eine fremde, angeblich anzustrebende Lebensform vorspiegelten, haben die Unzufriedenheit geweckt.

Neues, Besseres und immer wieder noch Verlockenderes sollte mit mehr und mehr Geld zu erringen sein. Das Beneidenswerte wurde fast zum Zwang.

Früher war das Erbe der Väter etwas wert und es war ehrenhaft in die Fußstapfen der Vorfahren zu treten. Das schloss Verbesserungen und Erneuerungen nicht aus."

„Was hat sich daran so stark verändert?"

„Die Ungeduld etwas zu erreichen, wurde dem Konsum angepasst und nicht der Leistungsfähigkeit. Das Erbe wurde zu Müll. Es wurde plötzlich gekauft, was man angeblich besitzen musste, und nicht, was man sich auf Grund seines Einkommens leisten konnte. Hier in Griechenland wurde das Schulden machen und der Verkauf von Besitz, um an Geld zu kommen, zur Normalität. Ich glaube, das hat die Menschen hier ein wenig davor bewahrt, ihr Familien zu opfern."

„Was meinst du damit?"

„In Mitteleuropa war die Emanzipation der Frau weiter fortgeschritten, daher sind diese in den Prozess der Geldbeschaffung für die Familie mehr eingebunden worden. Beide Ehepartner sollen morgens das Haus verlassen, um die finanziellen Möglichkeiten zu erlangen, etwas anzuschaffen, das als unbedingt Notwendig von der Werbung und der Nachbarschaft dargestellt wird. Oft landen diese Kostbarkeit kurz später im Müllberg."

„Bist du gegen die Emanzipation?"

„Keineswegs. Jeder Mensch sollte sich seinen Fähigkeiten entsprechend entfalten können. Aber der Geldbeschaffungszwang macht die Frauen nicht frei, sondern oft zu Arbeitssklaven.

Vor allem sollte dabei die Familie nicht untergehen. Jetzt wird jeder Mensch als Einzelkämpfer in den Wettbewerbskampf um die Konsumgüter gestellt.

Entwicklungsgeschichtlich ist der Mensch ein Herdentier. Die Sippe gibt ihm Geborgenheit und Schutz. Eine Sicherheit, in der Kinder aufwachsen sollten. Innerhalb der Sippe ist die Partnerschaft der Eltern eine die Art erhaltende unverzichtbare Größe. Eine verlässliche Aufgabenverteilung zwischen ihnen gibt der Nachkommenschaft den Halt für die Entwicklung.

Nicht soziale Evolution, sondern politische Spekulation haben die Veränderung der ehelichen Partnerschaften willkürlich und überraschend herbeigeführt."

„Welche politischen Gedanken?" Annas Ideen wurden etwas abstrakt.

„Meinst du, die sozialistische Bewegung hat, um eine Verdoppelung der ohnehin zahlenmäßig überlegenen Arbeiterschaft herbeizuführen, das Wahlrecht der Frauen gefordert?"

„Das erscheint mir zu sehr spekulativ. Aber viele Bereiche der Zersplitterung der familiären Basis wurden in Hinblick auf Wählerfang und nicht aus sozialen Überlegungen durchgepaukt.

Die tatsächlich Leidenden sind die Jugendlichen.

Jungen Menschen wird als einziger Beweggrund für Bildung und Leistung das Erlangen von wirtschaftlichem Erfolg vermittelt. Konsum ist als zentrale Aufgabe des Lebens dargestellt worden. Wesentlicher Maßstab politischen Erfolgs ist der Zugang zu materiellem Zuwachs geworden.

Unsere Jugend ist unzufrieden und ziellos. Oppositionelle Politik, die sich vor allem an Kritik ergötzt, erfährt immer mehr Zuspruch.

Ideelle Werte sind verloren gegangen.

Unsere Zufriedenheit messen wir nicht an unserem eigenen Bedarf oder an unserem Besitz. Sondern an dem des Nachbarn. Es ist menschlich. Wir vergleichen unseren Standard mit Bezugspersonen in unserem Umfeld.

Du musst ein bisschen besser dastehen, im Vergleich mit jenen, zu denen du Kontakt hast.

Die Messwerte sind rein materiell. Das ist unmenschlich. Das ist ein niedriges Niveau des Leistungsvergleichs.

Aber:

Besser zu sein, ist anstrebenswert.

Es ist normal.
Es entspricht dem Darwin'schen Gesetz.
Es ist logisch auf Grund unseres genetischen Auftrags.
Nur mit Bessersein gibt es positive Evolution.
Die Politik sollte nicht dagegen regieren. Dem Anderen etwas zu nehmen ist zwar möglich. Vor allem wenn sich Schwächere zusammentun. Aber es ist Revolution. Auch wenn es mit der Macht der Mehrheit, mit dem Druck der Wählerstimme durchgesetzt wird. Politik sollte Brücken bauen. Den Drang zum Besseren unterstützen. Nicht stutzen. Ihn verständlich machen.
Und die Verantwortung des Führenden für den Mitmenschen einfordern.
Die individuelle Ethik muss die Triebfeder für soziales Denken sein. Nicht Gesetzgebung. Nicht Gleichmacherei.
Politik sollte den Fortschritt unterstützen. Nicht unbedingt herbeiführen. Das könnte unorganisch werden. Künstlich.
Normale Entwicklung ist menschlich.
Und richtet sich nach echtem Bedarf.
Nicht nach der von Lobbys im Weg des Missbrauchs von Regierenden bestimmten Gewinnbefriedigung.
Entwicklung, Produktion und Wirtschaftsentwicklung haben dem Menschen und seiner Sippe zu dienen. Nicht umgekehrt.
Die Wünsche der Menschen und ihr echter Bedarf unter Schutz der Ressourcen müssen der Maßstab sein. Nicht zu erlangende Quoten oder Wahlversprechen.
Aber der Konsumrausch ist so groß, dass Sparen und Fleiß als verstaubte Grundsätze der Gestrigen angesehen werden. Kauf heute, zahle morgen. Das sind die Versprechungen der Marktwirtschaft, die verzweifelt um ihr Wachstum bettelt.
Werte sind verloren gegangen.

Die Familienbande sind durch eine gleichmachende Familienpolitik zerstört worden.
Die Verantwortlichkeit dem nächsten Angehörigen gegenüber wurde dem Staat übertragen.
Eine völlig egoistische Gesellschaft ist die Folge.

Konkurrenz wird bis an den heimischen Herd getragen. Die Familie sieht sich nicht mehr als Einheit. Die selbstverständliche Geborgenheit in der Sippe, der breiten Verwandtschaft, ist durch Versicherungswesen und Gesetzgebung ersetzt worden. Es genügt nicht, in der Familie einige wirtschaftlich abgesicherte Mitglieder zu haben, die es für selbstverständlich sehen, ihren Gewinn als Beitrag einzubringen. Es ist beschämend von der Familie abhängig geworden zu sein. Der Konkurrenzkampf und damit verbundene Neid ist zwischen Brüdern und Söhnen gegen ihre Väter entstanden. Nicht Leistung für die Gesellschaft, nicht Aufopferung für die Familie und kein Beitrag zur Ethik einer Gemeinschaft zählt, sondern nur der finanzielle Gewinn.

Wir haben den Niedergang des Weltkommunismus mit dem Totengräber Gorbatschow erlebt. Wie lange wird es noch dauern, bis wir die globale Konsumgesellschaft zu Grabe tragen?

Der Frust einer aller Motivation beraubten Generation, die nun die Schulden des Kaufwahns ihrer Vorgänger zu tragen hat, wird zu einem weiteren weltweiten Konflikt und zur Explosion aufgestauter Wut führen.

Ein Ruf wird um die Welt gehen: Jugendliche, warum erhebt ihr euch nicht?

Seid ihr Stimmvieh?

Nutzvieh?

Lasst ihr euch von der Politik mit Geschenken einkaufen, die ihr selbst werdet bezahlen müssen?

Bestimmt ihr den Sinn eures Lebens.

Das, Anna, wird der zweite Grund für einen weltweiten nächsten Krieg sein."

Schweigend gingen sie wieder zu ihren Fahrrädern zurück. Es war inzwischen bewölkt und kühl geworden.

Sie brauchten eine halbe Stunde, um im Haus anzukommen, und lagen dann faul auf ihrem Bett.

„Den Menschen fehlt Liebe. Das ist als wertvollstes Gut anzupreisen. Sonst nichts.

Warum wird den jungen Leuten nicht die Familie, ihre eigene Herkunft und Zukunft als das Wichtigste in ihrem Leben erklärt und auch vorgelebt?

Für einen anderen Menschen da zu sein. Das kann dem Leben einen Sinn geben. Mit Leistung und Achtung der Werte die Existenz seiner Nachkommenschaft auf festen Boden zu stellen und eigene Träume und Gedanken in den Köpfen der Kinder weiterleben und wachsen zu lassen – das muss eine Aufgabe für Eltern sein.

Möchtest du Kinder haben? Josef?

In dieser Welt?"

„Selbstverständlich.

Vielleicht können wir ihnen zeigen, dass es die Liebe unter den Menschen ist, was das Wichtigste auf dieser Welt ist.

Aber er ist schwer heutzutage den Weg zur Zufriedenheit zu finden."

Anna hatte diese Antwort erwartet. Die Bindung und der Gleichklang zwischen zwei Menschen müssen nicht ausgesprochen werden. Sie werden gefühlt – und gelebt.

Aber in Anna arbeiteten noch Josefs Worte von vorhin.

„Die Qualität der Politik muss daran gemessen werden, wie sehr sie die Voraussetzung für die Entwicklung zufriedener Familien schafft. Politik dient nicht zum Selbstzweck für Politiker. Ihr Hauptaugenmerk darf nicht auf Machtgewinn und Einflussuntermauerung gerichtet sein. Politik muss dienen, um den Menschen die normale Evolution zu erleichtern und das Zusammenleben der Sippen im friedlichen Kontakt zu ermöglichen.

Konsum und Wirtschaft dürfen nie zum Selbstzweck werden, sondern nur den geforderten Bedarf decken.

Das Leben könnte so einfach sein. Die Menschen müssen nur mehr aufeinander zu gehen."

Josef antwortete nicht mehr. Er ließ die Worte seines Mädchens im Raum stehen.

Seine Anna war nicht nur klug in ihren Gedanken, sondern auch in ihrem Herzen.

Der Tag sollte keine weiteren schweren Gespräche mehr erleben.

Zwei liebende Menschen können einen Abend nur mit Tändelei verbringen.

Josef war derjenige, der am nächsten Morgen den Tagesbeginn versäumte. Als er zärtlich geweckt wurde, hatte Anna bereits eine sportliche Radtour zum Bäcker hinter sich gebracht und auf der Terrasse ein einladendes Frühstück vorbereitet.

„Zuerst duschen", war ihre Forderung und sie duldete keinen Widerspruch.

Der starke Tee machte Josef frisch und schweigend verwöhnten sie sich mit weichgekochten Eiern und etwas Obst zum Gebäck.

Ruhig lag die Bucht vor ihnen.

„Hast du manchmal Heimweh?"

„Selten. Ich habe keine Familie mehr in Libyen und mit den früheren Bekannten hat mich in der letzten Zeit nichts mehr verbunden. Die zunehmende Verbissenheit und Machtgier hat mich immer mehr abgestoßen.

Ich habe hier bei dir meine neue Welt gefunden."

„Ich kann mir dein früheres Leben nicht leicht vorstellen. Du hast mir zwar viel erzählt, aber mit der jungen Frau, die ich täglich erlebe, kann ich das wahrscheinlich elegante, aber brav islamische Mädchen nicht in Einklang bringen.

Du bist so frei und ungezwungen.

Früher warst du bestimmt verschleiert. Heute – du besitzt gar keine Unterwäsche!!"

„Die ist mir auch völlig entbehrlich.

Ich habe meine Wurzeln im Islam. Aber ich habe meine eigenen Vorstellungen damit in Verbindung gebracht. Nicht zuletzt durch die Gespräche mit dir.

Ich habe mich an das vorgegebene Erscheinungsbild gehalten, so lange ich in der früheren Gesellschaft gelebt habe. Ich habe ein neues Leben begonnen. Ich liebe die Freiheit meiner Weiblichkeit. Ich genieße mein Frausein. Ich stelle mich so dar, wie ich mich empfinde und wie ich dir gefallen möchte."

„Anna. Du bist nicht nur eine schöne, sondern auch eine starke und selbstbewusste Frau.

Ich liebe diese Natürlichkeit an dir.

So wie ich alles an dir liebe."

Sie entschieden sich, eine Wanderung zu unternehmen.

Beide steckten ihre nackten Füße in festes Schuhwerk und zogen ausnahmsweise lange Hosen an.

Für den Weg bis zum Strand borgte sich Anna ein Oberhemd von Josef, hielt sich aber nicht mit den Knöpfen auf, sondern verknotete es einfach unter den Brüsten.

Schon bei der Durchquerung der Weingärten machten sie eine kleine Entdeckung. Eine gut suppentellergroße Griechische Landschildkröte.

„Hier lebt eine ganze Familie. Ich habe auch schon kleine und eine noch größere Schildkröte gefunden. Sie sind gar nicht so scheu."

Ein bisschen war die Natur hier noch in Ordnung. Aber die Plastiksäckchen am Straßenrand mit Resten von Kupfervitriol als Insektenvertilger zeigten den Kampf der Landwirtschaft gegen ungewünschte Mitbewerber.

Am Strand angekommen, wanderten sie entlang der Brandung zum südwestlichen Felsen, der die Bucht begrenzte. Dort kletterten sie die teilweise steile Wand, ihre Felsspalten als Steig ausnützend, nach oben. Ein weiter Ausblick erwartete sie auf der Höhe und sie waren froh, ordentliche Schuhe angezogen zu haben. Dichtes, niedriges Buschwerk erschwerte das Weitergehen.

An der äußersten Klippe angekommen, kletterte Anna auf einen einzelnen großen Felsbrocken, zog das Hemd aus, schwenkte es über ihren Kopf und rief dem zurückgebliebenen Josef zu:

„Hier ist das Ende des Peloponnes! Der Rundblick ist herrlich! Setz dich zu mir!"

Tatsächlich hatte man das Gefühl über dem tiefblauen Meer zu schweben und die Inseln lagen wie zum Greifen nah vor ihnen.

Mit der Insel Shiza verband sie ein tiefsitzendes, gemeinsames Erlebnis.

„Dort drüben, habe ich dich aus dem Meer gefischt. Dort haben die Götter der Griechen dich für mich aufbewahrt. Ich werde ihnen dafür ewig dankbar sein."

„Josef. Du wirst mich aber auch nie mehr los."

Seine Antwort war ein langer Kuss und sich umarmend teilten sie die Sitzfläche, die der Felsen bot. Möwen zogen weite Bögen um sie, bevor sie zu ihren Nestern unter ihnen in den Klippen abtauchten.

Ruhig lag das Meer vor ihnen. Die kleine Insel Mariani, die nur wenige Meter aus dem Meeresniveau herausragte, wurde zwischen Shiza und Sapiendza von einer schwachen Dünung umspült. Unvorstellbar, welche Gewalt und Kraft in dieser Natur liegen konnten, wenn nur ein harmlos erscheinender Wetterwechsel die Elemente jäh in Aufruhr brachte. Es hatte den Anschein, als würde die Natur manchmal die Geduld verlieren mit diesen Menschen, die schamlos nur nahmen, was ihnen nützlich erschien. Wütend schlug sie zurück, wenn sie nur über Gebühr gereizt wurde.

Das Meer. Gefährlich. Wunderschön. Urquell des Lebens.

Die Frage von Anna brach ein längeres Schweigen.

„Was ist der dritte Grund für den Krieg, von dem du gesprochen hast?"

Fast verwundert schaute Josef seine Anna an.

„Na das liegt ja auf der Hand.

Die Umweltzerstörung natürlich.

Systematisch beuten wir unsere Welt aus. Wir vergeuden die Rohstoffe gedankenlos.

Wir erzeugen Unmengen von Müll.

Gerade hier auf dem Peloponnes sind die Müllmengen so rasch angewachsen, dass so schnell keinerlei Infrastruktur zur Entsorgung vorhanden war. Lange gab es riesige illegale Mülldeponien, die letztlich einfach mit Erde überschüttet und eingeebnet wurden. So waren sie wenigstens optisch verschwunden. Was sich im Laufe der Jahre im Untergrund abspielen wird, kann man sich vorstellen.

Aber, das ist eine Kleinigkeit verglichen mit den Problemmüllbergen, die wir stündlich auf dieser Erde erzeugen. Gar nicht daran zu denken, welche ewigen Umweltkatastrophen wir mit dem radioaktiven Material, das irgendwo verstaut wird, erzeugen.

Wir verpesten unsere Luft, zerstören die sensiblen Regenwälder, die unser Sauerstoff- und Klimaregulator sind und belasten unsere Meere mit Unmengen von Abfällen.

Und die Natur schlägt bereits zurück.

Stürme, Überschwemmungen, Erdbeben, Tsunamis und extreme Hitze- und Kältewellen übertreffen sich jährlich mit neuen Rekorden.

Die Vorhersagen der Experten lassen uns keine angenehme Zukunft erwarten.

Menschen werden in zunehmendem Maße verhungern und von den Auswüchsen der Klimakatastrophen in großer Zahl hinweggerafft werden.

Wenn wir nicht schleunigst umdenken und lernen, ist mit jährlicher Steigerung der Strafen der Natur zu rechnen.

Wir müssten mit den Rohstoffen vorsichtiger umgehen, alternative Energien nützen, ohne auf den politischen Einfluss von Öl- oder Atomlobbys zu achten, und wir müssen unbedingt unsere Emissionen in den Griff bekommen.

Wenn uns das nicht schnell gelingt, werden die Menschen unter dem Druck von Katastrophen gegen die säumige Politik revoltieren.

Das ist der dritte Grund für den nächsten großen Krieg, der unsere Welt erschüttern wird."

„Aber dadurch wird ja nichts besser."

„Das ist richtig. Aber durch Kriege ist noch nie etwas besser geworden. Krieg ist immer unlogisch. Trotzdem ist Krieg, wo Menschen sind."

„Nachdenken und rasch handeln wäre klüger."

Anna wollte sich mit der Hoffnungslosigkeit, welche die Trägheit und Handlungsunfähigkeit der Menschen mit sich brachten, nicht abfinden.

Wie entscheidungsarm sind Menschen?

Wie führungsgläubig sind Menschen?

Wie gedankenlos sind Menschen?

Anna drängte sich der Gedanke an ein Kaninchen auf, dass starr vor einer Schlange sitzt, seinen Tod vor Augen hat, aber wie gelähmt keinen Fluchtversuch macht.

Wir blicken sehenden Auges in den Abgrund, auf den wir zugehen.

„Und, Josef, lebst du nicht selbst genauso? Brauchst du keinen Strom? Kaufst du nicht auch weithergebrachte Ware im Supermarkt? Auch du predigst Wasser und trinkst Wein. Was tust du?"

Eine Weile dachte Josef über die Antwort nach. Sie hatte nicht unrecht.

„Ich werde darüber schreiben. Ich werde das Gewissen der Menschen ansprechen. Vielleicht erreiche ich den einen oder anderen.

Und –", er grinste spitzbübisch," so gesehen ist es besser, ein Weintrinker überzeugt hundert Andere vom Wassertrinken, als er sitzt selbst einsam in einer Höhle und trinkt als Einziger Wasser."

„Weißt du, Anna, wir bezeichnen alle nur an die Anderen als Verursacher unserer Umweltsünden. Aus Gewinnsucht werden so viele Sünden begangen.

Wir haben Griechenland als Beispiel vor uns. Aber bei mir zu Hause ist die Welt ja auch nicht in Ordnung. Viel größere Schäden werden dort der Natur zugefügt. Die Flugzeuge, die Industrie – ja – die Anderen, die Großen. Aber haben wir darüber nachgedacht, warum jeder stärkere Regenguss seit einigen Jahren zu Überschwemmungen führt, obwohl ein Vermögen für Uferverbauten und Kanalisation ausgegeben wird?

Unsere Wälder sind zu Bauholzerzeugern umgewandelt worden. Monokulturen. Schwach gegenüber dem Sturm und ungeeignet, weil des Unterholzes beraubt, Wasser zu halten. Wiesen sind eingeebnete Flächen geworden, die mit Gerätschaften leicht zu bearbeiten sind. Keine Gräben und Senken mehr. Schwere Traktoren haben die Böden verdichtet. Das Wasser läuft ab, wie auf einer Straße. Kanäle bringen es sofort in Flussläufe, die bald in ihrer Kapazität überfordert sind

Überall werden Sünden begangen. Im Großen und im Kleinen.

Die Erhaltung unserer Erde muss in unseren Köpfen beginnen. Nicht in den Parlamenten."

„Josef. Du hast mir drei Gründe erklärt, die deiner Meinung nach zu einem nächste großen Krieg führen werden.

Aber – das kann es doch nicht sein!!

Du kannst nicht so etwas in den Raum stellen, dich in den Lehnstuhl setzen und zufrieden darauf warten, dass die Katastrophe eintritt!

Tu' etwas!"

„Anna. Bin ich dazu stark genug? Ich werde darüber schreiben. Die Welt wird mir nicht glauben. Ich werde auch keine Befriedigung darin haben, Recht zu haben.

Anna. Ich bin glücklich, dass mein Leben durch dich einen Inhalt bekommen hat."

Anna ließ es dabei bewenden.

Sie wollte nicht wissen, was dieser Mann in der Vergangenheit zu bewältigen gehabt hatte. Sie wollte ihn so, wie er war. Und so war er, weil ihn sein Schicksal dazu geprägt hatte.

Wahrscheinlich war sein Geist stärker, als sein Körper.

Nein. Dieser Josef war kein Kämpfer. Er hatte wohl nur einen Sieg errungen. Das war jener im Gefecht um Anna. Den hatte er gegen das Schicksal und gegen sich selbst gewonnen. Er hatte nicht nachgeben wollen. Er hatte einmal Stärke bewiesen.

„Ich werde dich nie mehr loslassen. Du bist ein Fels für mich. Du hast ein gutes Herz. Das ist für mich entscheidend." Anna sprach das nicht aus. Es genügte, dass sie mit sich im Reinen war.

Zwei Welten hatten sich im Gleichklang gefunden.

So einfach war das.

Sie saßen immer noch auf der großen Steinplatte. Wie auf einem Thron. Das Meer zu Füßen. Die Welt – ihre Welt zu Füßen.

Auch in Josefs Kopf arbeiteten die Gedanken der letzten Diskussionen.

Wozu dieses Grübeln?

Hatte er das Leben richtig verstanden?

Hatte er seine Zeit vertändelt?

Du bist gewachsen Josef. Mit all deinen Erfahrungen. Es ist das Erlebte, was uns formt.

Es ist nie zu spät zum Nachdenken. Es hat einen Grund, warum die Alten früher die Weisen waren. Sind sie es nicht mehr.

Sind die alten Weisen in Mallorca und Teneriffa verschollen? Haben sie sich aus der Verantwortung gestohlen? Oder hat die Gesellschaft sie in die Verbannung geschickt?

Was ist das für eine Gesellschaft, die nicht mehr für alle Generationen Platz hat?

Josef du wirst um deine Anerkennung kämpfen müssen.

Du wirst es nicht leicht haben, mit einem jungen farbigen Mädchen an deiner Seite.

Aber es lohnt sich.

Nur mit ihr, kannst du auch auf dich stolz sein. Du hast dich bewährt. Du zeigst Stärke indem du zu ihr stehst. Es ist kein Opfer. Das Mädchen ist eine Auszeichnung für dich. Ihre Liebe adelt dich.

Und Josef ... schreibe. Gib der Welt deine Erfahrung mit den Werten des Lebens weiter. Deine Erfahrung mit der Liebe unter den Menschen. Und mit ihrem Hass.

Josef. Du warst so einsam. Du hast die Folgen menschlicher Grausamkeiten zur jetzigen Zeit erlebt, du hast dich selbst an deine Grenzen geführt, um ein Mädchen aus einer anderen Welt dem Schicksal zu entreißen. Wach' auf. Nimm dein Leben in die Hand und wehre dich gegen einen Krieg, den du auf dich zukommen siehst.

Josef, gib deinem Leben einen Sinn.

7

„Jamas." Diese Begrüßungsrunde Ouzo musste sein. Mehr Schnaps wollte er heute ohnehin nicht bestellen.

Klaus war mit seiner ganzen Familie und Anna und Josef ins Restaurant „Helena" gekommen.

Ende September hatten sich alle für ein paar Tage freinehmen können. Zum einen wollte man sich noch einmal aufwärmen, bevor das kalte Halbjahr in Österreich begann, und zum anderen war jeder auf Anna neugierig. Viel hatte Josef nicht mehr von ihr erzählt.

Klaus wusste, dass sie wieder völlig genesen war und – das hatte Josef nur einmal kurz aber entschieden erwähnt – für Josef die Frau fürs Leben geworden war. Er hatte das in einem Telefonat einfach festgestellt. Das war ganz gegen die Art von Josef. Von seinem Privatleben erzählte er nur oberflächlich. Nie von seinen Gefühlen. Klaus war der Meinung, dass Josef so sehr in sich gekehrt sei, dass er selbst zu seinem Seelenleben keinen direkten

Zugang hätte. Manchmal hatte er den Eindruck gehabt, Josef würde unter seinen Emotionen leiden.

„Das ist ein Journalist, der nicht über Leiden berichtet, sondern unter seinen Berichten leidet." So hatte Klaus einmal zu seiner Frau Inge gesagt.

Um so erstaunter war er, als er den großen Einsatz von Josef für diese Schwarze mitbekam. Josef war um die ganze Welt gereist. Rassentrennung war ihm fremd. Aber dass er sich für dieses Mädchen rein körperlich an seine Grenzen brachte, verblüffte Klaus. Josef hatte zwar die feinen Gesichtszüge seiner Mutter, aber weder ihre Frohnatur noch die Willensstärke seines Vaters geerbt. Sein Vater, Josef der Zweite, war ein Beispiel für männliche Energie gewesen. Dessen Kraft hatte er bestimmt nicht übernommen. Das hieß, dass die Rettungsaktion an dem schwarzen Mädchen für ihn eine Schinderei, eine gewaltige Herausforderung gewesen sein musste.

Und die Erwartungshaltung der Familie Brunner war nicht enttäuscht worden.

Das war tatsächlich ein schönes Mädchen. Eine grazile Gestalt mit katzenhaften Bewegungen und voller Weiblichkeit. Knisternde Erotik ging von dieser jungen Frau aus. Dass sie eine Schwarze war, betonte diesen Eindruck nur.

Aus dunklen Augen blitzte das Feuer einer temperamentvollen Jugend und ihre wie vom Bildhauer geformten Lippen hatten stets ein fröhliches Lächeln für ihr Gegenüber.

Sie beherrschte vier Sprachen fehlerfrei. Und das nicht ohne Witz, tiefschürfender Intelligenz und entwaffnender Natürlichkeit. Das war nicht irgendeine Schwarze. Das war eine edle Perle, die Josef da aus dem Meer gefischt hatte.

Jeder, der ihnen begegnete, spürte die Liebe zwischen den Beiden. Sie versuchten diese auch nicht zu verbergen. Selbst, wenn sie getrennt anzutreffen waren, was selten genug vorkam, strahlte jeder Einzelne das Glück und die Sicherheit des liebenden Menschen aus.

Ein empfindsames Gegenüber war nicht nur verleitet, sich mit ihnen zu freuen und an ihrem Glück teilzuhaben, sondern auch Achtung vor einer ehrenhaften Verbindung, die durch diese reine Liebe legitimiert wurde, blieb nach dem Treffen zurück.

Anna trug an diesem Nachmittag ein an der Stirne eng anliegendes Kopftuch, das durch ein goldenes Kettchen zusätzlich gehalten wurde. Stolz auf ihre Herkunft und nicht Trotz war der Grund für diesen Respekt vor ihrer elterlichen Kultur. Ihre eigentliche Kleidung bestand aus einem mehrfach um ihren schlanken Körper gewickelten Seidentuch, das durch seine Asymmetrie einerseits das linke Bein und andererseits den rechten Arm entblößte. Mehrere Goldreife schmückten ihre Handgelenke und beide Fesseln.

Als sie neben Josef das Gastzimmer betrat, konnte keiner der Anwesenden den Blick von ihr lösen, so aufsehenerregend waren diese wenigen Schritte, die sie hüftschwingend auf hochhackigen Sandalen durch den Raum führten.

Auch die anwesenden Frauen der Familie Brunner, selbst jede in ihrer Weise von beispielgebendem Reiz, waren von ihrer Erscheinung beeindruckt.

Dann saßen alle in der großen Gaststube des Restaurants „Helena" bei Tisch. Inge Brunner war die Mutter der Runde. Dabei war sie keineswegs matronenhaft. Inge war eine Frau zum „Pferdestehlen". Nirgends hatte sie das so unter Beweis gestellt, wie hier in Finikounda.

Es war 2002.

Der Urlaub hatte mit Zwischenfällen begonnen. Bei der Ankunft hatte die Hauswasserpumpe gestreikt und Klaus war nicht davon abzubringen, sie in den nächtlichen Morgenstunden mit Assistenz von Andreas zu reparieren. Sie war zwar lautstark wieder in Gang zu bringen, aber am nächsten Tag kaufte er trotzdem eine Neue. Sollte es an diesem nächtlichen Arbeitseinsatz überhaupt einen Sinn gegeben haben, dann nur den, seinem Sohn Andreas zu beweisen, dass mit hartnäckigem Willen eben alles zu Stande zu bringen war. Um die Kette der Missgeschicke nicht abreißen zu lassen, stützte sich am Vormittag ein griechischer Arbeiter, der eigentlich nur einen Baum stutzen sollte, mit laufender Kettensäge am Vorfuß von Klaus ab, was dazu führte, dass nicht nur die Zehenkappe sich vom Gummistiefel, sondern das Meiste der rechten Großzehe vom Fuß trennte. Klaus hatte zwar Betäubungsmittel mit, aber nur wenig. Am Urlaubsbeginn – vor allem bei solch einem – konnte man nicht wissen, welche Verletzungen noch zu versorgen sein würden. Also entschied sich Klaus, die Zehe ohne Betäubung anzunähen, was offenbar erträglich war und letztlich zu einem guten Ergebnis führte.

Damit aber noch nicht genug.

Solch ein Tag musste mit Ouzo beendet werden und als Inge und Klaus am nächsten Morgen erwachten, dann deshalb, weil ein Handy läutete.

„Kommt herunter zum Strand. Es gibt gewaltige Wellen."

Sie strampelten mit den Fahrrädern zum Campingplatz und erlebten chaotische Zustände. Der kräftige Schirokko hatte die Brandung in einen Hexenkessel verwandelt.

Mehrere Bootsbesitzer kämpften mit ihren Schiffen, die an den Strand gespült worden waren, gegen die Wellen. Die Wucht des Wassers ließ bereits starke Schäden an Antrieb und Rumpf vermuten.

Das Boot der Brunners, ein sieben Meter langes Kajütboot mit einem 220 PS – starken Volvo-Penta-Motor, hing zwar noch am Anker, wippte aber stark mit dem Bug in den hohen Wellen. Der vorne am Kiel hängende Karabiner war bereits deutlich aufgebogen.

„Ich fahre nach oben und hole eine lange Leine. Unternimm bitte nichts in der Zwischenzeit." Klaus befürchtete, dass bei ungesichertem Hinausschwimmen diese Person vom Sog am Boot vorbei ins freie Meer getrieben werden könnte, was mit sicherer Lebensgefahr verbunden war.

Als Klaus aber nach zehn Minuten mit einem Seil wieder an den Strand kam, fuhr das Boot mit Inge als Kapitän bereits weit draußen in Richtung Hafen.

Das hatte Inge nicht zu Kenntnis nehmen wollen, dass die Wellen das Brunner-Boot vernichteten. In der Zwischenzeit hatte der Karabiner nämlich sein Leben ausgehaucht und die Verselbständigung der Jacht war nur eine Frage von Minuten. Mit der Assistenz von zwei Strandbekannten hatte Inge den Elementen getrotzt.

Zupacken und helfen. Das war eine typische Inge-Aktion.

Der neben ihr sitzende Andreas hatte seinen Vater vor kurzem um eine gewaltige Geldsumme erleichtert.

Dabei ist das ganz fair abgelaufen. In der siebten Klasse hatte er einfach zu viele andere Dinge um den Kopf. Da war zunächst seine Vera in sein Leben getreten. Sie war auch ein besonders hübsches Mädchen. Und nicht nur das. Sie bestach durch überragende Schulleistungen und mädchenhaften Charme.

Zu dem hatte Andreas sein Talent zur Zauberei entdeckt. Er investierte nicht nur im den Rahmen sprengenden Ausmaß sein Taschengeld, sondern auch viel Zeit in seine Karriereträume. Kurz – für die Belange der Schule blieb selten einmal ein kurzer Augenblick übrig. Hausaufgaben waren seiner Meinung nach ohnehin unnötige Zeitvergeudung und Vorbereitungen für Schularbeiten wurden auf ein Minimum reduziert. Dabei war er nicht ungern in der Schule. Wo hatte man – abgesehen von nervenden Ermahnungen der Professoren, welche aber geflissentlich zu überhören waren – stundenlang sonst die Gelegenheit jede Menge Scherze und geistreiche Beiträge zum Tagesgeschehen an den Mann zu bringen. Besorgte und frustrierte Äußerungen der Lehrpersonen spiegelten einen zwar für Andreas erfreulichen Schulalltag, aber bedenkliche Leistungen in Fächern, die er für weniger wichtig hielt, wieder.

„Ich wette, du wirst nicht zum vorgesehenen Zeitpunkt maturieren." So versuchte Klaus seinen hoffnungsvollen Sprössling zu motivieren. Eine gewisse, vom informierten Umfeld als völlig übertrieben bezeichnete Frustration sprach aus ihm. Und so setzte er eine nicht unbeträchtliche Summe als Erfolgsprämie aus.

Das Endresultat strafte ihn lügen. Sein Pessimismus wurde in die Schranken verwiesen.

Andreas widmete sich in erfreulicher Weise seinem Minnedienst – derart, dass Stimmen laut wurden, er stünde unter dem Pantoffel – und seinen Auftritten als Magier. Trotzdem fand er genug Energie, sich mit schulischen Belangen entsprechend zu beschäftigen, sodass er mit verblüffender Selbstverständlichkeit, wie vorgesehen, mit Auszeichnung maturierte.

Und Klaus bezahlte gerne.

Einen nicht zu geringen Anteil an dieser geistigen Wandelung des Andreas Brunner hatte bestimmt seine Vera, die durch ihren unerschütterlichen Fleiß ein einzigartiges Beispiel an Erfolgen vorweisen konnte.

Diese beiden jungen Menschen hinterließen das erfreuliche Bild jugendlicher Verliebtheit. So sehr war Andreas bestrebt, die Wünsche seines Mädchens zu erfüllen, dass er sich ermannte mit ihr den ersehnten Partnersprung aus fünfzig Metern Höhe zu wagen, der zwar – abgefangen durch ein entsprechendes Gummiband – technisch einwandfrei ablief, aber anschließend wie erwartet nach dem Ausdrehen eine stundenlange Serie des Erbrechens für ihn nach sich zog. Liebe muss auch leiden können.

Bewegung brachte Ellena in die Familie. Das Mädchen, das im Oktober zwei Jahre alt werden würde, beschäftigte, ohne dabei besonders aufdringlich zu sein, alle sich ihr als Gesprächspartner geeignet Erscheinenden mit ihrem täglich sich erweiternden Vokabular.

Manchmal fehlten noch ein paar Buchstaben. Aber es hing vom Einfühlungsvermögen des Gesprächspartners ab, doch alle Erklärungen von Elli zu verstehen.

Mit schwingenden blonden Locken wirbelte sie zwischen den Tischen umher, ohne etwas zu Fall zu bringen. Sie brach nie etwas und passte auch auf sich selbst auf.

Sie war der Stolz ihrer Eltern.

Monika wollte ja eigentlich Hals-Nasen-Ohren-Fachärztin werden. Nach einigen Wochen der Zusammenarbeit mit Klaus in dessen Praxis –„jeder Tag mit dir ist ein Erlebnis!" – hatte sie an der Vielfalt der verschiedenen Krankheitsbilder und dem engen Patientenkontakt so viel Freude gefunden, dass sie sich entschloss, in der Allgemeinpraxis mitzuarbeiten. In einem Leben ohne Nacht – und Sonntagsdienste blieb auch mehr Zeit für Elli.

Mit der ihr eigenen Disziplin war es ihr auch leicht gefallen, ihre sportliche Figur über die Schwangerschaft zu retten.

Stefan war stolz darauf, so eine hübsche, schlanke Partnerin zu haben.

So arbeiteten sie beide in der Gruppenpraxis mit Klaus.

Dabei hätte Stefans ausgeprägtes Heimweh fast das Medizinstudium in Innsbruck verhindert, was nicht nur für ihn, sondern auch für die zukünftigen Patienten eine unerkannte Einbuße gebracht hätte. Stefan war ein hervorragender Analytiker und entsprechend zielsicherer Diagnostiker. Dies mit kurzfristiger Entscheidungsfreudigkeit zu paaren, war ihm anfangs ein Problem, über das ihm sein Hobby, die Schiedsrichterei bei Fußballspielen, hinwegzukommen half.

Klaus konnte der Zukunft ruhigen Auges entgegensehen, hatte er doch die Gewissheit, seine Patienten in den verlässlichen Händen von Stefan und Monika zu wissen.

Er war ein Vorausplaner. Das typische Beispiel für diese Eigenschaft war die Grabstätte, die er in seinem parkähnlichen Garten in Frankenmarkt hatte errichten lassen. Für die Urnen seiner Eltern und seine eigene wollte er einen würdigen Platz schaffen. Nicht eine Minikapelle, wie das üblich war, sondern eine Stätte, die – etwas losgelöster von der Kirche – die Ewigkeit familiärer Bindung ausdrücken sollte. Er entschied sich in Gedanken an die ägyptischen Pharaonen für die Errichtung einer kleinen Pyramide. Außerdem erschien ihm die zeitliche Dimension, die man mit den ägyptischen Pyramiden in Verbindung brachte, würdig für seine Familie.

Elias hatte in seiner großen Gaststube drei Tische zusammengeschoben und mit weißen Stofftischtüchern gedeckt. Schon diese Tatsache unterschied die Tafel von einer üblicherweise in Griechenland mit Papier gedeckten. Diese Abdeckungen waren seit einigen Jahren mit einer dünnen Plastikschicht bezogen und zeigten in dieser Gegend die skizzenhafte Landkarte von Messinien. Noch eine deutliche Abweichung von der hierorts gebräuchlichen Tischkultur in den Gasthäusern gab es: Elias hatte altes, weißes Porzellan aufdecken lassen. Die mehrmals der Modernen angepasste, alte Gaststube bekam so plötzlich das Flair eines heimischen Esszimmers und als sich Elias selbst zu seinen Gästen setzte, fühlten sich diese nicht mehr als zahlendes Publikum, sondern als gerne empfangene Freunde.

Der Höhepunkt wurde aber erreicht, als aus der Küche neben den gewohnten Beilagen der Braten einer Ziege serviert wurde.

„Ziege von Shiza", erklärte Elias und der Stolz in seiner Stimme war nicht zu überhören. War dieser Braten doch etwas Besonderes, weil diese wildlebenden Ziegen nur selten geschossen wurden. Heiß gegessen und entsprechend gewürzt ist so ein Wildziegenbraten eine Köstlichkeit, die nur jener beurteilen kann, der schon einmal in deren Genuss kommen durfte.

Schmatzend wurden Elias und seine Küche auch fortwährend gelobt.

Das Tischgespräch drehte sich anschließend, wie nicht anders zu erwarten, um Anna und Josef.

Am neugierigsten war Inge.

„Wird Anna hier bleiben, Josef? Wie soll das mit euch weitergehen?"

„Wenn du die behördliche, die offizielle Situation von Anna ansprichst, Inge, dann kann ich nur sagen, dass wir auf die Vermittlung von Klaus vertrauen.

Aber du willst wahrscheinlich eher wissen, ob wir beisammen bleiben wollen. Stimmt das?"

„Genau. Wie wird das mit euch?"

Da geschah etwas ganz Sonderbares.

Josef ging zur Tonanlage von Elias und legte eine mitgebrachte CD ein.

Der Bolero von Rawel erklang leise. Alle waren mucksmäuschenstill. Sogar Elli lauschte gespannt.

Josef nahm Anna bei der Hand und führte sie, die ihm fast tänzelnd folgte, auf das kleine Podium in der Gaststube.

Sie standen nebeneinander. Langsam mit lauter, fester Stimme wandte sich Josef an Anna:

„Willst du Anna, die - aus - dem - Meer - Getauchte, mich, Josef Huber, der ich dich von ganzem Herzen liebe, im Geiste der uns alle bewegenden ewigen göttlichen Liebe zum Mann nehmen? Dann antworte mit JA."

Anna sah ihn groß an. Ihre Augen strahlten im faszinierenden Kontrast zu ihrer schwarzen Hautfarbe und obwohl rasch quellende Tränen zeigten, wie gerührt sie war, antwortete sie laut und feierlich:

„JA. Ich will. Ich will dich, den ich von ganzem Herzen liebe."

„Dann will ich, Josef Huber, dir, Anna, und der göttlichen Liebe erklären, dass ich mit dir den ewigen Bund der Liebe eingehe. In aller Ewigkeit."

Da gab es keinen Applaus. Keine erstaunten oder glücksgeschwängerten Ausrufe.

Es war ganz still. Die letzten Klänge von Rawels Bolero lagen im Raum.

„Schön." Das kam glockenhell aus dem Kindermund von Elli.

Und mehr war darüber nicht zu sagen.

Elias legte eine ruhige Tanzmusik auf und sogar jene der Familie, für die es eine große Überwindung war, ein Tanzparkett zu betreten, begannen sich mit ihrem Partner im Rhythmus der Musik zu wiegen. Elli stolperte zwischen den Paaren umher und keiner hatte das Gefühl, dass sie nicht auf die Tanzfläche passte.

Klaus fiel einfach nichts Gescheiteres ein und darum bestellte er doch noch eine Runde Ouzo.

„Jamas."

Nicht alle griffen begeistert zu einem Schnapsglas, aber es ging um das Zuprosten. Es ging um die Geste der Zusammengehörigkeit.

Die Familie – das war es!

Die Familie – der Sinn des Lebens!

Die Familie – die Bindung für die Ewigkeit in Liebe!

Nicht der Trauschein, nicht ein behördliches So-sei-es. Das göttliche Band der Liebe ist die Verbindung, die den Sinn fürs Leben gibt. Der Fortbestand der Sippe, der Fortbestand der Art. Das Weiterleben in Liebe.

Das ist der Sinn des Lebens. Über alle Grenzen hinweg. Über die Grenzen von Kulturen. Über die Grenzen von Rassen. Über alle materiellen Werte hinweg.

Bewahrt die Erde, damit diesem Sinn nicht der Boden unter den Füssen hinweggezogen wird.

Klaus wollte Josef an diesem Abend nicht erklären, wie er sich vorstellen konnte, den Aufenthalt von Anna für die Zukunft zu legalisieren. Die Stimmung war zu schön, zu edel, um durch solche Banalitäten gestört zu werden.

Aber man kann nicht stundenlang feierlich sein.

Es wurde noch Einiges getrunken und genascht. Gelöst unterhielt sich die Familie über Zukünftiges und Geplantes.

Niemand bemerkte, dass Anna fehlte. Kurz meinte man, sie sei auf der Toilette, aber Josef wurde unruhig.

Da fiel Andreas auf, dass jemand etwas auf eine Serviette geschrieben hatte.

Sie musste von Annas Sessel auf den Boden gefallen sein.

In großen Blockbuchstaben stand da:

„Ich bin in der Ewigkeit."

Josef stürzte zur Türe.

„Halt! Du weißt ja gar nicht, wo sie sein kann!"

Klaus rief ihm nach.

Aber Josef hörte ihn nicht mehr.

Ich bin in der Ewigkeit.

Sie hat sich etwas angetan.

Josef war sicher, dass etwas Fürchterliches passiert sein musste.

Anna. Sie war am Höhepunkt ihrer Liebe. Das war der Zenit ihres Lebens. Sie fürchtete den Tod nicht. Der Gedanke ans Paradies, wie sie ihn aus ihrer Religion mitgebracht hatte, und das ewige Leben in ihrer Liebe ...

Josef wusste um die Selbstmorde der alten Römer. Diese reichen Patrizier, die sich am Höhepunkt von Glück und Macht die Pulsader aufschnitten. Zufrieden in einer Wanne mit warmem Wasser auf den Tod warteten.

Anna. Du wolltest im ewigen Glück der Liebe sein.

Josef wusste, dass er sie nur zu spät finden konnte.

Anna. Du hast das falsch verstanden.

Anna. Ich brauche dich jetzt.

Er rannte zum Hafen. Sie war bestimmt ins Wasser gegangen. Er hatte sie vom Meer bekommen. Er würde sie ans Meer verlieren.

Wie ein Verrückter hastete er an der Pier entlang. Fragte Menschen nach seiner Anna.

In Deutsch.

Kein Mensch verstand ihn. Man zuckte mit den Achseln.

Eine Lampe! Gebt mir eine Lampe!

Zu spät. Es ist ohnehin zu spät.

Er hatte sie verloren.

Anna. Mein Leben. Die Liebe meines Lebens.

Nie habe ich vor dir einen Menschen so geliebt, wie dich, Anna.

Meine Mutter. Die Mama. Meine Mama Sabine. Die habe ich geliebt. Und meinen Vater. Ich habe um sie trauern müssen. Wie um dich, Anna.

Er lief von der Pier herunter, den Strand entlang. Begegnet Klaus und seiner Familie.

Sie waren nun auch besorgt.

Wo konnte sie sein?
„Licht." Elli zeigte vor sich aufs Wasser.
„Licht."
Warum achtete keiner auf sie.
„Licht."
„Wo, Elli?"
„Da." Unbeirrt zeigte sie in das Dunkel des Hafens.
Dann sahen es alle. Am Heck eines Bootes brannte eine Kerze.
Und am Ufer noch eine. Eine Dritte und Vierte am Bug des Schiffes. Es war das Boot von Elias.
Ein zart leuchtender Weg führte vom Sandufer bis zu einem Ziel auf diesem Schiff.
Ein Zeichen, dem man folgen musste.
Es musste ein Pfad zu Anna sein.
Josefs Pfad. Was sollte ihn dort erwarten.
Er zitterte am ganzen Körper. Die Angst ließ ihn wanken. Sie waren bei ihm. Sie standen ihm bei.
Lasst mich nicht alleine.
Nicht jetzt.
Bin ich stark genug? Stark genug für die Zukunft? Für das, was mich erwartet?
Sie gingen am Ufer näher und dann entdeckten sie den Schatten des Mädchens ganz vorne im Schiff.
Da liegt sie. Sie ist tot. Wie gelähmt starrte Josef auf den schwachen Schatten in der Nacht.
Das darf nicht sein!
Mit einem Satz sprang er auf das Boot. Strauchelte fast und wäre um ein Haar ins Wasser gestürzt.
Anna.
Die Anderen blieben zurück.
„Kommt." Klaus ahnte, was da geschehen würde.
„Kommt. Lasst ihn alleine."
Josef kletterte neben der Kajüte nach vorne zum Bug.
Da blieb er stehen.

Atemlos und überrascht fiel er auf die Knie.

Er war mit ihr alleine auf der Welt.

Die letzten Wochen und Monate.

Sie zogen an ihm vorbei. Wie ein Film.

Er sah sie noch einmal treiben. Die Rettungsinsel schaukelte in den Wellen. Ihr nackter, schwarzer Rücken schimmerte in der untergehenden Sonne.

Noch einmal spürte er ihren Körper in seinem Rücken, als er mit ihr von der Insel bis zum Strand paddelte. Spürte wieder das Brennen in den Muskeln.

Er kämpfte sich mit dem schwachen Körper ab, um ihn zum Haus hinaufzubringen.

Und wieder salbte er ihre Wunden, erlebte das Aufkeimen des Lebenswillens in ihr.

Er reinigte sie und er fütterte sie. Er bangte um sie.

Sie umfing ihn mit ihrem Vertrauen und mit ihrer Dankbarkeit. Er gewann ihre Liebe und ihre Sehnsüchte. Er wurde ein Fühlen und ein Denken mit ihr. Er besaß ihren Körper und er gab den seinen.

In ihnen vereinigte sich nicht nur die Harmonie zweier Geschlechter, die Sehnsucht der Liebenden, sondern auch eine Verständigung zwischen Religionen und Kulturen. Ihre Liebe überwand verschiedene Hautfarbe und Herkunft.

Diese Liebe war stärker als alles Trennende.

Anna.

Sie war nackt.

Mit dem aufsteigenden Bug des Bootes im Rücken lehnte sie vor ihm.

Die gestreckten Beine leicht gespreizt.

Die Hände hinter dem Kopf verschränkt.

Ihr schwarzes Haar verlor sich im Dunkel des Meeres.

Im flackernden Licht der Kerzen, die im Bug verteilt brannten, glitzerten einige goldene Kettchen, mit denen sie ihren bloßen Körper geschmückt hatte.

So zog sich eines durch ihr lockiges Haar. Wie ein zartes Diadem.

Eine edel goldglitzernde Linie aus zarten Kettengliedern verband in leichtem Bogen ihre zarten Brustwarzen, wo sie befestigt war.

Und eine andere Goldader führte über beide Leisten und versenkte sich in der glatten, glänzenden Scham.

Schmuck und gleichzeitig ein Zeichen fester Verbindung bedeuteten diese Kettchen.

Es war, als ließ die Erwartung die junge Frau in leichter Erregung zittern und einige Schweißperlen rollten wie Edelsteine glitzernd unter den Brüsten entstehend über ihren flachen Bauch und ergossen sich, soweit sie nicht in der Tiefe des Nabels ihr Ende fanden, in der schmalen, leicht geöffneten Intimität ihrer Scham.

Dort, wo sie sich mit dem Verschwinden der Goldkettchen im Geheimnis eines jungen Mädchens trafen, leuchtete das zarte Rot der Verlockung dieser Einladung der Liebe.

Aber das Strahlendste waren ihre leuchtenden Augen, die ihn erwartungsvoll begrüßten.

Ihre schwarze Haut glänzte im tanzenden Feuerschein.

Es war der Anblick einer Göttin.

Die Göttin der Liebe.

„Anna. Die Ewigkeit?"

„Du bist meine Ewigkeit, Josef. Du bist meine Ewigkeit der Liebe ..."

Aus der Reihe:

„Mitten im Krieg"
Schicksale in Nachkriegsösterreich

Aus der Reihe:

„Nach dem Krieg"

Schicksale in Friedenszeiten

Ich bedanke mich bei meiner Gattin Inge, meinem Sohn Andreas, meinem Sohn Stefan und seiner Frau Monika, die mich zum Schreiben dieses Romans ermutigt haben.